我吃西红柿 著

典藏版
15

盘龙

黄河出版传媒集团

阳光出版社

图书在版编目（CIP）数据

盘龙：典藏版. 15 / 我吃西红柿著. —— 银川：阳
光出版社，2023.7
ISBN 978-7-5525-6844-8

Ⅰ.①盘… Ⅱ.①我… Ⅲ.①长篇小说－中国－当代
Ⅳ.①I247.5

中国国家版本馆CIP数据核字(2023)第113441号

PAN LONG DIANCANG BAN 15
盘龙 典藏版 15

我吃西红柿　著

责任编辑　丁丽萍　李媛媛
装帧设计　曹希予　佘彦潼　周艳芳
责任印制　岳建宁

黄河出版传媒集团　出版发行
阳　光　出　版　社

出 版 人　薛文斌
地　　址　宁夏银川市北京东路139号出版大厦（750001）
网上书店　https://shop129132959.taobao.com
电子信箱　yangguangchubanshe@163.com
邮购电话　0951-5047283
经　　销　全国新华书店
印刷装订　北京盛通印刷股份有限公司
印刷委托书号　（宁）0026384

开　　本　710 mm×1000 mm　1/16
印　　张　18
字　　数　262千字
版　　次　2023年7月第1版
印　　次　2023年7月第1次印刷
书　　号　ISBN 978-7-5525-6844-8
定　　价　36.80元

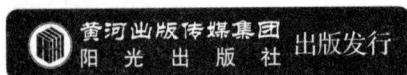

目 录
CONTENTS

第635章

红发女子

这名黑袍紫发青年神情淡漠，扫了一眼大厅的其他人，而后直接在柜台旁缴纳了费用，在服务人员的带领下前往自己的住处。

"越来越有意思了。"林雷面带笑意，端着酒杯微微饮了一口，"贝贝，这幽冥果的魅力还真是够大的。"谈话时，林雷展开神之领域将自己和贝贝的声音与外界隔离开来，否则他们的谈话可能会惹火其他人。

"一个个都想实力突飞猛进，得到主神器成为主神使者呗。"贝贝说道，"我就想不明白那幽冥果到底是什么东西，修炼者吃了它竟然能够实力大涨，还能得到主神召见，成为主神使者。想不通啊想不通！"

"我也想不通。"林雷摇头说道。

忽然，林雷想起了一件物品——黑石，当初在紫晶山脉得到的那颗黑石。

"那颗黑石让我实力大涨。如果没有黑石，以我融合地系元素法则中三种奥义的实力，即使加上天赋神通龙吟和盘龙戒指，在上位神中，我的实力也很一般。可有了这颗黑石，我就能轻易对付七星使徒。"

林雷猜测幽冥果可能是类似黑石一样的宝物，毕竟无数年来，幽冥果只出现了三颗而已。

林雷和贝贝在餐厅用完餐后离开餐厅，进入了制式庭院。

酒店中的日子很宁静，转眼便到了第五天。

这一天清晨，林雷、贝贝再次来到餐厅，点了一些菜肴、两瓶酒。他们寻了餐厅的一个角落安然坐下，准备一边吃喝一边聊天，静等黑夜的到来。

"老大，今天这里的人真多。"贝贝扫了周围一眼。

"大家准备今天夜里进入幽冥山，都出来了。"林雷也注意了一下四周。

餐厅中有很多人，超过了三十个，每一个都是上位神。至于他们实力如何，林雷无法确定，也不得不感叹幽冥果吸引力之大。

"我们和他们不同。"林雷神识传音，"抵达幽冥山之巅见主神才是我们的目的。"林雷对幽冥果没存什么心思，那是宝物，经过无数年才出现三颗，得到的难度可想而知。

他们旁边的椅子被拉开，一名黑袍紫发青年坐了下来。

林雷瞥了一眼距离自己只有四五米的黑袍紫发青年，心想："又是他。"

这名黑袍紫发青年只点了酒，没点其他的。他独自一人坐在那儿，静静地喝着酒，给人一种一座冰山立在那儿的感觉。不过，林雷觉得如果有人惹了他，他会如火山一般爆发。

"大姐，来客人了。"一名青袍青年跑进大厅，身后跟着一名只有一只竖眼的壮硕青年。那名壮硕青年大步走了进来，那只竖眼随意地朝餐厅的人群扫了一眼。

"嗯！"那名壮硕青年陡然脸一沉，手中出现了一柄足有两米长的长刀，上面还燃烧着火焰。

从柜台处到餐厅足有二十余米距离，那名壮硕青年举着那柄长刀，化为一道火红色的身影，嗖的一声，朝黑袍紫发青年劈去。长刀所过之处，空间留下道道裂缝。

壮硕青年攻击得非常突兀，以至于餐厅内的其他人都感到震惊。

"哼。"喝着酒的黑袍紫发青年蓦然发出一声低哼，将手中的酒杯猛然一掷。那个小小的酒杯带着电光，带着呼啸声，砸在了那柄长刀的刀刃上。

低沉的撞击声响起，酒杯化为齑粉。

黑袍紫发青年化为一道闪电朝后急退。

"住手！"餐厅柜台后收费的绿袍女人怒喝道。

壮硕青年没把那名绿袍女人放在眼里，依旧手持长刀，犹如神龙般朝黑袍紫发青年追去。他的速度极快，令空间产生了剧烈的震荡，一道道空间波纹荡漾开来，令很多桌子、凳子、酒瓶、碗碟化为齑粉。

"找死！"低沉沙哑的声音在餐厅内响起，这人化为一道闪电向前冲去。

砰！火红色的身影和那道闪电在餐厅内撞击。

嗖！两道身影顿时后退。

眼看那道火红色的身影就要撞到柜台，柜台后的绿袍女人冷着脸，左手一翻，手掌顿时变得碧绿且有些透明。

那如碧玉般的手掌直接拍击在火红色的身影上。

砰！后退的火红色身影被这一巴掌拍击得止住了退势。

那道闪电则向林雷、贝贝退去。

林雷眉头一皱，依旧端着酒杯，体表弥漫出土黄色的光芒，形成一个刚好将他和贝贝保护起来的土黄色光罩。

黑石牢狱——斥力！

那道闪电一靠近光罩，就被那惊人的斥力给弹了出去。体表雷电环绕的黑袍紫发青年掉头看了一眼林雷，眼中满是震惊。

"好强！"黑袍紫发青年竟然产生了战意。

"敢在我们幽冥酒店动手，你们真是好大的胆子！"怒喝声响起，只见那绿袍女人走出柜台，怒视着刚才交手的二人。

可是刚才交战的二人此刻只盯着对方，根本没看那绿袍女人一眼。

"布龙！"壮硕青年怒视黑袍紫发青年，"还真巧，我们在这里遇到了！"

"你还太弱，变强些再来找我。"黑袍紫发青年冷漠地说道，随即瞥了一眼旁边的林雷，眼中蕴含强烈的战意。他察觉到了林雷的实力，很想和林雷战斗一场。

餐厅中的其他上位神则震惊地看着这一幕。

"好强！"一些人心生惊惧。

壮硕青年、黑袍紫发青年、绿袍女人以及林雷，在一瞬间展露出的实力足以令一些人心颤。

"你们两个，"绿袍女人的脸上如同覆盖了一层寒冰，"太过分了！"

嗖！绿袍女人直接冲向旁边的壮硕青年，随之而去的还有漫天的绿色掌影，看起来似乎没有任何威胁。

壮硕青年低吼一声，朝绿袍女人狠狠劈去。

砰砰砰！绿色掌影拍击在长刀上。

那足以劈裂空间的长刀被漫天的绿色掌影牵制住了，与此同时，还有部分绿色掌影拍击在了壮硕青年的胸膛上。

咔嚓！壮硕青年的胸膛凹陷下去，整个人飞了出去。

这一幕让餐厅一下子安静下来了。

"嗬！"林雷眼睛一亮，在心中暗道，"修炼水系元素法则的高手！"

幽冥酒店这个收费的绿袍女人，竟然是一个实力接近七星使徒的高手。

"还有你！"绿袍女人转头看向黑袍紫发青年，"我也请你出去！"绿袍女人手一甩，手中竟然出现了一根翠绿色的长鞭。翠绿色的长鞭瞬间化为无数根柳枝，朝黑袍紫发青年缠绕而去。

黑袍紫发青年双眼发亮。

"好！"他发出一声暴喝，一道刺眼的紫色电光亮起，一道剑影冲破长鞭的束缚劈向绿袍女人。

砰！长鞭被收回，绿袍女人不由得后退。

"你还不是我的对手。"黑袍紫发青年傲然说道。

"老大，这家伙的实力还真强。"贝贝神识传音。

林雷微微点头："他那一剑够诡异，和我的紫血神剑很像。"

就在这时候，噔噔噔，酒店的楼梯处响起脚步声。

扛着钓鱼竿，拎着小桶的红发俏丽女子走下楼梯，眉毛微微一皱，冷冷地瞥了一眼黑袍紫发青年，问道："怎么回事？"

"老板！"绿袍女人立即微微躬身，"这名黑袍紫发青年和外面那人在这里动手。黑袍紫发青年的实力很强，我对付不了他。"

噔噔噔，红发俏丽女子扛着钓鱼竿，一步步朝黑袍紫发青年走去，脸上还带着一丝笑意："敢在我的酒店动手，你的胆子还真大！这东西不要你赔了，不过嘛，惩罚还是要有的。"

红发俏丽女子说话时，黑袍紫发青年在一旁冷笑。

嗖！红发俏丽女子一甩钓鱼竿，鱼线以奇异的轨迹朝黑袍紫发青年缠绕而去。

"哼。"黑袍紫发青年发出一声冷哼，手中雷电环绕的长剑倏地穿过半空，所过之处，空间隐隐碎裂。

哧——

和鱼线碰触的瞬间，雷电长剑竟然飞向一旁，黑袍紫发青年的身体则不受控制地朝旁边倾斜。

他的雷电长剑飞入了在喝酒看戏的人群中，吓得那些人连忙闪开。不过，雷电长剑速度太快，还是波及了距离较近的一部分客人，包括林雷他们。其他上位神忙着闪躲，可是林雷他们没闪躲。

哧！一只手突然伸出，直接抓住了雷电长剑。

黑袍紫发青年一怔，红发俏丽女子也惊讶地看了过来。

贝贝用右手抓住雷电长剑，不满地说道："我们可没在酒店里打斗。你们交手就交手，别影响我和老大喝酒！"说着，贝贝很随意地将雷电长剑甩开了。

这一幕让餐厅内的一群人惊呆了。

一名七星使徒挥出的一剑，这个人用手去抓？

林雷不由得摇头一笑。在龙化形态下，他如果用手去抓那柄雷电长剑，即使抓得住也会受伤，不可能如贝贝这般毫发无损。

"哦，够厉害。"红发俏丽女子笑了，"说得对，不应该打扰你们。"

说着，红发俏丽女子再次一甩钓鱼竿，只见鱼线不停地旋绕起来。诡异的是，鱼线附近的空间仿佛波浪一样荡漾开去。很快，一个空间旋涡出现了，向黑袍紫发青年移去。

林雷、贝贝顿时脸色一变。

"超级高手，修炼水系元素法则的超级高手！"林雷十分震惊。

鱼线的旋绕令附近空间震荡旋转，无数根空间丝线顿时出现，如同一张密集的渔网向黑袍紫发青年盖去。黑袍紫发青年如同一条鱼，即使拼命地反抗，也只能被无数的空间丝线越缠越紧。

一眨眼的工夫，那鱼线竟然将黑袍紫发青年捆了起来，上面还闪烁着绿色光芒。黑袍紫发青年竟然动弹不得，他看着红发俏丽女子，一脸难以置信："你……你是谁？"他好歹有七星使徒的实力，可是和这红发俏丽女子一比，差得远了。

"你不可能是绿叶城堡的普通一员，你……对，你一定是绿叶城堡其中一位堡主。"黑袍紫发青年喃喃道。

第636章
小心蛇和树

　　大厅一时间安静下来了，刚才红发俏丽女子的那一招让他们惊呆了。那舞动的鱼线竟然控制了周围的空间，形成了密集的空间渔网。

　　这一幕实在太诡异了。

　　"好强！"大厅的那些上位神明白了为什么酒店内不允许别人争斗。

　　"哼！"黑袍紫发青年怒哼着，全身爆发出雷电，欲从渔网中挣脱出来。可是那鱼线闪着绿色光芒，依旧将他捆得牢牢实实的。

　　"在我的酒店闹事，你还真够大胆。"红发俏丽女子说道，"损坏的东西不用你赔了，你就准备当我的鱼饵吧。"

　　说着，红发俏丽女子扛着钓鱼竿，拖着那名被鱼线捆着的黑袍紫发青年走出了酒店，朝外面的草地走去。她走到湖边，一甩钓鱼竿，只听扑通一声，黑袍紫发青年掉入了湖水中。

　　"还真拿他当鱼饵了！"贝贝惊讶地说道，然后看向林雷，"老大，这女的……咦，老大！"

　　贝贝发现林雷竟然闭上了眼睛，坐在那儿一动不动。

　　此刻，林雷的脑海中浮现出刚才那幕场景——鱼线旋绕，仿佛浪涛中的旋涡。林雷修炼水系元素法则这么多年了，已经修炼到了第六种奥义——圆柔奥义，现在他到了瓶颈，未能突破。

在水系元素法则中，圆柔奥义比较容易入门，可最难大成。

水，至柔。

轻柔的鱼线能搅得空间如水流般流动，形成无数空间丝线将那人束缚住。这等手段表明，红发俏丽女子已经将水系元素法则修炼到了极为可怕的地步。

这一幕让林雷灵光一闪，他顿悟了。

嗡——

天地法则突然降临在酒店大厅内，大量水系元素齐聚，在林雷的上方形成水雾云团，一股可怕的气息弥散开来。

林雷的身体中陡然分出了水系神分身——青绿色长发的林雷。

"老大突破了！"贝贝一脸惊喜。

酒店外的湖边，正在用"鱼饵"钓鱼的红发俏丽女子猛然一皱眉头，转头惊讶地看了一眼大厅："咦？看了我施展的这一招他就突破了？这人的领悟能力还真够惊人的。"同时，红发俏丽女子一甩钓鱼竿，将那"鱼饵"甩到了一边。

黑袍紫发青年在地上翻滚了一圈，然后站了起来。

"好了，我没心思惩罚你了。"红发俏丽女子冷冷地说道，"记着，在我的酒店，你别再闹事。第一次我饶了你，如果有下一次，我会直接杀了你。"

黑袍紫发青年沉默地看了红发俏丽女子一眼，径直走到不远处，闭眼盘膝坐在草地上。

随即，红发俏丽女子放下钓鱼竿，站起来，转头朝大厅走去。

大厅内的服务人员正在清扫整理，不少上位神在议论纷纷，议论的内容大多与红发俏丽女子、林雷和黑袍紫发青年等人有关。

"这次看来没希望了。即使运气好，幽冥果会出现，我们也斗不过人家。"

"那两个从地狱来的人，实力很强。"

"别放弃嘛，幽冥山内雾茫茫的，大家散开寻找，可不是实力强就一定能得到幽冥果。说不定我们运气好，就会得到幽冥果。"

有些人见识了黑袍紫发青年以及林雷等人的实力，知道比不过他们也不愿放弃。找寻幽冥果，实力是一方面，运气也是一方面。这么多年来只出现了三颗幽冥果，虽然得到幽冥果的概率极低，但他们想试试。不试的话，他们只是苍茫冥界中一名普通的上位神罢了；若试了，他们的实力或许能突飞猛进，就有可能成为主神使者。

"老大，恭喜！"贝贝开心地举杯，同时展开神之领域，不让别人听到他们的谈话。

"看来，我现在运气不错，"林雷面带笑容，"竟然这时候水系神分身达到了上位神境界。今天夜里我们去幽冥山，一定会成功！"

"嗯，一定会成功！"贝贝说道。

说是这么说，但两人心中明白，进幽冥山见主神，难度的确太大。

"嗯？"林雷转头看去，只见那名红发俏丽女子朝他们这桌走来。她一拉椅子，竟然和林雷他们坐在同一桌。

红发俏丽女子取了酒杯，直接拿过林雷他们的酒倒在自己的酒杯中，二话没说喝了一杯。

林雷、贝贝不禁疑惑地看着红发俏丽女子。

"小子，"红发俏丽女子看向林雷，嘴角一翘，说道，"刚才你的水系神分身达到了上位神境界，是不是要感谢我？"

"对，"林雷笑着举杯，说道，"的确要谢谢你，否则我不知道什么时候才能突破。"

"老大，这女的什么意思？"贝贝灵魂传音，十分疑惑。

林雷也满心疑惑："贝贝，我感觉这名女子很诡异。一个实力接近地狱修罗的高手竟然在这儿开酒店，真让人捉摸不透。"

红发俏丽女子又仰头喝了几杯。

"你们两个来这儿也是为了幽冥果？"红发俏丽女子淡笑道，"我看你们二位展露出的实力，最起码也是七星使徒。你们似乎不需要来这儿碰运气找幽冥果吧？毕竟凭你们的实力，无论是在地狱还是在冥界，都足以称雄了。"

"没有人会嫌自己的实力太强。"林雷淡笑道。见主神的事情，林雷不想随意对外人说。

"也对。"红发俏丽女子点头，说道，"不过我奉劝你们一句，最好别进幽冥山。"

"什么意思？里面危险？"林雷反问道。

红发俏丽女子笑道："是危险。冥界存在了那么久，幽冥果只出现过三颗，下次出现不知道要多少亿年以后。这些来找寻幽冥果的，"红发俏丽女子瞥向旁边的一群人，"都是在冥界混得不如意，来这儿碰运气的，而碰运气是要付出代价的。即使你们的实力很强，在这幽冥山中，一不小心也可能会殒命。"

林雷不由得眯起了眼睛。

"你们有这等实力，足以纵横冥界，何必为了一颗不知道要多少年才会出现的幽冥果去拼命呢？"红发俏丽女子说道。

林雷点头。

普通的上位神能有五星使徒、六星使徒的实力，也算不错，但不可能站在冥界的巅峰，因此这些人会拼着性命来寻找幽冥果。不过，很少有修罗会这么做，因为他们很珍惜自己的命。

"我们愿意去拼，"贝贝笑道，"而且我很好奇幽冥山到底有多危险。"

"我只是劝你们，你们要不要进去、是否会死，可不关我的事。"红发俏丽女子淡然一笑，"只是这么多年来，进入幽冥山却没出来的人，太多、太多。"

"能告诉我幽冥山内有什么危险吗？"林雷问道。

红发俏丽女子既然在幽冥山旁边开了酒店，与绿叶城堡的三位堡主有关系，甚至有可能是其中一位堡主，那她就应该对幽冥山内部有所了解。

"凭什么让我告诉你们？"红发俏丽女子反问道。

林雷、贝贝被噎住了。

红发俏丽女子笑吟吟地站起来："幽冥山有三色云雾，越往上越危险。记住，小心蛇和树。"说完，她便转头离开了，留下一头雾水的林雷和贝贝。

幽冥山越往上越危险，这个林雷早就知道了，可是……

"蛇？树？"贝贝嘀咕道，"山林中肯定有很多树，难道每一棵树都要小心？那我们还怎么上山？"

"别多想了，总之，多警惕蛇和树，对其他东西也不能大意。"林雷思考着说道，"那女子或许对幽冥山有所了解，可幽冥山到底有多危险，她也不一定完全知道。"

月圆之夜，一轮如圆盘般的诡异红月悬挂在高空，那通体闪烁着朦胧电光的幽冥山在月光的照耀下，如同覆盖了一层淡红色的细纱。

此刻，幽冥山北方山脚下。

亿万条雷电锁链从山巅之上垂下，犹如瀑布般倾泻而下。在北边的山脚下，有一扇十米高的巨型山门，上面刻有奇特的纹路，大量雷电在山门边缘流转。

数十人正站在这扇山门前。

"这是唯一的入口。"贝贝嘀咕道，"我还真想从其他地方冲进去，试试看这雷电有多厉害。"

"小心点为好。"林雷也仰头看着这扇山门。

此刻，山体表面的云雾没那么浓了。

"四位兄弟，"五个上位神聚在一起，其中一个郑重地说道，"这么多年来，我们活得浑浑噩噩的，这次进去闯一把，失败了大不了身死！如果有人成功了，可要帮忙实现其他人的愿望。"

"放心吧，大哥。"

那些人一个个目光坚定，随即接连进入了幽冥山。

"去送死的。"一个声音响起。

说话的是一名银发男子，他不屑地说道："他们也配得到幽冥果？"说着，银发男子也进入了幽冥山。

敢进入幽冥山的人，那都是准备拼命的。

"幽冥果。"黑袍紫发青年也进去了。

咻——

林雷立即变为龙化形态，青金色的鳞甲覆盖全身，尖刺从背部、额头、肘部冒了出来。他一翻手，手中便出现了一柄透明的长剑——留影剑。

"走吧，贝贝。"

林雷和贝贝就这样进入了幽冥山。

林雷的龙化形态却吓了其他人一跳。

"原来那人还隐藏了实力！"其他人不禁心颤。

"那柄剑看起来也是宝贝。"

其他上位神虽然十分震惊，但还是进入了幽冥山。

片刻后，山门前只剩下两个人了——红发俏丽女子和绿袍女人。

"老板，从地狱来的那两人，实力还真强。"绿袍女人说道。

红发俏丽女子的嘴角有着一丝笑意："如果我没看错，那个青龙一族的青年手中的武器应该是贝鲁特炼制的神格兵器。如此大的神格兵器很少见，他和贝鲁特的关系应该不一般。那个戴草帽的能空手接住七星使徒的一剑且毫发无损，体表没有主神器的气息……看来，他就是传说中的那个贝鲁特的后代——第二只噬神鼠。我们回去吧。"红发俏丽女子转身准备离开。

"老板，你说他们当中有几个能活着出来？"绿袍女人问道。

"按照过去的经验，他们这群人的实力还算可以，应该能有几个活着出来。

可如果他们想要到达幽冥山的山巅，那很可能一个都出不来。"红发俏丽女子淡淡地说道，"别管他们了，冥界中有的是人，少了他们也没什么。"

绿袍女人跟在红发俏丽女子的身后，朝酒店走去。

第637章
方向迷失

林雷一进入幽冥山，就感知到一股令人心悸的威势。

"好强的威势！"林雷的表情瞬间严肃起来，"就是在地狱面对血峰主神的时候，那威势也没这么可怕。"

被这种威势压迫，林雷有一种当年在乌山镇第一次见到七级魔兽迅猛龙的感觉。那时他还是孩童，十分惊惧。

心悸！

压迫感作用在了他的灵魂上。

"老大，我的神识无法展开。"贝贝转头看向林雷，灵魂传音，"这里的威势太强了，比上次血峰主神降临时的威势还强。"

"上次血峰主神降临的只是一个能量分身，并不是本尊，而这次我们到了主神的住所，他的本尊在这里，所以威势很强。"林雷仔细打量着周围。

他们的身后便是那扇巨型山门。

此时，上位神们还未深入幽冥山，都在仔细地打量周围的环境。毕竟幽冥山凶名在外，就是七星使徒进入其中，也很可能殒命。

面对如此危险的地方，他们怎么敢大意？

"这幽冥山内连引力都没有，好像和外界隔绝了。"林雷悬浮在半空。

"这白雾会让人脑袋发晕，不过对我和贝贝的影响可忽略不计。"林雷观察周围的情况，做出了判断。

幽冥山上有大量的树，白雾笼罩着山林，外围便是天地锁链。

林雷初到幽冥山就已经见识到了天地锁链的威力。天地锁链其实就是一条条雷电锁链，他可不想去挑战这威力。

林雷身体一沉，直接落下，站在一块山石上。

"贝贝，在幽冥山内，贴着山体前进。"林雷郑重地灵魂传音，"如果在白雾中飞行，一不小心就会碰触到雷电锁链，那就糟糕了。"

"有点想试试呢。"贝贝笑着，但还是落下了，也站在了一块山石上。

"记住，小心蛇和树！"林雷提醒道，同时警惕地看了看旁边的那些大树。在幽冥山这种特殊的环境下，这里的树长得比较低矮，形状也很特殊。

"说不定这些树就会攻击人。"林雷不敢大意。

"放心，"贝贝也看了看周围的树木，"这些树还伤不到我。"

在对周围环境有了一定了解后，其他上位神开始深入幽冥山。

"我们出发。"林雷灵魂传音。

不过，林雷、贝贝前进的速度不是很快，他们担心途中的树木会袭击他们。

至于那个红发俏丽女子说到的蛇，他们倒是没有看到一条。

片刻后，林雷、贝贝停下，眼中满是迷惑。

"老大，我们现在该走哪边？"贝贝环顾四周。

"这地方……"林雷也发愁了。

四周是无尽的白雾，以他们的视力，也只能勉强看清方圆数十米范围内的情景。

在幽冥山的可怕威势下，他们无法进行神识探察，又因为幽冥山内没有引力，他们根本无法辨别方向。

虽然一些山体有坡度，但是在无引力的状态下，林雷他们即使斜着站在山体上，也不知道自己是斜着站的。

在这种无引力的状态下，树的生长方向也很奇怪。

"在幽冥山内几乎辨别不出方向，不知道往哪边走是上山，往哪边走是下山。"林雷仔细地看了看四周，可四周都是那种形状怪异的大树以及十分浓厚的白雾。

贝贝苦着脸说道："我只知道若离开山体表面朝上飞行，就会碰到天地锁链，至于前后左右，我根本就分不清。"

林雷他们遇到了第一个难题——迷失方向。

"不管那么多了，继续前进。"林雷一咬牙，"白雾笼罩的范围也就方圆数十万米，我们朝着一个方向前进，说不定能闯出去。"

"嗯。"贝贝赞同。

当即，他们二人开始朝他们选定的方向前进。不过，他们不敢快速奔跑，因为还要警惕那些树和从未现身过的蛇。

"有人！"贝贝灵魂传音。

林雷和贝贝立即停下，只见前方不远处的白雾中有一道模糊的人影，正在朝他们靠近。片刻后，林雷和贝贝看清了来人，正是那名黑袍紫发青年。

黑袍紫发青年也看到了林雷二人，只是低哼了一声，然后继续前进。

轰！雷声突然响起，一道闪电从天而降，劈在了距离林雷他们十余米的一棵大树上，那棵大树瞬间化为齑粉。

"这是怎么回事？"贝贝吓了一跳。

"你们两个小心点。"已经走到远处的黑袍紫发青年冷冷地说道，"幽冥山内偶尔会降下雷电，这可是天地锁链蕴含的雷电，威力极大。你们若飞行，还是注意一下头上，一旦被击中，哼……"

天地锁链蕴含着无尽的雷电能量，因为它时刻在吸收着天地间的雷电系元素。当内部的能量超过它的承受范围时，它就会劈下雷电，释放一些能量。因此，即使没人碰触天地锁链，也会有雷电降下。

林雷和贝贝不由得仰头看向上方。

"这地方莫名其妙，"贝贝咬牙切齿，"还会突然降下雷电。如果不小心被劈中，那真是冤死。"

"敢来幽冥山，就要做好赴死的准备。"林雷淡笑道，"走吧，我们继续前进。"

不管是那些想找幽冥果的人还是林雷他们，既然选择了进入幽冥山，就要有觉悟，毕竟幽冥山是冥界七大主神中最强者死亡主宰居住的区域，岂是那般容易深入的？

一段时间后——

"嗯？怎么还没走到头？"贝贝疑惑地说道，"我们现在应该前进了一千里路程。"

"我们可能走错了方向。"林雷说道。

若是方向对了，他们早就走出白雾区了。

如果在普通地方，林雷他们即使闭着眼睛也能走对路，可是幽冥山内有可怕的威势压迫，以至于林雷他们感知得不准确，不知不觉就偏离了方向。

"不管了，继续前进吧。"贝贝说道。

林雷点了点头。

于是，他们二人在茫茫白雾中继续前进。

这一路上，林雷他们没有发现具有攻击性的树和蛇。除了天空中偶尔劈下的一两道雷电，幽冥山似乎没多大危险。

"嗯，白雾变稀薄了。"林雷顿时大喜。

幽冥山被三色云雾环绕，正好分为三块区域。三块区域的交界处会有一块没有雾气的小区域。白雾变稀薄，说明他们快到交界处了。

"到了！"贝贝十分惊喜，下一秒却苦着脸说道，"怎么会这样？"

林雷和贝贝已经走到了白雾的尽头，他们的视线范围内出现了天地锁链。一条条如普通人的腰那么粗的雷电锁链之间有一层透明薄膜。

林雷透过透明薄膜看到了另一头，那是无边的大地。

"我们回到山脚了。"林雷不由得苦笑。

他们从幽冥山北边那扇巨型山门进去，在幽冥山内毫无方向感地走了许久，竟然又走到了山脚。不过，这里并不是他们当初进入的那处山门。

"走！范围就那么大，一个小时足够来回走数十次。我就不相信一个小时还走不出去。"林雷掉头再次走入白雾中，贝贝也跟着一同进入。

这一回，他们行进的速度变快了。

轰！不远处又劈下一道雷电。

林雷原以为走出白雾区会比较简单，没想到他们连续三次都走回了山脚。即使是这样，林雷和贝贝也还是继续前进。

"前面有人。"贝贝眼睛一亮。

林雷也看到了前面的那个人。那是一名有着一头金色短发的壮汉，正小心翼翼地前进着。他似乎有所感应，回头看了一眼，却被吓了一跳。林雷的龙化形态让他以为遇到了什么怪兽，过了几秒才反应过来。

在山门处，他见过林雷的龙化形态。

"两位，你们也没走出去吗？"金色短发壮汉靠拢过来说道。

"这地方都辨不清方向。"贝贝说道。

"幽冥山最下面的白雾区是危险性最低的地方。"金色短发壮汉淡笑道，"不就是方向难辨吗？多尝试几次，说不定运气好就走出去了。多花费一点时间，一次不行就十次、百次，时间有的是。"

林雷一笑："那祝你能走出去，我们就不打扰你了。贝贝，出发。"

林雷、贝贝当即朝前面走去。

金色短发壮汉的眼中掠过一丝失望。他来和林雷搭讪，是想和林雷他们一起走。之前在酒店的时候，他已经知道林雷、贝贝是超级强者，跟着他们在幽冥山内行动会安全许多。

"不理我？"金色短发壮汉眼睛一亮，朝林雷、贝贝追去，嘴里还说着，"两位，你们从地狱来，对幽冥山不熟悉吧？我对这里还是知道一些的。"

林雷、贝贝不由得回头看了一眼金色短发壮汉。

"老大，这人好烦。"贝贝灵魂传音。

"跟着就跟着吧。"林雷不在意。

忽然，林雷余光发现了一道绿色的细小影子，是从旁边的一棵树上射出来的。林雷瞬间警觉起来，立刻手持留影剑。

那道绿色的细小影子却飞向了林雷他们后面的那个金色短发壮汉。

林雷、贝贝立即转身。

"啊！"金色短发壮汉发出一声咆哮，手中突然出现了一把战刀，朝绿色影子劈去，同时，身上出现了一个闪着黑光的罩子，将他保护起来。

嗖！绿色影子在半空一扭，竟然躲过了金色短发壮汉的一刀。

绿色影子直接撞击在那个黑色光罩上，冲破黑色光罩，冲向金色短发壮汉的身体。诡异的是，绿色影子竟然进入了金色短发壮汉的体内。只见金色短发壮汉身上的光罩消散，手中的战刀也掉落了。

"啊——"金色短发壮汉嘴里发出可怕的声音，全身发颤。仅仅片刻，他身体变得僵直，不再发出声音。

砰！金色短发壮汉倒下，撞击在旁边的树上，然后飘浮起来。

林雷、贝贝仔细地盯着那具尸体。

咝咝——

尸体的额头上突然出现了一个窟窿，一条绿色小蛇爬了出来。

随即一道绿光一闪，那条绿色小蛇便消失在白雾中。

林雷、贝贝的表情变得凝重起来。

"蛇！"

第638章
绿色小蛇

红发俏丽女子说过要小心蛇和树，因此林雷和贝贝在进入幽冥山后一直警惕着。不过直到此刻，林雷他们才碰到蛇。

咔嚓！林雷、贝贝踩着地上厚厚的枯枝败叶，朝那具悬浮的尸体走去。

林雷和贝贝都仔细地观察着这具尸体。

"果然。"林雷发现这具尸体的胸膛上有一个小窟窿，和额头上的窟窿一样。

"我还以为那条绿色小蛇能融入人的体内，原来是咬出一个窟窿进去的。那条绿色小蛇的速度还真快，穿透力也强！"林雷感叹道，"这个人好歹是上位神，他的神力光罩竟然不能阻挡那条绿色小蛇。"

面对绿色小蛇，这名上位神的身体以及神力光罩如纸一样脆弱。

"那条绿色小蛇的牙齿还真够锋利。"贝贝笑道。

"别大意。"林雷打量着这具尸体，"那条绿色小蛇不仅速度极快，还能在半空轻易改变方向。"

"嗯。"贝贝目睹了刚才那一幕，知道这一点。

"老大，刚才那条绿色小蛇攻击了这个男的，怎么不继续攻击我们，反而逃了？"贝贝询问道。

"那条绿色小蛇估计是想偷袭吧。"林雷说道，"我们当时都注意到它了，它便放弃攻击了。小心点，说不定那条绿色小蛇还会再来偷袭我们。"

"放心，它再来，我直接捏死它！"贝贝自信地说道。

"继续出发吧。"林雷笑道。

此刻，林雷、贝贝反而松了一口气，行进的速度更快了。他们之前不知道那蛇和树到底会以何种方式发动攻击，因此十分紧张，毕竟未知的事物会让人惊惧。现在，他们知道红发俏丽女子口中的蛇就是那种绿色小蛇，心中至少有了准备，不至于太害怕。

这一路上，林雷他们特别注意周围是否有绿色小蛇。当然，他们也一直警惕着那些低矮的树木。

嗖嗖——

林雷他们二人犹如闪电般行走在白雾中。

一棵低矮的树上，一片树叶诡异地发出绿色光芒。片刻后，光芒消散，一条绿色小蛇出现，朝林雷、贝贝的背影看去。

随即，绿色小蛇融入树叶中消失不见。

很快，数百米外，靠近林雷、贝贝的一棵大树的一片树叶上也泛着绿色光芒，然后又化为一条绿色小蛇。这条绿色小蛇依旧盯着林雷、贝贝。

这条绿色小蛇隐藏自己的本领的确强。它没有立即发动攻击，而是就这么盯着、尾随着林雷、贝贝。

林雷和贝贝竟然没有察觉到这条绿色小蛇，甚至没感知到周围有能量波动。

"嗯？"林雷朝前面看去。

只见一道人影出现，正是那名银发男子。他朝林雷、贝贝冷漠地瞥了一眼，然后继续前进，消失在白雾中。

"那家伙总是一副嚣张的样子，不是也没走出去！"贝贝嗤笑道，"总是一副别人欠了他什么的可恶表情。我看他就不顺眼，如果他靠近我，真想好好教训他一顿，让他没实力还这么嚣张！"

这时候，离林雷只有十余米的一棵大树的一片树叶上，那条绿色小蛇正盯着侃侃而谈的贝贝，一道绿光从它的小眼睛中一闪而过。

"别三心二意，注意路上。"林雷低声说道。

"怕什——"贝贝的话还没有说完，嗖的一下，那条绿色小蛇从侧后方疾速飞向贝贝，快得只在半空留下一道细小的绿色影子。

直到这道细小的绿色影子快要靠近贝贝，贝贝才发现它。同时，林雷也发现了，可是他来不及做出反应。

贝贝反手一巴掌拍击过去，绿色小蛇诡异地一扭，轻易躲过了，而后一口咬向贝贝的腰部。

这条绿色小蛇靠这一招不知道咬破了多少人的身体，然后进入他们体内，解决他们。它原本以为这次也会是这个结果，然而铿的一声，它发现这个人的皮肤十分坚硬，咬得它的牙都麻了。

绿色小蛇知道事情不妙，准备逃窜，却被一只大手抓住了。

"哼，咬我？"贝贝气得一瞪眼，"看我的！"说着，贝贝的手猛地用力，黑暗属性神力聚集在他用力的手上。

只听到砰的一声，诡异的紫色血液从贝贝手里流了出来。

贝贝一甩手，手掌上神力流转，那血迹瞬间就消失了。

"哼，敢咬我，真是找死！"贝贝愤愤地说道。

林雷见状不禁笑了起来："好了，贝贝，这条绿色小蛇已经被你解决了。"

林雷不得不感叹贝贝的身体坚硬度十分骇人。

这条绿色小蛇生活在幽冥山，能威胁到众多上位神，攻击力肯定强，却咬不破贝贝的皮肤。

"嘿，绿色小蛇们，我在这儿呢！有本事来咬我啊，来咬我啊！"贝贝故意朝四周喊了几声。

"快走。"林雷无奈地催促道。

贝贝便笑眯眯地跟着林雷走了。很明显，刚才轻易解决一条绿色小蛇的事让贝贝很开心。

第四次，林雷和贝贝又回到了山脚。

"我有预感，我们第五次肯定能成功。"贝贝咬牙切齿地说道。

连续四次走回山脚，显然让贝贝有些不甘心。

"耐心。我们花了三十几年赶到幽冥山，还在乎这一时半会儿？"林雷的心态却好得很。他不慌不忙地前进，小心注意着周围，继续新一次的尝试。

在幽冥山内，他们遇到绿色小蛇的次数少，却经常碰到从天而降的雷电。

砰！山中时不时响起轰鸣声。

"幸亏幽冥山够大，被雷电劈到的概率低。"林雷笑着说道。

"劈到就劈到咯。老大，你说这天地锁链上的雷电到底是怎么形成的？威力怎么这么大？"贝贝不解地询问道。

林雷淡笑道："作为冥界第一高山，主神居住的地方，没特殊之处才怪。"

林雷和贝贝一边交谈着一边前进。

在林雷他们身后数十米处一棵低矮大树的一片树叶上，一团绿色光芒亮起，而后形成一条绿色小蛇。那条绿色小蛇死死地盯着林雷、贝贝离去的背影，随即融入树叶内部。

随着林雷、贝贝疾速前进，那条绿色小蛇也在不断转移位置。它已经盯上了林雷、贝贝，在等待时机。

"老大，这——"贝贝刚开口，随即大叫道，"老大，小心！"

轰隆隆！一道雷电突然朝林雷落去，速度实在太快了。好在林雷一直处于警惕状态，当发现这道雷电时，他毫不犹豫地朝旁边一闪，避开了这道雷电。

砰！雷电劈在了地上，地上的枯枝败叶瞬间化为齑粉，同时出现了一个大窟窿。

就在这时候，一直尾随林雷他们二人的那条绿色小蛇倏地游向空中，化为一道细小的绿色影子直接朝林雷而去。

林雷之前的注意力都在雷电上，没注意身后。当那条绿色小蛇距离林雷五米的时候，速度骤降，林雷有所感知，猛地转过头看去。

林雷一看吓了一跳："幸亏我之前就施展了黑石牢狱。"

自从贝贝上次遭到偷袭，林雷便施展了黑石牢狱，一个半径五米的土黄色光罩笼罩住了他和贝贝。

黑石牢狱——最强斥力！

那条绿色小蛇自然看到了这个光罩，以为这个光罩和普通上位神的神力护罩一样，便没有放在心上。然而，因为这个光罩，它吃了大亏。

不过，光罩中受到的斥力和身体的重量成正比。绿色小蛇虽然受到了斥力的影响，速度骤降，但是因为本身重量轻，还是能快速朝林雷游去，其速度、冲击力非同一般。

"哼！"林雷从容不迫地一挥手中的留影剑，所过之处，空间出现了一道清晰的裂缝。

那条绿色小蛇无法轻松躲避，即使它奋力一扭蛇身，林雷的留影剑也还是劈到了它。

一剑，两截！

嗖！有蛇头的那半截身体冲到了林雷的身前。

"嗯？没事？"林雷大惊。

距离太近，林雷无法用留影剑抵挡，当即龙爪一挥，一巴掌抓去。

有蛇头的这半截身体似乎很乐意冲入林雷的龙爪中，而后朝林雷的掌心一口咬去。

咔嚓一声，林雷掌心的鳞甲被咬得碎裂开来。同时，林雷手一握，可怕的能量瞬间让绿色小蛇消散了。

"不好。"林雷脸色一变。一种酥麻的感觉瞬间穿透林雷全身，接着，一股奇异的能量朝他的脑海涌去。

"哼。"林雷体内神力流转，犹如波纹一般一重重荡漾开去，将那股奇异的能量消耗掉了。

"老大，你没事吧？"贝贝连忙问道。

"没事，幸好只是一点蛇毒进入了身体，如果整条蛇进入了我的体内，那就麻烦了。"林雷心有余悸。那股奇异能量的威力十分大，好在他成了上位神，又吸收了那么多紫晶中的灵魂能量，灵魂比在中位神境界强大了数十倍，才能用神力轻易抵御住。

一想到整条蛇差点进入自己体内，林雷心里就有些发怵。

"这牙还真够锋利的。"林雷低头看了看自己的手掌，有一小块区域的鳞甲已经碎裂开来，露出了两个很小的点。

林雷的鳞甲防御力很强，那条绿色小蛇一口咬下去，即使留下了两个很小的点，也无法咬出一个大窟窿，更不用说进入他的身体里。不过，绿色小蛇的牙齿还是刺穿了鳞甲，毒液渗入了他的身体中。

"这里只是危险程度最小的白雾区，那灰雾区和高层的紫雾区呢？"林雷突然觉得压力有点大，"难怪能得到幽冥果的人就能成为主神使者。以幽冥山的危险程度，能得到幽冥果的人实力肯定不弱，再加上幽冥果的帮助，的确有实力成为主神使者。"

林雷和贝贝继续前进，白雾渐渐变得稀薄。

"又到边界了，希望不是山脚。"贝贝不再欢呼雀跃。

一转眼，林雷和贝贝的眼睛都亮了起来——他们走出了白雾区，前方是一片没有雾气的空空荡荡的区域，再向前便是灰沉沉的雾气区域。

"走出来了！"贝贝惊喜地喊道。

"哈哈！"林雷忍不住笑了起来，"贝贝，你的预感不错，我们第五次还真成功了。"

正当林雷和贝贝开心的时候，一阵阵怒吼、咆哮声从前方的灰雾区传来。

"嗯？"林雷、贝贝十分疑惑，朝灰雾区看去。

这灰雾区里面又有什么？

第639章

灰雾区

白雾区和灰雾区之间是一片空旷的山地，林雷和贝贝没急着进入灰雾区，而是在外面仔细地听着里面发出的声音。

"是人类的声音。"林雷皱着眉说道。

"那灰雾区里面有什么玩意儿？"贝贝很疑惑。

这灰雾区中有危险，进去的人估计不多，而且很有可能会分散开来。

"即使是战斗，也不会连续不断吧？总有停下来的时候吧？我们处于边界地带都能听到……"林雷思考着。

灰雾区的范围接近白雾区，范围广阔，如果有人在远处战斗，处于边界的林雷他们二人根本不可能听到。

"嗯？"林雷陡然转头。

只见远处的白雾区冒出了两名男子，这二人体表各有一套用神力形成的青色铠甲。一出来，他们便警戒地朝林雷、贝贝看去。见是林雷他们二人，这两名男子才略微放松下来："哈哈，没想到在这儿碰到二位，看来我们和你们二位还算有缘啊。"

说话的男子身材消瘦，脸上挂着笑容，在他旁边的另外一个男子显得很坚毅，下巴上有胡子。

"是有缘。"林雷开口说道，"在下林雷，这是我的兄弟贝贝，二位是？"

"拉奇。"那个消瘦的男子笑道。

"瓦利特。"胡子男冷冷地说道。

"拉奇、瓦利特，我们是从地狱来的，对这幽冥山不熟悉。你们听，这灰雾区里面经常传来怒吼、咆哮声，你们知道这是怎么回事吗？"林雷当即询问道。他和这二人互通姓名是为了方便询问。

拉奇、瓦利特也仔细聆听起来，然后渐渐皱起了眉头。

"咦？是有些奇怪。"拉奇皱着眉说道，"我们这次进山总共数十人，在我们之前，进入灰雾区的估计不到十人。偌大的灰雾区，即使有十人进去，也就像大海中多了几滴水，怎么会有这么大的动静？"

贝贝无奈地说道："你们也不知道？"

"不知道。幽冥山中的事情很神秘。"拉奇解释道，"关于白雾区中的一些事情，外界还有传说，可灰雾区和紫雾区的事就没人知道了，估计即使有人知道也保密了吧。不知道二位现在准备怎么办？"

林雷和贝贝相视一眼。

"等。"林雷开口说道。

"和我兄弟二人想的一样。"拉奇笑呵呵地说道，"估计进去的人可能会因为迷失方向再次走出来。等他们走出来我们再仔细问，也好有所准备。"

林雷微微点头。

拉奇笑道："那我们兄弟就到那个山头，你们二位到那边。这样我们就可以看到方圆上百里的区域，也能更加容易看到走出来的人。"

"行。"林雷点头。

随即，林雷带着贝贝来到了山体上的一个凸起部位，站在这儿能看到的范围更大。

"老大，我们就在这儿干等？"贝贝有些急切。

林雷扫了一眼前方的灰雾区，摇头说道："等半天吧，如果半天还没有人出来，我们再进去。刚才的白雾区已经算是危险的了，这灰雾区可能更加麻烦，我们最好还是知道里面的基本情况再进去。"

他们赶路都赶了三十几年，等半天的耐心，林雷还是有的。若是莽撞地跑进去，说不定会吃大亏。

他们静静地等待着。大概过了半个小时，他们总算有了一点收获——林雷他们等待的队伍壮大了。

从白雾区中走出来一人，是那名银发男子。

银发男子也有耐心，没急着进去，在一旁默默等待。

许久后，盘膝闭眼静坐在石头上的林雷陡然睁开眼，抬头朝远处看去，只见那名黑袍紫发青年从灰雾区中走了出来。

看到那名黑袍紫发青年就要转头进入灰雾区，林雷当即喊道："布龙！"

在幽冥酒店的时候，林雷听到了黑袍紫发青年的名字。

嗖——

林雷和贝贝立即飞向布龙。同时，十余里地外看到这一幕的其他三个上位神也连忙飞向布龙。

"嗯？"布龙转头看过来。

"布龙，你好。"林雷打招呼。

"哦，有什么事情？"布龙的脸上没有一丝表情，同时注意到还有三人朝他赶来。

拉奇笑着说道："原来是布龙，我就知道以布龙兄弟的实力肯定能轻易走出白雾区。对了，布龙兄弟，我们对这灰雾区不熟悉，不知道你能否告诉我们一些消息？"

布龙瞥了眼前几人一眼，冷冷地开口说道："告诉你们可以，但是有一个条件。"

"请说。"拉奇笑道。

"在灰雾区中，我要和你们二位一道走。"布龙看向林雷、贝贝。

林雷听得眉毛一扬。他对布龙不太熟悉，从在幽冥酒店时的情况来看，布龙应该是一个冷漠自傲的人。如今，布龙竟然要求和他们一同前进，显然，灰雾区很危险。

拉奇等三人立即看向林雷、贝贝。

"行。"林雷点头。

布龙点了点头，淡漠地说道："灰雾区的灰雾其实是一种特殊能量，如果灵魂不强大，就会陷入无穷无尽的幻境中，以至于不分敌我、自相残杀，那就会永远走不出灰雾区。"

闻言，大家不禁心一颤。陷入幻境中？若拥有了永恒的生命，却陷入了无穷无尽的幻境中，那可比死还难受。

"里面的上位神有很多。"布龙冷漠地说道，"无数年来，估计每次都会有上位神在灰雾区中陷入幻境。上位神不可能饿死，要死也是被杀身亡。因此，灰雾区中有着数目惊人的上位神。一旦我们碰到这些上位神，他们就会将我们当成仇敌来攻击。"

林雷他们几人的脸色变得很难看。

"每次月圆之夜都会有人进来。"拉奇皱着眉说道，"幽冥山不知道存在了多少亿年，灰雾区中上位神的数量不知道会有多少。"

林雷他们都不由得朝灰雾区看去，里面依旧接连响起怒吼、咆哮声。他们明白里面的动静为什么这么大了，因为上位神太多了。

"提醒你们几位，别小瞧那些陷入幻境中的上位神。"布龙冷笑道，"这修炼，本来就是有人擅长灵魂攻击，有人擅长物质攻击。那些陷入幻境中的上位神只是灵魂防御弱一些，说不定物质攻击强得可怕，甚至有七星使徒的实力。"

林雷不由得深吸了一口气。

"灰雾区中打斗不断，无数年来，殒命的上位神有很多，活着的几乎都是物质攻击极强的。"布龙郑重地说道，"之前我进去，如果不是速度快，恐怕已经……"

拉奇等三人的脸色都有些难看。他们知道布龙的实力，布龙是一名七星使徒，竟然在里面差点完蛋。

"不过你们放心，被困在其中至今还活着的上位神，实力一般堪比六星使徒，实力堪比七星使徒的还是比较少。"布龙说道。

林雷和贝贝相视一眼。

"老大，灰雾区中的高手恐怕比四神兽家族的高手还多。"贝贝灵魂传音。

林雷微微点头。无数年来，谁知道这幽冥山吸引了多少强者？

贝贝灵魂传音："难怪他要和我们一起走。"

林雷扫了其他几人一眼，说道："各位，准备进去的就一起进去，自认没那个实力的就在外面待着。"

"我去。"银发男子第一个开口。

"进去。"瓦利特点头。

"我……也进去吧。"拉奇迟疑了片刻，说道。

"大哥，"瓦利特连忙说道，"你还是别进去了，你的灵魂……"

拉奇摇了摇头，说道："放心吧。我的灵魂不如你的强大，但也不算弱，应该能撑得住。"

闻言，林雷看了拉奇一眼。

"出发。"林雷说道。

这一队人马以林雷、贝贝为首。在危险的情况下，不管是人还是神级强者，都会自然地服从最强者。

进入灰雾区的一瞬间，林雷便感到一阵眩晕，同时也察觉到灵魂海洋中由灵魂防御主神器形成的透明薄膜外已然有一圈灰蒙蒙的雾状能量。这种灰蒙蒙的雾状能量打算入侵他的灵魂海洋，好在他还能抵抗。

"停下！"林雷猛然喝道。

此时，大家都感受到了灰雾的影响力。贝贝有灵魂防御神器，能抵挡；布龙已经有经验了，能抵挡；银发男子皱着眉头，但也是清醒的；瓦利特也能够保持清醒。然而，拉奇脸上的表情发生了变化，全身开始发颤。

"啊！"拉奇忽然疯狂地号叫起来，手中出现了一把战刀，朝旁边的瓦利特劈去。瓦利特距离他太近，来不及做出反应。

砰！一道青金色光芒闪过，拉奇飞了起来，跌落到了灰雾区外。

布龙等人不由得朝林雷那条泛着金属光泽的龙尾看去。

刚才林雷龙尾一甩，直接将身后的拉奇抽得飞走了。

"大哥，你没事吧？"瓦利特急切地问道。

拉奇已经飞出了灰雾区，他虽然胸腔凹陷，鲜血染红了衣服，但很快就清醒过来，大声说道："我没事，林雷先生，谢谢你的救命大恩！"如果不是林雷，他或许已经杀了瓦利特，那他将永远活在痛苦中。

"不自量力。"银发男子嗤笑一声。

"走吧。"林雷说道。

"瓦利特，路上小心，我不能陪你一起进去了。"拉奇在外面喊道。

"嗯。"瓦利特当即和自己的兄长告别，而后连忙跟上林雷等人，进入了灰雾区。

林雷他们五人小心翼翼地前进，时刻注意着周围，不断听到怒吼、咆哮声。

忽然，林雷余光发现一道黑光从旁边射来。

嗖！黑色光芒射向看似较弱的贝贝。黑色光芒所过之处，空间裂开。

这一幕让布龙等人大吃一惊，贝贝却大笑一声，直接迎上去，用左手抵挡，将右手手中的匕首朝对方挥去。

铿！一把黑色光晕流转的战刀劈在贝贝的胸膛上。

贝贝丝毫没受影响，左手抓住了对方，右手中的匕首已经刺到了对方。袭击者的眼眸原本是赤红色的，此刻已经暗淡无神。

"疯子。"银发男子低声说道。在银发男子看来，不顾对方攻击也要除掉对方的行为是疯子的行为。

可贝贝就这么做了，还做得那般完美，他的身上连一丝伤痕都没有。

"老大，怎么样？"贝贝得意地向林雷眨眼。

"快走！"布龙猛然说道。

"嗯？"贝贝、瓦利特等人不由得看向布龙。

林雷原本也是满脸疑惑，陡然脸色一变，因为他感觉到四周的空间震动起来。显然，有不少人正朝这边赶来。林雷不清楚陷入幻境中的上位神们为何这么灵敏。

敌人冲来了！

"逃！"

谁也不知道灰雾区到底有多少陷入幻境中的上位神。林雷他们连忙飞奔起来，却没注意到旁边一棵大树的树叶上有一条绿色小蛇正盯着他们。

这条绿色小蛇融入绿叶中，消失不见了。

第640章
诡异情况

数道身影在幽冥山灰雾区的山林内疾速穿行。

"停下。"林雷低声说道，他发现没人追上来。

"刚刚那些陷入幻境中的上位神怎么一个个跟疯了一样追我们？"贝贝愤愤地说道。

银发男子嗤笑道："他们本来就疯了。"

"是陷入了幻境！"布龙有些恼怒地说道。

"我说他们疯又没说你疯，你激动什么？"银发男子有些惊讶。

布龙哼了一声。

"别争论了。"林雷环顾周围，低声说道，"不管这些人是陷入了幻境中还是疯掉了，至少他们的灵魂受灰雾影响已经不正常了。没想到，一战斗就会吸引其他人过来。看来，我们必须加快速度，尽快走出灰雾区。"

"不急。"银发男子笑道，"说不定灰雾区内就有幽冥果。"

林雷瞥了他一眼。

幽冥果可能出现在幽冥山的任何一个地方，出现在紫雾区的可能性最大，出现在白雾区的可能性最小。

"如果你愿意留在灰雾区，我不反对。"林雷淡漠地说道，"出发。"

随即，林雷、贝贝继续前进，瓦利特、布龙没迟疑，连忙跟着林雷。银发男子不满地皱了皱眉头，看了看四周，还是跟上了。

一路上，灰沉沉的雾气萦绕着。

林雷他们五人小心地前进着，如果感觉到前方有打斗，便绕路行走。他们也发现了，在幽冥山内如果凭感觉走直线，无法成功走到目的地；可如果乱走，多尝试几次，反而会成功。

他们一步步前进，看似缓慢，实则极快。

嗖！一道火红色的身影陡然从天而降，四周空间瞬间震颤起来，一股无可匹敌的气息向林雷冲去。

林雷冷漠地扫了一眼，体表的土黄色光芒瞬间弥散开去，一个光罩出现，直接罩住了那道身影。

黑石牢狱！

林雷手腕一动，完全透明的留影剑犹如划破纸一样，将上方的空间划出了一条大裂缝。

在光罩中的那个人措手不及，被林雷一剑刺中。

布龙、银发男子以及瓦利特十分震惊。

那个偷袭者刚才蓄势的气息令空间震颤，实力可见一斑，而他在林雷手下走不过一招。

“快走。”林雷淡淡地说道，同时速度陡然变快，其他人也连忙加快速度。

在灰雾区，他们每次战斗过后，必须快速离开战斗现场，否则一眨眼的工夫，周围其他陷入幻境中的上位神就会立即赶来。

“还真强。”银发男子看了看林雷，皱着眉头，“以他的实力，跟着他，即使碰到了幽冥果，我也得不到。”

他们跟随林雷，虽然安全一些，但是如果要争夺幽冥果，他们也争不过林雷，毕竟普通的七星使徒在光罩中毫无反抗之力。

达到上位神境界后，林雷的实力已然接近地狱修罗。

嗖嗖——

林雷他们继续前行，一旦感觉到前方有空间波动，便立即改变方向。如此一来，他们一时半刻倒也没遇到其他陷入幻境中的上位神。

山林间，一棵需要五六人才能环抱住的矮树下，数十人盘膝坐着。这些人双眼泛红，透出一股疯狂的气息。

他们没有相互战斗，而是分散在矮树下的不同位置，如同野兽一般警惕着其他人。

嗖！数道身影从远处奔向这边。盘膝静坐的数十人同时朝那数道身影看过去。仅仅片刻，他们和林雷等人目光相对。

"嗯！"林雷他们五人一怔。

这数十人表情瞬间扭曲，一个个站了起来，向林雷他们奔去。

"走！"林雷咆哮一声。

他不是怕这数十人，而是怕被这数十人牵扯。若是数百、数千乃至更多这样的上位神冲过来，那时候可就糟糕了。能在灰雾区生存下来，这些陷入幻境中的上位神可没有弱者。

一名紫发女人劈出大镰刀，一道圆弧形的黑光瞬间撕裂了空间，朝林雷他们疾速飞来。

一名铁甲壮汉也猛然挥出一拳，一道道空间波纹从他的拳头处弥散开来，迅速袭向林雷他们几人

一瞬间，那数十人都发出了最强攻击，而且都是物质攻击。

或是色彩艳丽的攻击，或是模糊透明的攻击……各种物质攻击让空间震颤，出现了裂痕。

林雷他们五人的逃跑速度再快，也比不过这攻击速度。

这数十人的攻击有些分散，因此林雷他们不得不同时应对不同方向的攻击。

林雷这几人中，应对得最轻松的是贝贝，他用拳头轻松地抵挡住了攻击。林雷靠着龙化形态的身体以及留影剑也能轻松抵御攻击，可其他三人就惨了。

"逃！"布龙虽然挡住了，但是左臂受了伤，咆哮着疾速逃走了。

"浑蛋！"银发男子呵斥一声，手中一道黑色幻影一闪而逝，劈掉了袭向他的一道黑光，但他的胸膛被刺穿了，他咬着牙逃窜。

最可怜的还是瓦利特。瓦利特擅长灵魂攻击，不擅长物质防御。在连续两道物质攻击下，他的一条大腿和右臂受到了严重的损伤。不过，瓦利特顾不上这些，拼命逃窜。

"快点！"林雷喊道，同时也让光罩笼罩的范围变大。

林雷他们五人以最快的速度逃窜，那数十名陷入幻境中的上位神则是怒吼着，仿佛在追仇人一样，毫不停歇地追着。

在他们附近一棵大树的一片树叶上，绿色小蛇再度冒了出来，盯着逃窜中的林雷他们五人。

片刻后，白雾区和灰雾区的中间地带出现了林雷他们五人。显然，他们前进的路线不对，没能抵达紫雾区。

"又跑回来了。"贝贝无奈地说道。

"幸好跑出来了。"瓦利特则是松了一口气，连忙抓紧时间用神力治疗身上的伤势。

布龙和银发男子也一样在治疗伤势。刚才一路奔逃，这几人紧张得很，如果再被一群上位神围住，那他们就惨了。幸好他们一路逃窜，很快就逃出了灰雾区。

"好好准备，过会儿再进去。"林雷说道。

"你们进去吧，我自己进去。"银发男子淡笑道，"感谢林雷先生的帮助，我还是习惯独自行动。五个人在一起太明显了，更容易吸引敌人。"

"嗯？"布龙和瓦利特看向银发男子。

"随你。"林雷淡淡地说道。

贝贝嗤笑一声，看了银发男子一眼："哦，自己进去？我看，你是想去找幽冥果吧？"

银发男子眼角的肌肉微微抽搐，可他还是笑道："找幽冥果？那完全是碰运气的事情，不是我想找就能找到的。"

贝贝哼了一声，不再说话。

林雷看了看瓦利特、布龙，见他们身上的伤已经愈合了，便开口说道："两位应该好了吧，那我们出发。"瓦利特、布龙连忙跟上林雷、贝贝，再次进入灰雾区。

贝贝在进入灰雾区的时候还掉头瞥了一眼银发男子，不屑地嗤笑一声。

银发男子保持着笑容，待四人离去，冷哼了一声："找幽冥果，可不单单看实力，运气也很重要。现在你们比我强，如果我得到了幽冥果，实力大增，再得到主神器，到时候……"

银发男子体表黑光流转，整个人逐渐模糊，然后进入灰雾区。

这一回，林雷他们一路小心翼翼，不敢疾速穿行。

"那些陷入幻境中的上位神不可能一直战斗，有时候会在某个地方休息。"林雷警惕地注意着四周，"他们就和玉兰大陆魔兽山脉中的魔兽一样，疯狂残忍。"

林雷忽然觉得自己现在行走在幽冥山中就好像少年时行走在魔兽山脉中。那时候他对付的是魔兽，现在他防范的是一群疯狂的上位神，而且他所在的地方是冥界第一高山、主神的居所——幽冥山。

"你们看！"贝贝忽然低呼一声。

其他几人立即朝前面看去，前面有一具尸体，被一些树枝缠绕住了。这一路走来，林雷他们也见过不少尸体，这具尸体却是他们熟悉的人——那名银发男子。

"是他。"林雷皱着眉，当即走过去。

那名银发男子脸色苍白，额头上有一个窟窿。

"是绿色小蛇。"林雷瞬间就判定出凶手。

贝贝嗤笑道："这家伙总是一副了不起的样子，以为自己有多厉害，还想去找幽冥果，哼，连一条绿色小蛇都对付不了。"

林雷不禁摇了摇头。

银发男子都对付不了一条绿色小蛇，还想独自去找幽冥果，未免太自信了。

"我们走，路上小心点。"林雷继续前进。

瓦利特、布龙瞥了一眼银发男子的尸体，也摇了摇头，继续前进。

可是，林雷他们几人都没注意到，银发男子身上的窟窿不单单额头上的一个，胸膛、大腿上还各有一个。

林雷他们如果注意到这三个窟窿，恐怕会更加警惕。

"老大，我感觉有些不对劲。"贝贝灵魂传音。

林雷回复："我也察觉到有些不对劲，周围竟然没有打斗声。"

他们进入灰雾区后，经常会听到打斗声，可现在什么都听不到。

布龙和瓦利特也同样警惕地注意着四周，依旧跟着林雷缓缓地前进。

周围一棵棵大树的绿叶上，一条条绿色小蛇悄然出现，盯着林雷他们几人，数量之多，足以让林雷他们头皮发麻。

然而，林雷他们丝毫没察觉到绿色小蛇的存在。

"老大，绿色小蛇！"贝贝陡然灵魂传音，视线落在前方不起眼的一棵大树的一片树叶上。

那条绿色小蛇发现贝贝盯着它，顿时化为绿色光芒融入绿叶中，消失不见了。

"不见了？能融入树叶中？"林雷也看到了，不禁大吃一惊。

林雷猛然仔细看向四周大树的树叶，这一看，他脸色剧变。

单单这一眼，他就看到了十多条绿色小蛇。

第641章
幸运？倒霉？

"快走！"林雷连忙喝道。

贝贝、布龙和瓦利特听到林雷的声音，不敢拖延时间问发生了什么，赶紧跟着林雷疾速前进。

"竟然有这么多绿色小蛇，到底是怎么回事？"林雷一边快速前进，一边快速思考，"之前进入灰雾区，在其他地方没看到一条绿色小蛇，可是这里有这么多绿色小蛇。它们是怎么隐藏并融入绿叶中的，而且还没有一丝能量波动？"

神级强者们施展招数时，身体要运用能量，肯定会引起能量波动，不可能像绿色小蛇般毫无能量波动，而且，这些绿色小蛇就在他们附近，他们竟然毫无察觉。

林雷感到情况很诡异，可此刻已经容不得他仔细思索了。

"应该差不多了吧，那些绿色小蛇不会追来了吧。"贝贝灵魂传音。

"继续跑！"林雷灵魂传音。

就在林雷他们四人奔逃时，嗖嗖声陡然响起。

一瞬间，数十道绿色细小影子腾空，从侧方、后方、前方朝他们袭来。它们在空中的游走速度极为惊人，犹如一支支细小的绿色箭矢，瞬间就划过长空，而且数量惊人。

林雷他们顿时脸色剧变。

嗡——

笼罩林雷他们的土黄色光罩猛然变大，从直径五米扩大到十五米。

进入光罩中的一条条绿色小蛇速度骤降，可依旧有一部分到了林雷他们四人的面前。很诡异的是，这些绿色小蛇都不攻击贝贝，只攻击林雷、布龙、瓦利特。

林雷目光冷厉，咔哧声突然响起，一面土墙出现了。

咔嚓！绿色小蛇们却轻易地穿透了土墙。

林雷挥舞手中的留影剑，无数道剑影接连袭向绿色小蛇们。和绿色小蛇交过手，林雷知道要解决它们必须击中它们的脑袋。不过，它们太灵活了，脑袋又小，要击中它们的脑袋，难。

好在绿色小蛇在光罩中还是受到了一定影响。

咔哧，袭向林雷的九条绿色小蛇被剑影击中，其中六条的脑袋被击中了，掉在了地上。另外三条绿色小蛇虽然受了伤，但依旧游向林雷。

砰！林雷挥动龙尾，两条绿色小蛇爆裂。

剩下的一条绿色小蛇在咬到林雷的时候，被一巴掌拍死了。

"他们两个……"林雷转头看去。

在那些绿色小蛇速度变慢的情况下，布龙应付起来很轻松。布龙先是靠那柄紫色长剑斩杀了五条绿色小蛇，然后他的身体周围开始出现雷电系雾团。

那些速度已经变慢的绿色小蛇一进入雷电系雾团，速度再次变慢。

布龙自然轻松地解决了剩余的几条绿色小蛇。

"瓦利特……"林雷眉头一皱。

瓦利特身为修炼死亡规则的强者，也解决了一些绿色小蛇，可还是有一条绿色小蛇咬破了他的手进入了他的体内。

"他没事吧？"贝贝、布龙都看向瓦利特。

瓦利特站在原地一动不动。

片刻后——

"各位，我好了，继续出发吧。"瓦利特开口说道，只是脸色有些苍白。

"这绿色小蛇进入了你体内，你感觉怎么样？"贝贝询问道。

瓦利特说道："绿色小蛇进入我体内后，我急了，连忙同时运用神力、精神力攻击！"

林雷心想："如果那条绿色小蛇进入我的体内，我恐怕也会急得施展所有手段。"

"没承想，那条绿色小蛇竟然化为一道绿色光芒想进入我的灵魂海洋。不过，那道绿色光芒在我的神力、精神力的攻击下，不断变弱。我也是拼了命才将那绿色光芒完全消灭。"瓦利特还有些后怕。

林雷听着点了点头。

"在神力、精神力的攻击下，绿色小蛇所化的光芒不断变弱。"林雷有些明白了，那绿色小蛇所化的光芒应该类似灵魂能量。

"好了，现在大家要更加小心！"林雷说道，"我能帮你们的也就这些，能不能活着出去看你们自己。"

林雷的土黄色光罩一直笼罩着他们这几人。有了这个光罩，布龙、瓦利特压力大减。否则在刚才那种情况下，他们二人对付这些绿色小蛇也会感到吃力。

"林雷，谢了。"瓦利特、布龙十分感激。

"继续出发。"林雷说道。

当林雷他们几人离开后，一名棕色短发的壮硕大汉倏地出现在这里。他目光冷厉，仔细地在这地方查看了片刻。

"这么多绿色小蛇……"壮硕大汉的眼眸渐渐亮了起来，"这么多年了，我都快忘记时间的存在了，终于等到这一天了！"壮硕大汉激动得身体发颤，随即仔细打量周围，感知到前方的能量波动后，连忙朝前方奔去。

林雷怎么都没想到，在被大量绿色小蛇围攻过一次后，他们才前进了一会儿，竟然又遭到了绿色小蛇的围攻。这次围攻的规模明显比上一次大，足足有上百条绿色小蛇。

和上次一样，绿色小蛇不攻击贝贝，只攻击林雷、瓦利特、布龙。

咝咝——

半空，一大群绿色小蛇朝林雷袭来，疯狂至极。

"老大！"贝贝赶紧过来帮林雷。

"这些绿色小蛇疯了！"林雷手中的留影剑挥动起来，一瞬间，林雷的前方出现了亿万道剑影。

在这亿万道剑影下，很多绿色小蛇被击中，纷纷从半空落下。

有一条绿色小蛇躲过了剑影，不过被贝贝抓住了。

"咦？老大，你这一剑的速度比刚才快了很多啊！"贝贝惊讶地说道。

林雷淡然一笑："因为这次我运用了风系元素法则。"

这么多年以来，因为地系元素法则的领悟程度明显优于风系元素法则，所以战斗时，林雷几乎每次都是通过地系元素法则中的奥义施展招数。刚才抵御大量绿色小蛇的时候，林雷意识到了这一点，便使用了风系元素法则。

其实，他龙化形态身体的强悍配合留影剑的锋利，足以斩杀绿色小蛇。若运用地系元素法则施展招式，他的攻击力变强了，但是速度和原来差不多。

林雷通过风系元素法则使用留影剑，每一剑的威力没多大变化，可速度飙升了千百倍，让许多绿色小蛇纷纷中招。

"可惜都快两千年了，我才找到速度奥义和风之空间奥义融合的契机。"林雷在心中感慨。

风系元素法则蕴含九种奥义，其中，快、慢奥义融合便是速度奥义。在玉兰大陆的时候，林雷就已经融合了快、慢两大奥义。速度奥义和风之空间奥义本质上比较接近，林雷也只是找到了它们融合的契机，可距离融合还远得很。

"不过，用风系元素法则施展出的招式对付群攻，要好很多。"林雷松了一口气。

通过地系元素法则施展出的招式攻击是强，可对付绿色小蛇的群攻明显有些麻烦。不过，这种方法也只适合林雷。

一条绿色小蛇的防御力就很强，要对付它还是比较难的，需要有足够的攻击力。如布龙、瓦利特，怎么可能如林雷这般单靠身体和武器的攻击力就解决绿色小蛇呢？

"他们两个……"林雷看过去，布龙和瓦利特都站在原地一动不动。

"瓦利特死了。"贝贝无奈地说道。

刚才危险时刻，林雷只顾得了自己，贝贝当然会帮助林雷，瓦利特和布龙就只能靠自己了。

咻——

布龙呼出一口气，睁开眼睛，额头上满是冷汗。

"瓦利特死了？"布龙一怔。

"嗯。"林雷点了点头。

布龙看向林雷，表情复杂："林雷，你说我们现在该往哪里走？我总感觉情况不对。第一次遭到了数十条绿色小蛇的攻击，这次更是有上百条绿色小蛇，我担心下次会遇到更多的绿色小蛇。"布龙也没信心了。

刚才有一条绿色小蛇进入了他体内，幸亏他灵魂方面不弱，消灭了那条绿色小蛇。

"该往哪里走？"林雷看向四周。

四周尽是朦胧的灰雾、低矮的树木、杂乱的灌木丛，一时间，林雷也不知道该往哪里走。

"直接往前走！"一个声音突然响起。

林雷、贝贝、布龙立即转头看去，一名棕色短发的壮硕大汉疾速朝他们奔来。

这名壮硕大汉瞥了一眼林雷。林雷的龙化形态以及散发出的气息，令壮硕大汉不由得微微皱起眉头。

"布龙！"壮硕大汉转头看向布龙，脸上满是笑意。

布龙看着这名壮硕大汉，呆住了。

片刻后——

"哥！"布龙十分震惊。

壮硕大汉顿时笑了。

"你……你还活着？哥，你还活着！"布龙原本冷漠的脸上此时满是激动，忍不住流下了眼泪。

布龙无法忘记当年跟随哥哥在冥界闯荡的日子，哥哥就是他的依靠。那时他从不畏惧，因为有哥哥。

在他达到上位神境界的那天，哥哥去了幽冥山，之后，他再也没有见过哥哥。不知道多少亿年过去了，他以为哥哥殒命了。

"哈哈！"壮硕大汉笑着走过来，一把抱住布龙。

布龙此刻如孩子一样，紧紧抱住壮硕大汉："哥，你没死，实在太好了，太好了！"

"哥，我给你介绍一下，这两位来自地狱，他叫林雷，另外一位叫贝贝。在这灰雾区，因为有林雷先生，我才能侥幸保住性命。"布龙说道。

壮硕大汉惊异地看了一眼林雷，开口说道："林雷先生，我叫伯勒雷，感谢你照顾我的弟弟。"

林雷点了点头。

"布龙，跟我来。"伯勒雷抓着布龙，准备继续前进。

"哥？"布龙疑惑地看着他。

伯勒雷瞥了一眼林雷他们，爽快地笑道："你算是对我弟弟有恩，我就告诉你们吧。在灰雾区，正常情况下是不会大范围出现绿色小蛇的。这种情况，我第一次来这里时碰到过。那一次，幽冥果就出现在灰雾区。不过，幽冥果被其他人得到了。这次出现这么多绿色小蛇，我估计幽冥果应该出现了。你对我弟弟有恩，我也给你们这个机会。幽冥果，谁能得到就是谁的。"

"绿色小蛇围攻你们，是因为你们走的方向是对的。如果我预料得不错，再前行千米左右，应该会出现幽冥果！"伯勒雷说道。

布龙一怔，没想到伯勒雷竟然将这个秘密告诉了林雷他们二人。

"走吧，这算为你报恩了。"伯勒雷当即大步朝前走，"不过，也不知道你们是幸运还是倒霉。想要得到幽冥果，就要有丢掉性命的准备。"

林雷看了一眼伯勒雷的背影。

"贝贝，你说去吗？"林雷淡笑道。他原本不打算掺和这件事，毕竟得到幽冥果的概率太低，不过现在都出现了……

"当然要去看看。"贝贝笑道。

林雷、贝贝毫不犹豫，连忙跟上伯勒雷他们。

第642章

出现了

伯勒雷兄弟二人和林雷、贝贝一前一后，大步前进。不过，他们四人的前进速度并不快，一路上也是小心翼翼地观察四周。

"老大，你说那个能让人实力大增的幽冥果是什么样的？"贝贝眼眸中满是好奇，灵魂传音。

林雷一边观看四周，一边回复："幽冥果……幽冥果或许是普通水果的模样吧。嗯，怎么有些不对劲？"

林雷用鼻子嗅了嗅，闻到了一股非常奇特的清新味道，顿时感觉脑袋清爽了许多。

"老大，前面的灰雾淡了很多。"贝贝灵魂传音。

林雷心中一动，灵魂传音："看来快到了，走！"

前面的伯勒雷兄弟二人也大步朝前走。

四人就这样又前进了大概百米，发现周围已经没有灰雾了。

"那是什么树？"林雷朝前方看去，那里竟然有一棵极为茂盛的大树。

大树的树干需要两人才能环抱住，高度不足三十米。

不过，这棵大树有很多枝干，每一根枝干足有一两百米长，上面还有许多枝杈，以至于这么一棵大树覆盖了方圆数百米范围。

"老大，你看那是什么？"贝贝惊呼道。

林雷一怔。

在一根大枝杈上，竟然有一颗比拳头略大的水果。这水果似圆球，表面是紫色的，晶莹剔透，同时还散发出迷蒙的雾气。

"好清新的气息。"林雷深吸了一口气，感觉脑袋愈加清醒，灵魂也舒服得很，"这就是幽冥果？"

林雷不禁瞥向旁边的伯勒雷兄弟二人。

伯勒雷双目发亮，盯着幽冥果，却没有冲上去，而是朗声说道："林雷，那就是幽冥果！不过我得提醒你们，这幽冥果可不是那么好采摘的。幽冥果的守护蛇灵还没出现。"

伯勒雷在这里待了上亿年，自然知道这里危险。

林雷也明白，如果贸然冲上去，肯定会倒霉。

"老大，我去！"贝贝跃跃欲试。

"贝贝，别急。"林雷制止道。

"嗯？"贝贝看向林雷。

"先看看！"林雷仔细地打量四周。

突然——

沙沙声响起，幽冥果附近的绿叶仿佛被风吹过一般震颤起来，同时，大树的树叶上都亮起了绿色光芒。

不一会儿，一条条绿色小蛇出现在了绿叶上。

"这么多！"贝贝倒吸了一口凉气。他虽然不怕这绿色小蛇，但是看到这么多还是会头皮发麻。

林雷忍不住眯起眼睛，这里恐怕有成千上万条绿色小蛇。密密麻麻的绿色小蛇，出现在那棵大树的每一个角落。

"这才是小菜而已。"伯勒雷冷冷地说道。

"蛇灵，你还是出来吧。"伯勒雷朗声说道，"怎么？你还想让我过去，然后偷袭我吗？"

林雷和贝贝一怔。蛇灵？难道这些绿色小蛇不是蛇灵？

"哈哈，没想到你知道我的存在！"一个清脆的声音从树干中传来，"实在太没意思了，本想跟你们多玩玩的，现在就让我现身，一点惊喜都没了。"

蛇灵一边说着话，一边缓缓游动起来。

只见一条足有手臂粗，近十米长的绿色大蛇从树干内缓缓冒出来，然后盘绕在树干上。蛇首昂起，一双阴冷的泛着紫光的眼睛看向林雷、伯勒雷等四人。

林雷、贝贝、布龙看后，忍不住心惊。

那双眼睛紫得刺眼。

林雷、贝贝不由得眯起眼睛，不愿和那条绿色大蛇对视。

"林雷，我们现在要做的，就是在这无数条绿色小蛇以及那条绿色大蛇的阻止下得到幽冥果。"伯勒雷淡淡地说道，"提醒你一点，那条绿色大蛇还能控制那棵大树来阻挠你。好了，我们各凭本事吧。"

说完，伯勒雷身上渐渐冒出了土黄色光芒。

"地属性神力？"林雷眉头一皱。

贝贝兴奋地说道："老大，这幽冥果就是我的了！那些绿色小蛇我可没放在眼里。幽冥果，我肯定能得到！"

贝贝手中出现了那柄神格匕首，同时看向伯勒雷。

显然，伯勒雷在蓄势。

"啊！"伯勒雷大吼一声，身上的土黄色光芒瞬间聚集在他的右腿上。他抬起右腿，随后猛地踏向地面。轰！大地发出可怕的轰鸣声，土黄色光芒通过他的右腿进入大地。

诡异的是，伯勒雷脚下的土地丝毫无损。

"大地脉动奥义……"林雷看出了这一招蕴含的奥义，但是他不会这么运用。

砰砰的爆炸声突然接连响起，林雷立即朝前方看去。

地上出现了一个个大深坑，碎石迸溅，将那棵大树向外延伸的枝干砸得断裂开来，以至于大量的绿色小蛇连忙闪躲，甚至连大树的主干都震颤起来了。不过，大树的主干没受损伤，显然很坚韧。

此时，场面很混乱。

"上！"林雷眼睛一亮，犹如离弦之箭冲了出去。

"就是这时候！"贝贝也冲了出去。

不过，伯勒雷比林雷、贝贝更快一步冲了过去。伯勒雷体表的土黄色光晕开始震颤并弥散，他目光坚毅，手中出现了一柄漆黑如墨的战刀。

"哈哈——"诡异的大笑声从大树上传来。

顿时——

嗖！嗖！嗖！

千万条绿色小蛇就好像箭雨一样从大树上射出，同时袭向林雷、贝贝、伯勒雷。至于布龙，站在远处根本没冲过来。

看着劈天盖地而来的绿色小蛇，林雷拼尽了全力。土黄色光晕从他体表弥散开去，一个直径足有十五米的光罩出现，将他和贝贝笼罩住了。

黑石牢狱！

那些绿色小蛇犹如利箭一样冲入光罩后，顿时速度骤降。

绿色小蛇们知道光罩中有斥力，可不进入光罩它们就伤害不到林雷，因此只能选择冲进来。

"哈哈！来咬我啊，都来咬我啊！"贝贝大声地咆哮着，挡在林雷的前面，朝大量的绿色小蛇冲去，同时，他瞬间化为数十道幻影。

顿时，各种声音接连响起。

贝贝冲在前面，让靠后的林雷压力大减。

林雷运用风系元素法则中的速度奥义挥舞留影剑，亿万剑影瞬间出现，既飘逸又灵动，所过之处，空间隐隐震颤。

之前，林雷使用这一招时还没做好准备，这次他早有准备，施展起来轻松了许多。

哧哧——

光罩内，速度骤降的绿色小蛇毫无闪躲能力，被留影剑劈中，纷纷从半空落下。

不过，其中三条绿色小蛇只受了轻伤，依旧朝林雷游来，欲咬林雷。

"哼！"林雷瞬间改变引力的方向。

黑石牢狱——引力朝下！

方向的改变令这三条绿色小蛇来不及做出反应，直接下坠。

嗖嗖嗖！连续三剑，林雷解决了这三条绿色小蛇。

有时候，采用突然改变引力方向的作战方式，效果非常好。

"那个伯勒雷。"林雷瞥了一眼，不禁有些吃惊。

伯勒雷体表的土黄色光晕不断地震颤着。面对大量袭来的绿色小蛇，伯勒雷毫不闪躲。绿色小蛇一旦靠近土黄色光晕，身体就会开始震颤，然后砰的一声，被震成烂泥。

"大地脉动奥义、生之力奥义，还有土之元素奥义。"林雷一眼就看出伯勒雷这招蕴含了地系元素法则中的三种奥义。

不同的奥义融合，产生的效果自然不同。

这是伯勒雷想出来的对付绿色小蛇的最佳方法，是他耗费了上亿年才研究出来的一招。

此时，最轻松的就是贝贝，因为没有绿色小蛇攻击他。于是，他如闪电般飞到了大树旁。

"哈哈，幽冥果是我的了！"贝贝欢呼着准备去抓幽冥果。

咝咝，一个声音在贝贝的脑海中响起，令他有些发晕。

突然，那条绿色大蛇从旁边冒了出来，张开大嘴朝贝贝咬来。脑袋发晕的贝贝还没反应过来，就被这条绿色大蛇一口咬住了脑袋。

那条绿色大蛇奋力一咬，咔嚓一声——

"贝贝！"林雷大惊。

"滚！"贝贝咆哮着，把头从蛇嘴中猛地甩了出来。

那条绿色大蛇却惊诧地盯着贝贝，一个东西从它口中掉落。

林雷一眼扫过去，赫然是一截断裂的毒牙。

"那条绿色大蛇咬贝贝，把牙咬断了？"林雷十分吃惊。

在那条绿色大蛇和贝贝纠缠的时候，伯勒雷奔向幽冥果。当伯勒雷快接触到幽冥果的时候，那棵大树猛地弯了下来，竟然躲开了伯勒雷，同时，大量的枝干犹如一只只手臂朝伯勒雷袭去。

伯勒雷不禁脸色一变。

"大哥！"在远处观看的布龙不禁大喊一声。

伯勒雷怒吼着，奋力劈出手中漆黑如墨的战刀。顿时，低沉如雷鸣般的声音响起，空间震动得产生了裂痕。

嗖——

林雷这时候也飞向那幽冥果。

"浑蛋！"贝贝也咆哮着再次冲过去。

咝——那条绿色大蛇愤怒地张开大嘴，朝林雷、贝贝猛地喷出了浓郁的黑色毒雾，毒雾瞬间笼罩住了林雷、贝贝。

第643章
大树的选择

黑色毒雾瞬间侵入林雷的灵魂海洋，开始侵蚀由灵魂防御主神器形成的透明薄膜，特别是透明薄膜处那个曾经的豁口。

那个豁口是林雷在达到上位神境界后，耗费两百多年才修复好的。一旦被攻破，那他两百多年的努力就白费了。

"哼。"林雷的灵魂能量犹如振动波一样袭向黑色毒雾。带着青色光晕的灵魂能量如闪电般不断冲击着黑色毒雾，直至将其消灭殆尽。

"老大，那条绿色大蛇真难缠。"贝贝灵魂传音。

咝——

绿色大蛇愤怒地甩动蛇尾，化作一道绿色幻影，朝林雷和贝贝二人抽来。

林雷目光冷厉。

嗖！林雷的龙尾猛然甩动，和那蛇尾来了一次交锋。啪的一声，林雷被反弹到了数十米外，而那条绿色大蛇又缠绕回大树上。

"这条绿色大蛇的蛇皮还真够坚韧的，"林雷在心中暗道，"也够滑溜的。"

"哼！"贝贝在林雷被反弹后，朝幽冥果冲去。

绿色大蛇一甩蛇尾，仿佛旋风一般直接抽向贝贝。贝贝手中突然出现一柄神格匕首，对着那抽来的蛇尾狠狠戳下去。

哧哧——

神格匕首在蛇皮上一划，留下了一道比较深的白印，它身上的细密鳞甲碎裂了两三片。

"咦？"贝贝十分惊异，灵魂传音，"老大，绿色大蛇比绿色小蛇的身体强很多，还很滑，连我的神格匕首都不能一下刺穿它。对了，老大，你赶快去拿幽冥果，绿色大蛇由我来对付，它还对付不了我！"

"小子，我要你死！"绿色大蛇见自己的鳞甲碎裂了两三片，顿时大怒，咆哮着再次袭向贝贝。它的毒牙锋利，却不够坚韧，它的蛇皮才是最坚韧的。这么多年来，还没人能够在它的身上留下伤痕。

嗖，林雷很放心贝贝，直接朝幽冥果冲去。

这一边——

绿色大蛇将贝贝卷起来了，似乎想勒死他。

"哼，力量是不小，不过你想凭着这点力量就将我勒死，做梦！"贝贝仰着脑袋盯着绿色大蛇，毫不畏惧。

绿色大蛇全身都在用力，想绞死贝贝。它天赋异禀，靠身体勒死上位神是很轻松的事情。就是上位神器被它的身体一绞，也会变得扭曲。

可是它今天发现，被它勒住的这个小子好像一块坚硬得不能再坚硬的金属疙瘩。

"嘿，力量再大点。"贝贝嬉笑道。贝贝任由绿色大蛇卷住，顺便注意林雷的情况。

"嗯？"贝贝一惊。

只见林雷靠近幽冥果的时候，大量的枝干朝林雷袭去。

林雷怒而劈出留影剑，运用了地系元素法则中的奥义，威力大到了极致。轻微的声音响起，空间裂开了。

嚓！留影剑劈在一根枝干上。这枝干足有大腿粗，林雷全力一剑劈去，竟然只劈到了枝干的中央部分，而且留影剑陷在了里面。

"嗯？"林雷感知到这棵大树的枝干和留影剑的交界处竟然传来了一股强大的波动，直接袭向他的脑海。

嗡——林雷顿时感觉脑袋发晕，但还扛得住。

很快，其他大量的枝干向他卷来。

"退！"林雷连忙拔剑，疾速后退，同时，他体表土黄色光芒流转，一个光罩出现——黑石牢狱，光罩内强大的斥力立即作用在那些枝干上。

即使速度变慢了，那些枝干也依旧向林雷包围过来，林雷只能躲闪得更远一点。

林雷这边遇到了困难，伯勒雷那边也不好过，他同样对付不了那棵大树。

"伯勒雷，你说这棵大树是由绿色大蛇控制的，怎么还能施展灵魂攻击？"林雷不禁喊道，同时他已经退到了百米外。

伯勒雷同样退到了百米外，摇头说道："我第一次见到这棵大树时，绿色小蛇太多，我都没有靠近过这棵大树，不知道这棵大树能进行灵魂攻击。现在看来，这棵大树本身就有智慧。"

林雷忽然就明白红发俏丽女子所谓的蛇和树到底是什么了。

"她所谓的蛇，应该是这种大蛇，而树，应该就是这种可以长出幽冥果的大树。"林雷刚才感受到了这棵大树的强大，仅仅一根枝干就能抵挡他的全力一剑，令他的留影剑陷入枝干中。

"嗯，修复好了？"林雷惊讶地发现，他刚才劈中的那根枝干已经完好如初了。

"和神级强者一样，这棵大树能自行恢复身体的伤。"林雷感到头疼了。

"哈哈，不行了吧，那该我了！"贝贝的声音陡然响起。

林雷不由得看过去，只见贝贝被那条绿色大蛇用蛇身卷住了。

然而，"嗷——"一个刺耳的声音响起。

贝贝张开嘴巴，同时，它的身后出现了一道巨大的噬神鼠幻象，冷冷地盯着那条绿色大蛇。

天赋神通——噬神！

绿色大蛇一怔，感到情况不妙。

贝贝眼中掠过一丝冷意。

"啊——"一声惨叫响起。

绿色大蛇的脑袋上冒出了一枚黑色神格，被贝贝直接吞入腹中，而绿色大蛇身体一松，从贝贝身上滑下，身死。

在绿色大蛇殒命的那一刻，那棵大树上幸存的一些绿色小蛇竟然全部化为绿色光芒，而后渐渐消失。

"哦……"林雷有些明白了。

那些绿色小蛇应该是绿色大蛇的一部分，或者说是依托绿色大蛇而存在的。现在绿色大蛇一死，那些绿色小蛇也就完蛋了。

"还敢和我嚣张！"贝贝哼道。

远处的伯勒雷、布龙兄弟二人盯着贝贝，一副难以置信的样子。刚才，他们看到了贝贝施展的招式。这一招不在他们了解的七大元素法则、四大规则之内，因此在看到这一招的威力后，他们很震惊。

面对这一招，如何抵挡？

这一招是直接用来对付神格的。即使修炼者领悟的奥义十分强，若是他的神格没了，那也没有用。

"幽冥果是我的！"贝贝再次朝那棵大树冲去。

沙沙——那棵大树就好像疯了一样，大量的枝干犹如鞭子一样舞动起来，朝贝贝袭来。

林雷见状，心中一动，光罩的笼罩范围瞬间扩大到方圆数百米。

黑石牢狱——引力朝下！

光罩内的那些枝干不禁都垂了下来，但仍努力地去抓贝贝。

嗖，林雷赶紧飞了过去。

嗖，伯勒雷也赶紧飞了过去。

那棵大树枝干的移动速度的确慢了很多，难以抓住贝贝、林雷他们，但是它们无所谓能不能抓住林雷他们，而是将幽冥果重重包裹起来。

林雷、贝贝、伯勒雷都傻眼了，这样他们怎么得到幽冥果？

"上次，这棵大树只是很随意地阻拦一下啊，没这么疯狂。"伯勒雷不解地说道。

林雷、贝贝悬浮着，盯着那棵大树。

"老大，怎么办？"贝贝询问道。

"有些麻烦。"林雷眉头一皱，持着留影剑朝那棵大树狠狠劈去。剑身所过之处，空间裂开一道道裂痕。

留影剑接连劈在那些枝干上，连续数百剑，可是只要剑一离开枝干，枝干就能立即复原。

呼！大量枝干陡然行动，袭向近处的林雷。

林雷脸色一变，瞬间将光罩内的引力改为斥力。

那些枝干的速度骤降，林雷则飞速后退。

"贝贝，这些枝干实在太坚韧了，又很多。我劈完一剑还没劈第二剑，那枝干就恢复如初了，而且还能进行灵魂攻击。一根枝干围过来不可怕，可是千百根围过来，比被那条绿色大蛇束缚住还麻烦。"林雷灵魂传音。

"看来只有一个办法了。"贝贝飞上前去。

"嗷——"一声号叫，一道足有数十米高的噬神鼠幻象再次出现在贝贝的身后，那强大的气息令伯勒雷、布龙心惊。

一股奇特的能量作用在那棵大树上。

"施展完噬神，贝贝这次就得休息了。"林雷在心中暗道。

虽然林雷对贝贝很有信心，但是事情的发展让林雷十分震惊。那棵大树丝毫没受影响，也没有神格从它体内冒出。

"怎么可能？"林雷觉得难以置信。

贝贝落回地面，疑惑地说道："老大，我感知不到它有神格。"

"感知不到？"林雷有些讶异。

"这棵大树没有神格。"贝贝万分肯定。

"如果这样就麻烦了。这棵大树能孕育出幽冥果这种灵物，的确不一般。"林雷眉头一皱，"听伯勒雷说，幽冥果上次出现时，这棵大树并没大肆阻拦欲取果之人，只是意思一下而已，为什么这次反应这么大？"

就在这时——

嗖！伯勒雷化作一道幻影再次朝那棵大树冲去。

这次，林雷和贝贝没急着过去，想看看伯勒雷的情况。不过，林雷认为伯勒雷也得不到幽冥果。

哗！原本包裹住幽冥果的大量枝干陡然散开，朝伯勒雷袭去。伯勒雷猛然劈开一根最近的枝干，快速飞向幽冥果。其他袭向伯勒雷枝干的速度似乎变慢了，让伯勒雷刚好有机会飞出包围圈，一把将那颗晶莹剔透的幽冥果采摘下来。

"是我的！"伯勒雷惊喜若狂，毫不犹豫地咬了下去，两三下便将幽冥果吃了，然后闭上了眼睛。

林雷、贝贝仿佛被雷电劈中般愣住了。

片刻后，贝贝不敢相信地说道："怎么回事？"

"那棵大树没怎么阻拦……"林雷也无法理解。

那棵大树有那么多枝干，完全能将伯勒雷拦住，即使拦不住，也完全可以像刚才应付林雷、贝贝一样，将幽冥果包裹起来。这样，伯勒雷就得不到幽冥果。可是，伯勒雷得到了幽冥果，而且没费什么力气。

"那棵大树似乎有意帮伯勒雷。"林雷不解地说道。

哗哗——那棵大树忽然震动起来，主干开始陷入地下，紧接着大量枝干陷入地下，那条绿色大蛇的尸体也陷入了地下。仅仅几次呼吸的时间，那棵大树便完全进入地下了。

那棵大树离开了。

"哈哈——"激动的大笑声响起，伯勒雷睁开了眼睛。

林雷感知到伯勒雷的气息已经发生了变化。

"感谢两位。"伯勒雷看向林雷、贝贝。

这时候，布龙也兴奋地跑过来："大哥，你成功了！"布龙知道伯勒雷为了得到幽冥果吃了多少苦。

伯勒雷第一次进入幽冥山时，虽然看到了幽冥果却没有得到，而后便一直待在灰雾区修炼领悟，坚持等待，以至于布龙以为他殒命了。伯勒雷上亿年的坚持终于换来了成功。

"两位，那棵大树上次只是简单地阻拦了一下，这次它明显是在针对你们。"伯勒雷看向林雷他们二人，"我看，应该是贝贝杀死了蛇灵的缘故。"

"蛇灵！"林雷、贝贝心中一惊。

"那蛇灵一直和那棵大树待在一起，数亿年下来，彼此之间肯定有了深厚感情。你们解决了蛇灵，那棵大树会愿意将它孕育出的幽冥果给你们吗？"伯勒雷说道。

第644章

主神使者出现

因为林雷和贝贝解决了蛇灵，所以那棵大树对他们有了敌意？

林雷和贝贝相视一眼，不知道该说什么好。

"哈哈！"伯勒雷笑着说道，"当然，这只是我的猜测。不管怎么说，这件事情已经结束了。这次我能得到幽冥果，要感谢二位。"

林雷淡然一笑。林雷对伯勒雷还是存有一丝好感的，毕竟伯勒雷告诉了他幽冥果的信息。如果伯勒雷不想他得到，根本就不会告诉他。

为了幽冥果，伯勒雷在这里耗费了上亿年，他配得到那颗幽冥果。

"不是说得到幽冥果就会得到主神接待，成为主神使者吗？"贝贝咋咋呼呼地说道，"主神呢？"

林雷眼睛一亮，连忙朝四周看去。如果现在主神出现，他的目的倒是达到了。

此时，因为那棵大树的离开，灰雾再次弥漫。不远处的灰雾中，模模糊糊地出现一道人影。

林雷、贝贝眼睛一亮："难道是主神来了？"林雷和贝贝都期待得很。

一刹那，那道人影就出现在了他们的面前。

来人很消瘦，很高，有一头披散开来的银色长发，双眸如鹰眼般扫过林雷几人，视线最后落在了伯勒雷的身上，淡笑道："伯勒雷，恭喜你得到了幽冥果。你现在随我去主神宫殿吧，等待主神的召见。"

"是你，"伯勒雷的脸上满是惊讶，"阿瑟斯！"

"对。"阿瑟斯淡笑道，"这么多年过去了，你还记得我。这么多年来，你一直待在幽冥山，这一切我都知道。这无数年的漫长等待，你竟然都熬下来了，我必须得说一声佩服。"

伯勒雷哈哈笑了起来："当年我们一道进入幽冥山，那时我就立下誓言——要么身死幽冥山，要么成为主神使者再出去！"

林雷和贝贝这时候才明白，原来来人并非主神，而是当初和伯勒雷一同进入幽冥山，最后得到幽冥果的人。

"这人原来是主神使者！"林雷心中一动，"他既然待在幽冥山，看来和主神的关系比较亲近，如果通过他……"

林雷此次来幽冥山的目的便是见主神。

"大哥，恭喜！"布龙高兴地说道。

伯勒雷也笑呵呵地看着自己的弟弟。

"伯勒雷，走吧，随我去主神宫殿。"阿瑟斯催促道。

"阿瑟斯，"伯勒雷郑重地说道，"我先送我弟弟离开灰雾区，再随你一起去吧。"

"不急。"阿瑟斯淡笑道，"你和我一道走，带着你弟弟。先让你弟弟待在灰雾区和紫雾区的交界处，让他在那里等一天半。等你见了主神，得到了主神安排，到时候再送你弟弟出去也不迟。你弟弟这一点时间还是能等的吧。"

"大哥，多等一天半而已。"布龙兴奋得很，"等我们再见面，你就是主神使者了。"

"其实你大哥吃了幽冥果后，实力就堪比一般的主神使者了。"阿瑟斯淡然说道，"得到幽冥果，自然能成为主神使者。"

伯勒雷笑着点头："阿瑟斯，那我们走吧。"

"等一下。"林雷这时候才开口。

"嗯？"阿瑟斯和伯勒雷都看了过来。

伯勒雷连忙介绍道："阿瑟斯，这位是和我一道来的林雷，他们二人据说来自地狱位面，实力极强。"

"他们二人没吃幽冥果，实力也够强了。"阿瑟斯淡然说道，"你们在这里大战的情景，我一清二楚。林雷，你这位四神兽家族的强者来到冥界是为了幽冥果，我可不信。你现在又有什么事情？"

林雷的龙化形态令许多强者能轻易猜出他的身份。

林雷心一颤，感觉阿瑟斯的态度似乎不太友好。

"阿瑟斯先生，"林雷连忙说道，"我这次来幽冥山的确不是为了幽冥果。我有重要的事情想拜见冥界主神，还请你帮帮忙，带领我们一道去见主神！我是真的有非常非常重要的事情！"

林雷的语气、眼神都十分诚恳。

"阿瑟斯。"伯勒雷看向阿瑟斯，显然也想让阿瑟斯帮帮忙。

阿瑟斯淡然一笑，随意地说道："你不远亿万里从地狱来冥界，不顾生死闯幽冥山，能做到这些，我当然知道你肯定有非常重要的事情。

"不过，这无数位面中，想见主神的人多了。难道就因为你想见主神，我就带你去？主神是何等身份？岂会一个个见你们？而且，我也没那资格带领你们过去。"

林雷不由得急了，说道："阿……"

他的话还没说完，就被打断了。

"别说了，我就是一个普通的主神使者，你别为难我。如果你铁了心要见主神，那就继续闯吧。闯出这灰雾区，再进入紫雾区。

"等你出了紫雾区，就能抵达主神宫殿。到时候，你能不能见到主神，就看主神的意愿了。"阿瑟斯淡淡地说道。

林雷明白了。阿瑟斯虽然是主神使者，但相当于一个仆人，只能听命做事。想到此，林雷就不再勉强阿瑟斯了。

阿瑟斯看了林雷一眼，摇了摇头，说道："林雷，我奉劝你一句。你最好就此放弃下山去，后面的路不是那么好走的。伯勒雷，我们走吧。"说着，阿瑟斯、伯勒雷、布龙疾速飞离开去。

林雷、贝贝站在了原地。

"老大？"贝贝看向林雷。

"继续前进吧。"林雷淡然说道，"虽然阿瑟斯劝我下山，但我不会放弃，再危险我也要闯。"无论是为了父亲还是为了生死兄弟，这幽冥山他必须闯下去。

贝贝点头："老大闯，我也跟着闯。"

林雷看了贝贝一眼，不由得会心一笑。这么多年来，贝贝总会义无反顾地随他去冒险，两人之间早就无须说见外的话。

"走吧。"林雷说道。

"嗯。"贝贝随之跟上。

林雷和贝贝继续在灰雾中前进。他们既然不会受灰雾的影响，那走出去就是碰运气的事情了。

一路上，林雷和贝贝还是碰到了一些陷入幻境中的上位神。林雷和贝贝不敢恋战，能避开就避开。

在花费了近半个小时后，他们终于走出了灰雾区。

林雷和贝贝在山脚的时候，觉得白雾区和灰雾区占了幽冥山九成以上的范围。当他们来到灰雾区和紫雾区的交界地带时，发现紫雾区的范围也很大。

"两位走出来了？"一个声音响起。

刚刚走出灰雾区的林雷、贝贝转头看去，布龙正笑着走过来："你们比我预料的要快些。"

"那可赶不上你，你有主神使者带领。"贝贝撇着嘴说道。

布龙只是笑了笑。布龙过去总是一副冷漠的样子，现在脸上经常挂着笑容，毕竟他找到了唯一的亲人，知道他的哥哥还活着。对他而言，这可比得到幽冥果要开心得多。

"林雷，"布龙看向林雷，"我大哥和主神使者上去的时候，让我再次劝诫你。紫雾区真的非常危险，比那灰雾区要危险得多。你们二人虽然实力强，但因为解决了那蛇灵，估计进去后没希望走出去。"

林雷眉头一皱。

"解决了蛇灵？"林雷不解。

"解决了蛇灵跟紫雾区有什么关系？"贝贝问道。

布龙说道："阿瑟斯告诉我，那棵大树和蛇灵平常是待在紫雾区的，无数年才会去灰雾区一次。那些上位神在灰雾区还有希望得到幽冥果，可到了紫雾区，根本不可能得到幽冥果。你们这次解决了蛇灵，最好别去紫雾区了。"

林雷和贝贝相视一眼，感到事情不妙。

"谢谢你的提醒，不过我们还是要去试试。"林雷开口说道。

"当然要去，难道还怕了那棵大树？"贝贝说得满不在乎，可心里还是有些没底。

之前贝贝施展天赋神通对付那棵大树时，发现那棵大树没有神格，他的招式对那棵大树没有用。

布龙见二人不听劝，便不再多说。

林雷、贝贝随即直接飞入紫雾区，布龙看着二人的背影感慨道："希望你们能活着出去。"

这次来幽冥山，林雷帮过他，还让他见到了他哥哥，他对林雷他们二人还是很有好感的。

　　紫雾区。

　　"咦？好舒服。"贝贝疑惑地环顾四周，林雷则是警戒地看向四周，周围是无尽的紫色雾气。

　　和白雾区、灰雾区截然不同，在这里，雾气对人不但没有产生任何负面影响，反而让人感到神清气爽，就好像闻到了幽冥果一样。

　　"这紫雾区里面好安静！"贝贝灵魂传音，"老大，这紫雾区似乎没什么危险嘛。"

　　"别掉以轻心，小心前进。"林雷皱着眉头，一步步前进。

　　一路走来，从白雾区到灰雾区再到紫雾区，林雷不相信紫雾区会如表面这般平静，而且阿瑟斯提醒过他，紫雾区非常危险。除了低矮的大树、大量的灌木丛，这里没有其他生命存在。

　　林雷、贝贝前进了好一会儿，周围依旧没一丝动静。

　　"难道就让我们这么走出去？"贝贝嘀咕道。

　　林雷忽然瞳孔一缩，看向前方。

　　"那是什么？"贝贝惊呼道。

　　只见前方大量的枝叶蔓延开来，浓密得惊人。

　　在紫雾区，能看到方圆近千米范围，视线内全是浓密的树叶。

　　"靠近看看。"林雷低声说道。

　　林雷和贝贝一步步前进。

　　当靠近这些枝叶时，林雷震惊地发现："这……这枝干，这是幽冥果树的枝干！"林雷一眼就认出来了，幽冥果树不是普通的树，枝干非常特殊。

　　只见足有数米粗的庞大枝干蔓延开来，连大枝干上的小枝干也在蔓延。

　　"这是树冠！一个大得惊人的树冠！"林雷十分震惊。

在灰雾区里出现的幽冥果树，枝干的覆盖范围只有方圆数百米，可是眼前这棵幽冥果树，单单枝干就很粗，而且直到现在，主干都还没有出现。

这是何等大的一棵树！

林雷突然意识到一个问题，不禁屏息："幽冥果树不止一棵？"

很明显，这棵才露出冰山一角的幽冥果树，绝对不是灰雾区中出现的那一棵。这棵大得惊人的幽冥果树，光是一根枝干就超过那一棵幽冥果树的主干了。

"老大，这么大的幽冥果树！"贝贝心里有点发怵。

之前在灰雾区，他的天赋神通对幽冥果树没有一点用。

"继续前进。"林雷低声说道，同时将笼罩他们的土黄色光罩的范围变大——直径扩大到二十米。不得不说，黑石牢狱这一招很有用。这个光罩内有强大的斥力，但凡有外物进来，就会遭到排斥。

林雷他们已经走了数千米，视线范围内依旧是庞大到吓人的树冠。

"老大，你看上面。"贝贝忽然说道。

林雷顺着贝贝的目光看去，只见上方杂乱的树叶中冒出了一条绿色小蛇。

"绿色小蛇！"林雷一惊，"有这种绿色小蛇，便代表肯定有那种绿色大蛇！这种绿色小蛇都是依托蛇灵存在的。也就是说，除了那条被贝贝解决的蛇灵外，还有其他蛇灵！"林雷感觉自己的心都悬起来了。

突然——

林雷眯起眼睛，看到上方大量的树叶上不停地冒出一条又一条绿色小蛇。这些巴掌大小、手指粗细的绿色小蛇都盯着林雷二人，却没有发动攻击。

"好多！"贝贝灵魂传音，十分震惊。

"接着走。"林雷不顾这些绿色小蛇，继续前进。

在前进途中，林雷他们发现每一处都冒出了大量的绿色小蛇，就数量而言，已然数十万百万计了。这远远超过在灰雾区所见到的那些绿色小蛇。如此数量，令林雷也感到惊诧。

绿色小蛇如此多，那蛇灵呢？

"主干！"林雷和贝贝的目光看向远处。

又行进了近万米距离后，林雷他们终于见到了这棵幽冥果树的主干。乍一看，这哪里是什么主干，根本就是一面墙，有弧度的一面墙壁。这棵幽冥果树的主干的直径就有数百米。

主干直径数百米，树冠的半径近万米，这是何等大的一棵树！

最重要的，它是幽冥果树！像幽冥果树这种树很珍贵，也很稀少。

在冥界、地狱，这样大小的树有很多，可是，那些树的坚韧度不行，能被林雷一剑砍断。而幽冥果树，林雷全力一剑也砍不断。

"单单主干直径就有数百米，我没办法一剑砍断。"林雷在心中暗叹。

"老大，上面，你快看，幽冥果！"贝贝惊呼道。

林雷仰头看去。

只见一片茂密的枝叶丛中露出了点点紫色。即使距离远，又有紫雾笼罩，依旧能看到那如宝石般散发紫色光芒的果子。

"是幽冥果，而且有数十颗！"

林雷不禁走了过去，贝贝也跟着走了过去。

一走近，他们就看得更清楚了。晶莹剔透的紫色幽冥果仿佛小灯笼一般悬挂在绿叶丛中。这样的果子，足足有数十颗。

"这么多幽冥果！"贝贝十分震惊。

"无数年来，冥界出现过的幽冥果，加上伯勒雷得到的那颗才四颗！这里竟然有这么多！"林雷虽然震惊，但是很快冷静了下来。他明白这么多幽冥果绝对不是他想拿就能拿得到的，否则这里就不会有幽冥果了。

贝贝在震惊过后，双目开始发亮："哈哈，幽冥果原来还有这么多啊！"

"蛇灵呢？出来吧。"林雷冷冷地说道，同时瞥向树冠上那密密麻麻的绿色小蛇。那些绿色小蛇都在盯着林雷、贝贝。

贝贝大笑道："嘿，冒出来这么多绿色小蛇干什么？吓人啊？本尊快出来吧！"

"如你们所愿。"一个冷冷的声音从幽冥果树中传出。

林雷、贝贝立即循声看去。

咝咝——

只见一条足有手臂粗，八九米长的绿色大蛇从树叶丛中冒出来。那柔软的蛇身缠绕着粗长的枝干，蛇首昂起，眼睛冷冷地看着林雷他们二人。

"你——"贝贝才说了一个字，声音戛然而止。

因为在那条绿色大蛇旁边，又冒出了一条体积略微大一点的绿色大蛇，尾巴缠绕着枝干，身体垂下来，靠在枝干上。这条绿色大蛇泛着紫光的双目同样盯着林雷、贝贝，眼中蕴含着杀意。

沙沙——

声音不断响起，一条又一条绿色大蛇冒了出来。

贝贝嘴里数着："三，四，五……八，九！"

足足九条绿色大蛇，或是相互缠绕在一起，或是缠绕在主干上，都愤愤地盯着林雷他们二人。论大小，这些绿色大蛇相差不大，和灰雾区的那条绿色大蛇差不多。

"九条……有些麻烦。"贝贝皱起眉头。

绿色大蛇很难缠，贝贝要解决它们还得靠天赋神通——噬神。距离上次使用天赋神通已经过去了一段时间，贝贝的精神力已经恢复了，可要解决这九条绿色大蛇还是有难度。

"九条！"林雷也感到棘手。

"贝贝，不要那幽冥果了，我们先走。"林雷灵魂传音。

无数年来，没人能采摘到这么多幽冥果。不谈那难缠的九条绿色大蛇，光是那粗得惊人的幽冥果树就很难对付。他们还是赶紧走，离开紫雾区比较好。

"不要！"贝贝有些舍不得。

"快走！"林雷看了贝贝一眼，灵魂传音。

贝贝最终还是答应了："那好吧。"

嗖！嗖！

林雷和贝贝几乎同时化为两道幻影，朝旁边疾速飞去。

九条绿色大蛇瞬间直起身子，仿佛九道绿色闪电朝林雷二人游去。

因为林雷和贝贝先逃一步，还被光罩笼罩着，所以那九条绿色大蛇要追上他们二人没那么容易。

"想追上我们？做梦吧！"贝贝哈哈笑道。

哗——

他们头顶上方的树冠猛然一沉，大量枝干压了下来，犹如一座山瞬间落到了地上。

林雷和贝贝感觉眼前一下子暗了下来，路被堵住了。

穿过幽冥果树的枝干？

见识过幽冥果树枝干坚韧性的林雷和贝贝毫不犹豫地转身。一转身，他们就看到已经停下来，盘在地上的九条绿色大蛇。

"你们还想逃？哈哈——"一个浑厚的声音从其中一条绿色大蛇口中传出，它用阴冷的紫色双眸瞪着林雷二人，"我告诉你们，幽冥山紫雾区就是你们二人的葬身之地！"

一个满含怒气的声音从另外一条绿色大蛇口中传出："你们一个叫林雷，一个叫贝贝，对吧？你们也够厉害的，竟然敢解决我们大姐！无数年了，我们兄弟姐妹十个一直好好的……我大姐去给你们送幽冥果，竟然被你们解决了！哼，我们就是身死，也要解决你们为大姐报仇！"

"对，为大姐报仇！"另外一条绿色大蛇也怒吼道。

这九条绿色大蛇的紫色的眼中都蕴含着愤怒、仇恨。

林雷不禁感到头痛。

"那蛇灵跟这九个蛇灵还真的有关系，竟然是它们的大姐。"林雷预料到会有麻烦，却没预料到那蛇灵还有九个兄弟姐妹。

"说什么呢？你们大姐那叫送幽冥果给我们？"贝贝怒道，"真是脑袋有毛病！你们大姐若是送幽冥果给我们，还死命地拦住我们干什么？如果不是你们大姐那么过分，我会解决它吗？"

其实，阻碍来者是蛇灵的任务。通过蛇灵的阻碍，筛选出有足够实力的人。因此在九条绿色大蛇看来，它们的大姐的确是去送幽冥果给外人的。可现在，它们的大姐被解决了，它们当然怒不可遏。

"二哥，别和他们废话了，杀了他们。"一条绿色大蛇说道。

"杀！"那个浑厚的声音再次响起。

顿时，九条绿色大蛇分散开来，将林雷他们包围了起来。

此时，笼罩林雷和贝贝的光罩直径足有二十米，九条绿色大蛇在光罩之外。

九条绿色大蛇开始疾速游动起来，九双紫色眼睛死死地盯着林雷他们二人。

沙沙——

九条绿色大蛇的速度很快，以至于林雷和贝贝根本看不到蛇影，只能看到九道绿光。片刻后，绿光竟然扭曲起来，仿佛丝线一样开始缠绕，然后朝林雷他们二人袭来。

"什么招数？"林雷困惑不解，可也没多想，扩大了光罩的笼罩范围——笼罩住了在游动的九条绿色大蛇。

光罩内，绿色大蛇被强大的斥力影响到了，游动速度骤降，忍不住往后移。

联合攻击被破！

"攻击那个林雷！"一个怒喝声响起。

于是，九条绿色大蛇瞬间反弹而起，如九道绿光朝林雷袭去，那毒牙也朝林雷咬去。

因为那个光罩，九条绿色大蛇的速度并不算快。它们知道它们的最强攻击就是靠毒牙咬人，然而贝贝的身体太强悍，它们大姐的毒牙崩断了都没有伤害到贝贝。因此，它们选择先对付林雷。

九条绿色大蛇的毒牙和绿色小蛇的毒牙，那威力可是两个层次的。被九条绿色大蛇的毒牙一咬，比绿色小蛇进入身体还要可怕。

林雷看着这九张大嘴咬过来，心中一惊："被绿色小蛇咬中就有些麻烦，如果被这绿色大蛇咬一口……我可不是贝贝。"他明白，他的鳞甲防御力是强，但是还没达到青龙一族族长盖斯雷森的鳞甲强度，更没达到贝鲁特、贝贝体表的那种强度。

林雷心中一动，黑石牢狱——斥力变引力！

九条昂着头的绿色大蛇的身体猛然一坠，同时，林雷施展灵魂混乱。

"嗯？"林雷惊异地发现，这九条绿色大蛇竟然丝毫不受灵魂混乱的影响，依旧朝他咬来。

林雷运用地系元素法则中的奥义，挥出手中的留影剑。留影剑所过之处，空间震颤起来，裂开道道裂缝。

光罩内，绿色大蛇的闪避速度开始变慢。扑哧，一条绿色大蛇被留影剑劈中了，全身一颤，身上出现了一道大伤口，紫色血液流了出来。

"好坚韧的蛇皮。"林雷一惊。他那一剑蕴含了地系元素法则中的奥义，竟然只是让绿色大蛇的身上出现一道大伤口。

那条被劈中的绿色大蛇痛得咆哮起来，然后疾速咬向林雷。它口中的毒牙闪烁着诡异的黑色光芒。

嗖——林雷立即闪退。

九个追,一个逃,时而还有几道剑影劈下。

"二哥,这浑蛋运用重力空间奥义使出的这一招引力太大。在他的光罩内,我们追不上他。"一条绿色大蛇焦急地说道。

其他绿色大蛇也意识到这个问题了。

沙沙——这时候,幽冥果树开始剧烈地震颤起来。

第646章

金银双蛇

"老大！"贝贝大惊，林雷也是脸色剧变。

只见幽冥果树上不计其数的绿色小蛇全部朝林雷游去，无论是近处的还是远处的。如此多的绿色小蛇，完全可以将林雷活埋。

九条绿色大蛇冷笑着看着这一幕。

"先解决了这个林雷，再对付那个。"它们很有信心，因为林雷的鳞甲的防御力不像贝贝的身体那么强。

"嗯……"林雷心中一动。

嗡——土黄色光芒猛地亮起，大量的地系元素开始疯狂聚集。以林雷为中心，方圆百米内，一个黑色巨型立方体出现了。

黑石牢狱的真正形态！

这次，黑色巨型立方体的边长是一百米，里面的小立方体——每一个密封房间，边长是两米五，共有六万四千个小房间。

此时，已经有许多绿色小蛇陷入了黑色巨型立方体中。里面的绿色小蛇咬破一面墙壁后，发现自己又进入了一个小房间。于是，绿色小蛇们开始四处乱咬，四处乱窜。

九条绿色大蛇愤怒地甩动身体，震碎了一个又一个小房间。然而，小房间被震碎后，很快又恢复成原来的样子。

黑色巨型立方体疾速移动，将九条绿色大蛇甩了出去。

黑色巨型立方体中。

林雷突然出现在一个小房间中，轻易地解决了部分绿色小蛇，然后迅速地离开。当其他绿色小蛇赶来时，林雷已经在另外一个小房间内了。

在黑色巨型立方体中，林雷的移动速度是最快的。这里面不仅引力强大，还有六万四千个小房间，绿色小蛇们根本无法围攻林雷。

"想靠这一招解决我？"林雷喃喃道，"这些绿色小蛇蕴含了强大的能量，解决了这些绿色小蛇，对那九条绿色大蛇也有影响。"于是，林雷开始逐一解决这些绿色小蛇。

林雷掌控着黑色巨型立方体，自然清楚哪里的绿色小蛇少，哪里的绿色小蛇多。在这种情况下，绿色小蛇们只能任他宰割。

黑色巨型立方体外，九条绿色大蛇十分愤怒。

"这是什么鬼东西？"一条绿色大蛇愤愤地说道，它怒视着眼前的黑色巨型立方体，"毁坏了又恢复好了！"

"再这么下去也是损失能量。"一个浑厚的声音响起，"在那里面解决不了林雷。"

于是，九条绿色大蛇开始控制绿色小蛇逃离黑色巨型立方体。大量的绿色小蛇咬穿一面又一面墙壁，最后逃出了黑色巨型立方体，回到了幽冥果树上。

嗡——黑色巨型立方体消散，林雷和贝贝出现了。

"哈哈，不是想解决我们吗？"贝贝大声说道，"来啊，让我看看你们还有什么招？"

林雷则冷漠地看着这九条绿色大蛇。

"你们的确很强！"一个沙哑的声音响起。

林雷和贝贝不由得转头朝幽冥果树树冠看去，声音就是从那里发出来的。

沙沙声响起，一条足有两米粗，全身覆盖着细密的金色鳞片的巨蛇缓缓游了出来。

一股强大的气息散发开来，令林雷和贝贝不由得屏息。

"老天！"贝贝瞪大眼睛。

"这……"林雷眯起了眼睛。

那条金色巨蛇在树冠上游着，单单能看到的身躯便有一两百米长了。片刻后，金色巨蛇的身躯完全显露出来了。这是一条五六百米长，两米粗的金色巨蛇。这条金色巨蛇缠绕着幽冥果树的树干，用那双冰冷的碧绿色眼眸俯视着林雷他们二人。

"父亲！"那九条绿色大蛇立即游了过去。

"父亲，就是他们两个，你一定要为大姐报仇！"九条绿色大蛇愤愤地说道。

"放心。"低沉沙哑的声音从那条金色巨蛇口中传出。

"其中一个交给我。"一个声音突然从后面响起。

林雷和贝贝立即转头看去，只见一条和金色巨蛇大小相当的银色巨蛇从远处游了过来。令林雷他们心惊的是，这条银色巨蛇有九个蛇头。

这条银色九头蛇，九双眼睛都是黑色的，看一眼，令人心惊。

"母亲！"九条绿色大蛇立即喊道。

"你回来了？"金色巨蛇开口说道。

"女儿都死了，怎么能不回来？"银色九头蛇冷冷地说道。

贝贝哼了一声："怪不得有一群小怪物，原来父母是大怪物！"

这两条巨蛇散发出来的气息太强了，甚至让林雷和贝贝有一种发晕的感觉。

林雷和贝贝明白，金银双蛇比它们的儿女强很多。

"哼，你这个小东西不也是怪物？"金色巨蛇看向贝贝，碧绿色的眼睛中满是杀意。

"解决女儿的是他吧？"银色九头蛇看向贝贝。

"对。"金色巨蛇应道。

"那这个小东西交给我。"银色九头蛇沙哑地说道。

金色巨蛇蛇首略微一转，看向林雷："好，那这个四神兽家族的小子就交给我！哼，就是他老祖宗青龙在的时候，也不敢在我们幽冥山这样放肆。他这子孙竟然敢杀我们的孩子！"

"别提那些了。"银色九头蛇淡淡地说道。

这边——

林雷和贝贝相视一眼，以林雷为中心，一个土黄色光罩再次出现，笼罩了方圆近千米范围，自然也笼罩住了金色巨蛇和银色九头蛇。

两条巨蛇突然被强大的引力影响了一下，蛇身不禁略微后仰，可是片刻便适应了。

"好强的引力！"金色巨蛇看向林雷，"你竟然跟地狱的紫荆主神有关，即使如此，我依旧要解决你。"

"你们说解决就解决？有那个本事吗？"贝贝冷冷地说道。

突然——

金色巨蛇张开嘴巴，一道耀眼的碧绿光芒飞了出来，直接飞向林雷，不受光罩中引力的影响。

林雷闪躲不及，被那道碧绿光芒击中。那道碧绿光芒瞬间进入了林雷体内。

林雷的灵魂海洋中。

那道碧绿光芒化成无数的碧绿光点，疯狂地进攻林雷那由灵魂防御主神器形成的透明薄膜。不仅如此，还有不少碧绿光点在疯狂进攻已经修复好的豁口。

那个豁口，林雷耗费两百余年才将其修复好。这坚韧度虽然比不上透明薄膜其他完好的部分，但是比得上一般的灵魂防御神器。

然而，咻咻声响起，那豁口处的透明薄膜正在慢慢变薄。

"不好！"林雷感到情况不妙，立即控制灵魂能量来帮忙抵御。

碧绿光点和豁口处的透明薄膜此消彼长。在豁口处的透明薄膜完全消失之前，碧绿光点终于完全消失了。

林雷抵抗住了，但是他耗费两百多年修复好的灵魂防御主神器又成残破的了。

同一刻，银色九头蛇也施展出了绝招。

银色九头蛇的九双黑色眼眸盯着贝贝，身后浮现出一道巨大的幻象。显然，银色九头蛇施展了它的天赋神通。

嗖嗖——

银色九头蛇的九双眼中，同时射出漆黑如墨的光芒，十八道黑光全都袭向贝贝。

贝贝立即闪躲，可黑光一个转弯，全部进入了贝贝的眼中。

"啊！"贝贝痛得发出了叫声。

林雷立马转头，关心地喊道："贝贝！"

"没死？"金色巨蛇见林雷还能动，感到十分错愕。它很清楚它这一招的威力，即使对方拥有灵魂防御神器，也不一定扛得住。

"哈哈，就这点威力。"贝贝陡然大笑起来，怒视银色九头蛇。

林雷松了一口气。

"不可能！"银色九头蛇不敢相信，"这……身体这么强，怎么连灵魂也这么强？"在它看来，贝贝若身体很强，灵魂就会弱些。可是，贝贝不仅身体强，灵魂也很强，竟然扛住了它的天赋神通。

"我不想对付你们，你们别太过分。"林雷呵斥道。

他这次是来请主神帮忙的，他感觉这两条巨蛇和主神有关系，不想下狠手。

金色巨蛇陡然咆哮一声，张开大嘴，猛然朝林雷游来。

"速度怎么这么快？"林雷心中一惊，不想被这条金色巨蛇咬上一口。

"老大，动手。"贝贝灵魂传音。

"哼！"林雷看着袭来的金色巨蛇，目光冷厉。

几乎同一时刻，林雷和贝贝的身后浮现出幻象：林雷身后是一道巨大的青龙幻象，冷冷地盯着金色巨蛇；贝贝身后则是一道巨大的噬神鼠幻象，盯着银色九头蛇。

天赋神通——龙吟！

天赋神通——噬神！

砰！大地陡然开裂，大量枝干冒了出来，挡在林雷和贝贝的前方，挡住了他们施展的天赋神通。

林雷和贝贝一怔。大量枝干承受了两大天赋神通的攻击，却毫无反应。

"怎么可能没反应？"贝贝难以置信。

突然，一枝干抽在了贝贝的身上。这枝干虽然在光罩中，但是速度很快，以至于贝贝来不及闪躲。

啪！贝贝被抽得飞了起来。

砰！贝贝跌落在地上，不禁看向胸口，上面出现了一个很深的伤口，鲜血直流。贝贝看着伤口，一时间傻眼了。

林雷看着这一幕，也觉得难以置信。贝贝竟然受伤了，他那堪比神格兵器的身体竟然受伤了！

"贝贝！"林雷立即移动到贝贝的身旁，贝贝的伤口在快速愈合。

可是贝贝依旧愣愣地看着眼前的枝干。

"好了，你们已经杀了它们的女儿，不必再下狠手了。"一个浑厚的声音从幽冥果树中传出。只见那幽冥果树的主干上浮现出一张巨脸，看着林雷、贝贝。

"这是？"

林雷和贝贝都感知到了一股强大的气息。

"主神！"金色巨蛇和银色九头蛇立即看向幽冥果树，连忙说道，"他杀死了我们的女儿，主神，您不能放过他们！"

"主神？"

林雷和贝贝怔怔地看着眼前这棵幽冥果树。

第647章

无能为力

此时，林雷明白了为什么灰雾区出现的那棵幽冥果树能轻易对付他和贝贝，也明白了为什么贝贝施展天赋神通噬神对那棵幽冥果树没有用。

现在看来，那棵幽冥果树根本就是眼前这棵幽冥果树的一个分支。主神的分支，实力自然不低。

灰雾区的幽冥果树和眼前幽冥果树的关系，就如绿色小蛇和绿色大蛇，那些绿色小蛇没有灵魂，那棵较小的幽冥果树自然也没有灵魂。

"主神！"林雷急切地喊道，同时砰的一声跪了下来。

金色巨蛇和银色九头蛇愤怒地看了一眼林雷和贝贝，而后金色巨蛇请求道："主神，按您的吩咐，我女儿只是在考验这些人，可这二人害死了我的女儿。事情的经过，您是非常清楚的。主神，您得为我女儿报仇啊！"

金色巨蛇那巨大的脑袋靠在地上。

砰！贝贝也连忙跪下，焦急地说道："主神，那怪不得我们，我们当时不知道啊！"

贝贝担心主神不出手帮林雷。

"哼！"九条绿色大蛇以及金银双蛇都怒视贝贝、林雷。

林雷没有说话，等待主神发话。

"好了。"幽冥果树主干上的那张巨脸上，一双闪烁着碧绿光芒的眼眸扫过眼前的人和蛇，凡是被扫过的，无论是心中忐忑的还是愤怒的，一瞬间都安静了下来。

"金，这件事情他们确实做得不对，可罪不至死，毕竟他们不了解真相。"

当时，主神有分支在那里，自然清楚情况。那时他想救蛇灵，无奈分支无法阻挡贝贝的天赋神通。

银色九头蛇立即看了一眼金色巨蛇，知道它丈夫和这幽冥果树的关系很好。

金色巨蛇又恳切地说道："主神，我女儿缇娜是您看着长大的。难道您就让缇娜这么白白死去吗？"

别人不敢和主神这么说话，它敢，因为它和幽冥果树一同生长至今。

"金，"那张巨脸眉头一皱，"就此罢手吧。"

此言一出，那银色九头蛇、金色巨蛇和九条绿色大蛇都不敢再说什么了。主神都这么说了，再纠缠下去也没好事。

"林雷，你们二人走吧。"那张巨脸面无表情地说道。

"主神！"林雷跪伏着恳求道，"我这次从地狱来冥界，就是想求见主神您。我有一个请求，希望——"

林雷的话还没说完，旁边的银色九头蛇和金色巨蛇愤怒地发出了咝咝声。

"做梦！"金色巨蛇咆哮道，"主神不杀你已经是恩德，你还想让主神帮你？滚！快滚！"

"快滚！"那九条绿色大蛇也接连咆哮道。

银色九头蛇怒得身上的鳞片都亮了起来，它死死地盯着林雷："你现在赶紧走，我夫妻俩就饶过你。你若还在这里让主神帮你什么，我尹娜薇今天就算拼了命也要解决你！"

它们没立即解决林雷、贝贝，一是因为林雷他们的实力，二是因为主神下了命令。

现在，林雷竟然还想让主神帮忙，它们自然十分生气。

"主神都没有说什么，你们插什么嘴？"贝贝愤怒地咆哮道。

在主神面前插嘴是很不礼貌的，可贝贝显然不清楚蛇灵和幽冥果树的关系。

那张巨脸扫了眼前的人和蛇一眼："都安静，先听听林雷要说什么。"

"主神！"金色巨蛇惊异地看向那张巨脸。

那张巨脸瞥了一眼金色巨蛇，金色巨蛇便安静了。

林雷连忙说道："我这次来求见主神，是希望主神您能够帮忙，帮我找到我的亲人、兄弟在冥界形成的亡灵，让他们恢复生前记忆。我知道主神您能够做到的，希望主神怜悯。"

林雷把头贴在地上，十分诚恳。

贝贝看到这一幕，不禁眼睛湿润了。

"希望主神怜悯。"贝贝也跪了下来，头贴着地面。

林雷、贝贝态度诚恳，举止恭敬，那张巨脸却沉默着。

跪着的林雷心中十分忐忑。他这一路赶来就是为了见到主神，现在最害怕主神拒绝他。因此，他在心中不断祈祷着。

"你们离开吧。"浑厚的声音响起。

林雷身体一颤。

贝贝抬头看向幽冥果树，一脸难以置信。

"主神，您就不能帮帮忙？"贝贝疾呼道。

林雷抬头看着主神，眼中有泪花，恳求道："主神——"

"行了，这件事情我无能为力。"浑厚的声音响起。

"无能为力？"林雷仰头看着那张毫无表情的巨脸。

林雷急切地说道："怎么会无能为力？我知道的，任何一位冥界主神都能找到由灵魂变成的亡灵，恢复他们的记忆。"

"哼。"旁边的银色九头蛇冷哼了一声，金色巨蛇和九条绿色大蛇也是冷冷地看着林雷他们二人。

"你们求错主神了。"金色巨蛇嗤笑道。

林雷和贝贝一怔。

幽冥果树上传来浑厚的声音："这件事情我的确帮不了你们，因为我不是冥界主神，而是生命主神。"

林雷、贝贝听了一愣。幽冥山上的主神不是冥界主神？

"你们来幽冥山，如果要找冥界主神，也简单，继续前进，出了紫雾区到主神宫殿静静等待吧。不过我提醒你们一句，冥界主神的脾气可没我好。冥界主神或许会因为缇娜的死，直接对付你们。"那张巨脸说道。

林雷、贝贝相视一眼。原来这幽冥山有两位主神，一位生命主神，一位冥界主神。

林雷能理解生命主神说的这话。在地狱、冥界，林雷见过的修炼死亡规则的强者没几个脾气好的，更不用说冥界主神了。相比之下，修炼生命规则的强者一般脾气比较好。

"老大，我们去见冥界主神吗？"贝贝灵魂传音。

"当然去。"林雷毫不犹豫。

贝贝灵魂传音："可生命主神说那位冥界主神的脾气没那么好。如果冥界主神因为蛇灵的死要对付我们两个，那我们就憋屈了。冥界不是有七个主神吗？我们要不去其他地方看看？"

林雷眉头一皱。为了救父亲他们，林雷已经做好准备了。现在机会近在咫尺，他肯定要去试试，可是贝贝如果因此遭难……

"贝贝，"林雷看向贝贝，"你就别去见冥界主神了，我一个人去就行。"

"老大！"贝贝盯着林雷。

"你别去。"林雷解释，"若遭遇不测，我至少还有一个火系神分身，可你只有一个身体啊。"

贝贝急了："老大，你别说了！如果那冥界主神要对付我，我就是现在逃出幽冥山，冥界主神也能轻易找到我。我看我还是跟你一起去吧，反正这件事情不能完全怪我，毕竟那蛇灵当初对我是下狠手的。难道我就不能反抗了？我想，冥界主神应该讲些道理吧。"

林雷感到无奈："贝贝，主神会和你讲道理？"

"我们还有血峰主神的令牌。冥界主神看在血峰主神的面子上，应该不会下狠手。"贝贝回复。

林雷微微点头。的确，若主神要对付他们，他们来不及逃。

"你们两个还敢去见冥界主神？"银色九头蛇嗤笑道。

林雷和贝贝不理会银色九头蛇，对幽冥果树上那张巨脸恭敬地说道："谢谢主神指点，不知我们怎么走出紫雾区？"

"直接走就可以。"那张巨脸说道。随即，幽冥果树的枝干颤动，前方的紫雾开始翻滚起来，退向两旁，一条道路出现了。

"沿着这条路走就行。"那张巨脸不再劝林雷他们了，他之前已经说过一次，干脆直接给他们指出道路。

"谢主神。"林雷、贝贝诚恳地说道。

这棵巨大的幽冥果树微微一动，通体散发出迷蒙的青色光芒，而后便消散了。

林雷、贝贝立即站了起来，沿着那条道路前进。

金色巨蛇和银色九头蛇却在他们身后窃窃私语。

"你还真是没用。"银色九头蛇说道，"跟着生命主神这么多年了，都劝说不了他。"

"唉，生命主神的脾气太好了。"金色巨蛇无奈地说道。

"看我的吧。"银色九头蛇看着林雷他们二人的背影，"以我主人的脾气，只要我去说，这二人一定会死！"

金色巨蛇和生命主神关系好，银色九头蛇则和冥界主神关系近。

林雷和贝贝沿着幽冥果树指的路疾速行走，途中没有遇到任何危险。

不一会儿，林雷便看到了远处完全没有雾气的地方。林雷和贝贝立即加速，化为两道幻影，直接飞出了紫雾区。

"终于出来了！"贝贝欢呼道。

林雷抬头看去，眼前是一片空旷的平地，长满了花草。

"上面！"林雷抬头看去，只见一座通体呈紫黑色的宫殿悬浮在半空。

这座宫殿足有数百米高，犹如一座小山，上端是尖塔的样式，塔尖上有一个巨型圆球，上面环绕着无数雷电。大量的雷电锁链就是从这个巨型圆球里延伸出来，垂落下去的。

"原来这就是天地锁链的源头。"贝贝眼睛发亮。

"看来这就是主神宫殿了。"林雷深吸了一口气。

就在这时候，主神宫殿的殿门口飞出两道身影。林雷一眼就认出来了，正是阿瑟斯和伯勒雷。

阿瑟斯和伯勒雷看到林雷他们二人，立即飞了过来。

"林雷，你们还真的过来了！"伯勒雷惊讶地说道。

阿瑟斯一副难以置信的样子，说道："尹娜薇和它丈夫，那两条巨蛇，没对你们出手？"阿瑟斯很清楚那两条巨蛇的实力，就是他也难对付它们。

"当然出手了，不过它们两个实力不够，还对付不了我们。"贝贝不屑地说道。

阿瑟斯和伯勒雷感到惊讶。

"阿瑟斯、伯勒雷，主神他在——"林雷刚开口就被打断了。

"哼！"一声冷哼响起。

林雷、贝贝不由得转头朝身后看去，阿瑟斯、伯勒雷也看了过去。

只见一对身材瘦削的男女走了出来，那男子神色冷漠，一袭金色长袍，而那黑瞳女子一袭银色长袍。在他们的身后，还有九个青年男女，都穿着绿色长袍。

　　"我们是对付不了他们。"银袍黑瞳女子哼了一声，说道，"不过，他们别想活着离开这里。"

第648章
冥界主神

林雷通过气息辨别出来了，眼前这名银袍黑瞳女子正是那银色九头蛇，其他人是她的丈夫和九个子女。

"阿瑟斯，主人回来了吗？"银袍黑瞳女子尹娜薇问道。

阿瑟斯摇头说道："还没回来。伯勒雷得到了幽冥果，也在等主神。不过，主神应该知道了伯勒雷得到幽冥果的消息，估计过会儿就到。"

林雷和贝贝听了，只能按捺心中的焦急，在一旁静静等待。

"林雷，"伯勒雷走过来，压低声音说道，"你们还是赶快走吧。"

"嗯？"林雷抬头看向伯勒雷。

"伯勒雷，他不愿意走，你多管闲事干什么？"尹娜薇说道。

伯勒雷没理尹娜薇，继续说道："林雷，尹娜薇和主神很亲近，她要是在主神面前……总之，没人能违背主神的意志。"显然，伯勒雷从阿瑟斯那里知道了不少有关冥界主神的信息。

林雷眉头一皱，瞥了一眼尹娜薇。

一名绿袍女子冷笑道："现在着急了？告诉你们，你们现在逃也来不及了。主神很快就会回来，只要在这冥界范围内，主神就能很快找到你们。敢杀死我大姐，哼。"

这九兄妹怨气很大，他们都在林雷和贝贝的手下吃过苦头。

"得意什么！"贝贝低声说道。

"贝贝，别理会他们，我们到旁边等。"林雷灵魂传音，当即和贝贝走到一个角落等待冥界主神。

林雷看了一眼远处，银蛇夫妇和九名子女正低声议论着，时而朝他们看过来，而伯勒雷、阿瑟斯保持沉默，也在等主神回来。

一转眼，两三个小时就过去了。

"主神还没有来。"贝贝灵魂传音，有些急了，"那主神在干什么？"

"主神的想法不是我们能明白的。"林雷觉得这段时间备受煎熬，"贝贝，尹娜薇和主神的关系好像很亲近，你说主神会不会因为她就不帮我了？"

贝贝看了林雷一眼。在贝贝的记忆中，林雷很少如此彷徨，可现在贝贝完全能感受到林雷的彷徨。

"老大，主神一定会帮的，一定会！"贝贝灵魂传音。

林雷进行了一次深呼吸，感觉好一点了。

"林雷！"一个声音突然响起。

林雷转头看去，只见阿瑟斯朝他飞来。

阿瑟斯在林雷的面前停下，看着林雷叹了一口气，郑重地说道："主神刚刚神识传音给我，让我带伯勒雷还有你们去主神宫殿。主神现在应该已经回来了。"

林雷的眼睛一下子亮了。

"主神回来了？"林雷觉得心脏要跳出来一般。

"随我进去吧。"阿瑟斯郑重地提醒道，"你得记住，主神的脾气很不好。主神如果看你顺眼，或许会对你很好，可如果看你不顺眼，那你就自求多福吧。总之，你和贝贝千万别有一点不敬的地方。"

林雷连忙点头说道："知道。"

"我不会惹主神生气的。"贝贝也连忙说道。贝贝很清楚，到了这时候，出不得半点错。

林雷从阿瑟斯的话中推测出冥界主神喜怒无常，应付这种人，很难。

阿瑟斯看了林雷、贝贝一眼，只能在心中感慨。他很清楚尹娜薇和主神的关系有多好，一旦尹娜薇哭诉告状，主神很可能不会给林雷说话的机会，便直接对付林雷他们二人。

"走吧。"阿瑟斯率先飞起，林雷和贝贝立即跟上。遇到伯勒雷后，四人一起朝幽冥山山巅上方的宫殿飞去。

宫殿殿门大开，金银双蛇一家已经进去了。

宫殿里面呈紫黑色，一股寒冷刺骨的气息从里面缓缓冒出来。

"跟在我的身后，不得有丝毫违逆行为。"阿瑟斯压低声音说道。

"知道。"林雷说道。

"放心。"伯勒雷很紧张，他也是第一次见冥界主神。

在阿瑟斯的带领下，他们几人迈过大殿台阶，进入了大殿内部。林雷、贝贝、伯勒雷甚至都不敢抬头看，唯恐惹怒了那位冥界主神。

"老大，这大殿里寒气逼人啊。"贝贝灵魂传音。

这时候，阿瑟斯跪伏在地："拜见主神！"

"拜见主神！"林雷、贝贝、伯勒雷也立即跪伏下来。他们三人进入大殿后，没得到主神命令都不敢抬头看。

就在这时——

"主人！"一个悲伤的声音响起，"缇娜她死了，是被那个叫贝贝的解决的，就是他！他还想解决我。如果不是生命主神出手，恐怕我就见不到主人你了。主人，你得为缇娜报仇啊！"

林雷听得心一颤，尹娜薇果然来告状了。

"真是的！"贝贝灵魂传音，"老大，这个银色九头蛇真是让人厌恶。"

"贝贝，听主神说话。"林雷依旧跪伏着。

"尹，"一个冰冷的声音从上方传来，"这件事情我会自己判断。"

林雷和贝贝听了一怔，冥界主神是女的？

"你们三个抬起头吧。"一个冷冷的声音响彻大殿。

林雷、贝贝、伯勒雷这才敢抬起头看向上方。

林雷发现这座宫殿内部很空荡，连根柱子也没有。他的视线顺着台阶朝上，最终落在了坐在王座上的冥界主神的身上。

纯黑色的王座。

王座上坐着一名穿着紫色长袍的女人，紫色长袍上绣有藤蔓、银蛇的花纹。她有一头艳丽的红色长发，一张精致的面孔，特别是那一双眼眸，看一眼就仿佛被雷电击中一般。

林雷一看到冥界主神的面孔就怔住了。

贝贝也傻眼了。

伯勒雷也怔住了。

片刻后——

贝贝反应过来，却不知道该说什么："你——"

"怎么？很惊讶？"冰冷的声音传来。

这位冥界主神赫然就是幽冥山山脚下幽冥酒店的老板——那名红发俏丽女子。

"冥界主神是幽冥酒店的老板？"林雷感觉有些蒙。

主神竟然去开酒店？

"哈哈——"冥界主神发出了开心至极的笑声，"看到你们的表情真是让人开心！这无数年来，我就在那幽冥酒店看着你们一个个进入幽冥山去找幽冥果。看到你们一个个去拼命的样子，是一件很有意思的事情。不过最开心的还是现在！对，就是这种表情，哈哈——"

林雷他们三人完全傻眼了。冥界主神竟然是这样的？

她故意弄出幽冥果的事情，吸引冥界无数人来闯幽冥山，自己却开着酒店，当着酒店老板，乐呵呵地看着无数人为幽冥果拼死拼活。

"冥界主神的确很无聊。"林雷在心中暗道。

不过，对于拥有永恒生命的冥界主神而言，这找幽冥果的事情恐怕就是一个游戏。

阿瑟斯在一旁没有吭声。

当年，他抬头看到伟大的冥界主神，知道她就是那位酒店老板时，也同样傻眼了。他只能在心中暗道："这就是冥界主神——最强大的无敌存在，拥有的一个爱好吧。"

"伯勒雷，你先在一旁待着。"冥界主神饶有兴味地看着林雷他们二人，"真的很让人惊讶，你们竟然能闯过尹和金的那一关。林雷，你能扛住金的攻击，没有出乎我的意料。不过，尹的实力比金要强很多，贝贝，你能扛住尹的攻击，这让我有些吃惊。"

贝贝听得有些得意，不过不敢放肆，只能露出一丝笑容。

"别得意，你能扛住应该是贝鲁特的缘故。"冥界主神感叹一声，"不得不承认，贝鲁特这小子对你还真是……"

闻言，林雷不禁疑惑起来。

"贝贝，这是怎么回事？"林雷灵魂传音。

"老大，我不知道啊，反正就是扛住对方那一击了。"贝贝回复。

"林雷，听说你这次来是想找到你亲人和兄弟的亡灵，并且让他们恢复记忆，对吗？"冥界主神开口说道。

林雷仰头看着主神，期盼地说道："是的，主神，还请主神帮帮我。"

"按照我定的规矩，你们二人从幽冥山脚下一路闯到这里，我是应该答应你们一个请求。"冥界主神说道，"不过你们杀了缇娜，按道理，我也该杀了你们为缇娜报仇。"

林雷、贝贝一怔。

"你们闯过来，我该奖励；你们杀了缇娜，我该惩罚。这样，奖励和惩罚抵消。你们的要求，我不会答应。不过，我也不会杀你们，你们二人直接离开吧。想到你们刚才的表情，实在是……哈哈！"冥界主神又笑了起来。

不答应？

"主神！"林雷、贝贝连忙喊道。

"主神！"尹娜薇也急了。

两方都不愿意了。

"怎么，有意见？"原本还在笑的冥界主神脸一沉，扫了一眼他们三人。

仅仅这一眼，林雷和贝贝就感到灵魂在颤抖。

尹娜薇也吓得不敢再说话了，她很清楚冥界主神的脾气。别看冥界主神之前笑得很开心，说不定下一秒就会严厉地惩罚他人。

不过，林雷还是不愿意放弃。

"主神。"林雷连忙喊道，同时手中出现了那块血峰主神的令牌，再次跪伏下来恳求道，"主神，还请看在血峰主神的分上给我一个机会，让我去救我的父亲、兄弟。我只要一个机会！"

"可笑。"一个声音传来，是尹娜薇。

尹娜薇说道："林雷，血峰主神算什么？你可知道我主人乃冥界最强主神——死亡主宰！放眼无数位面，也就其他三大至高位面的最强主神能和我主人相提并论！你还提血峰主神，就是你提那紫荆主神也无用！"

第649章
冥界之心

林雷心一颤。

死亡主宰！

林雷知道，一系有七大主神，分别是一名上位主神、两名中位主神、四名下位主神。七大元素系、四大规则系，一共十一名上位主神，又号称"主宰"。

这十一名主宰是各系的巅峰王者，是除了四大至高神外顶尖的存在。

其实，四大至高神不是修炼者修炼而成的，而是四大至高规则幻化而成的，是无数位面运行的规则。据说，他们没有本尊身体，没有人类的感情，不会插手各种争斗。因此，这十一名主宰可以说是无数位面中的巅峰存在。

听尹娜薇这话的意思，十一名主宰中，四大至高位面的主宰实力最强。由此完全能想象，现在坐在王座上的冥界主神是何等身份。

林雷提的血峰主神，确实不能与这冥界主神相比，毕竟这位冥界主神可是死亡主宰。

"主神，"贝贝急切地说道，"我老大他——"

"住嘴。"王座上的冥界主神淡淡地说道，"我说过的事情绝对不会改变，奖励和惩罚抵消，我不会帮你们的。"

贝贝被冥界主神身上散发出的气息压迫得说不出话来。

林雷仰头看着坐在上面的冥界主神——紫色长袍，红色长发，犹如俏丽女子般的容颜。她身上散发的气息让林雷感到无力，她是四大至高位面之一冥界的死亡主宰，是最强大、最无敌的生命存在之一。

"主神，那我们兄弟就此告别了。"林雷站起来，依旧躬着身。

"嗯。"冥界主神淡漠地应道。

贝贝不禁看向林雷，灵魂传音："老大，现在就走？"

"对，现在就走！主神说出的话不可能更改，我们现在抓紧时间去找其他冥界主神。"林雷连忙灵魂传音，"这位冥界主神不帮我们，我不信其他六位冥界主神都这样！"

林雷不可能放弃！

一想到父亲、耶鲁、乔治等人还处于生死危机中，林雷就着急。虽然他们没有真正死亡，还有那特殊形态的灵魂，但是若他们那特殊形态的灵魂在亡灵界被同类吞噬了，那就是真正死去了，就如德林爷爷一样，再也无法活过来。

林雷不能看着他们彻底消失，他一定要救他们，拼了命也要救！

贝贝看了看大殿之上的冥界主神："嗯，我们走。"

林雷、贝贝有礼地向冥界主神躬身，然后转头朝主神大殿外走去。

金银双蛇一家人、阿瑟斯和伯勒雷看着林雷他们离去的背影，表情各不相同。

片刻后——

"等一下。"冷漠的声音突然响起。

已经走到大殿门槛的林雷、贝贝马上停住。

林雷猛然转头看向冥界主神，目光炽热："主神这时候喊我，难道改变主意了？"他紧张起来。

贝贝也抬头看向冥界主神，既疑惑又期盼。

"林雷，提醒你们一下，你不需要去找其他冥界主神，可以直接回去了。"冥界主神淡漠地说道。

　　"为什么？"林雷心一颤，感觉不妙。

　　"普通人死去，灵魂进入冥界形成亡灵——特殊形态的灵魂，这是天地法则的一部分。具体管理这件事情的法则幻化成了一件宝物，便是我冥界至宝——冥界之心。想要找到你父亲、兄弟的特殊形态的灵魂，必须靠冥界之心，而冥界之心由我掌管。"冥界主神冷漠地说道。

　　冥界之心？

　　林雷不禁盯着冥界主神。原来控制这一切的是冥界之心，这种至宝自然由冥界主神保管。

　　冥界主神俯视林雷，嘴角微微上翘："我说过，作为惩罚，我不会救你的父亲、兄弟。即使你去求其他冥界主神，我也不会让他们使用冥界之心。我想他们还没那个胆子违逆我，而你没那个资格让他们那么做。"

　　"所以你可以直接回去了。"冥界主神说道。

　　砰！林雷觉得脑袋里有什么东西爆炸了。

　　冥界之心、父亲、耶鲁老大、乔治……各种事物在他混乱的脑中一一出现，他完全蒙了，感觉自己好像在梦中……

　　一瞬间，林雷清醒过来。

　　"不！"林雷猛然抬头盯着冥界主神，"主神，你不能这样，你不能这样做！主神，你不愿意救，我林雷没有丝毫怨言，可你不能阻止其他主神，你不能，你不能的！"

　　林雷已然陷入绝望中。面对冥界主神，他没能力反抗，也没能力要求，只能这样无力地说着，甚至到了忘记说"您"的地步。

　　贝贝看向冥界主神，眼中也满是难以置信。

　　"这是对你的惩罚。"冥界主神淡淡地说道。

"主神！"贝贝陡然大步上前。

"放肆！"一名站在大殿台阶一端的侍女喝道，"退后！"

贝贝站定，昂首看着冥界主神："主神，你是冥界无敌的死亡主宰！对，我是解决了一条蛇灵，至于是不是缇娜，我不知道。"贝贝铿锵有力地说道，"主神，你安排他们考验我们，我们怎么知道那是考验？她下手那么狠，难道我就不能反击？"

砰！

贝贝猛然跪下，却依旧昂头看着冥界主神："我不认为自己错了。如果冥界主神认为我错了，要惩罚，那就惩罚我好了，不要惩罚我老大。解决蛇灵的是我，一人做事一人当，你别牵扯到我老大！"贝贝一直抬着头直视冥界主神。

林雷听了一怔。

大殿内，阿瑟斯、伯勒雷惊愕地看着贝贝，尹娜薇夫妇等人也十分震惊。

"很好。"冥界主神淡漠地看着下面的贝贝。

嗡，一股可怕的气息弥散开来。

砰的一声，贝贝被压迫得砸向大殿地面，不过他双手撑地，努力直起腰，依旧昂首看着冥界主神。

嗖——

林雷陡然出现在贝贝的面前，看向冥界主神："主神，是我让贝贝去解决那蛇灵的。当时我们要夺幽冥果，可那蛇灵一直阻碍我们，我才让贝贝去解决那蛇灵。"

"贝贝！"林雷灵魂传音，"你疯了？你连个神分身都没有，若殒命就是真正死亡了。妮丝以后怎么办？你女儿伊娜呢？贝鲁特也会伤心的。"

"老大。"贝贝看着林雷。

"住嘴，你现在不要说话！"林雷生气了。

贝贝嗫嚅了片刻，最终保持沉默。

林雷仰头看着大殿之上的冥界主神，那无敌的气息的确让人心生敬畏。他盯着冥界主神，一字一句地说道："主神，奖励是奖励，惩罚是惩罚，怎么可以抵消？我宁愿受罚，只是请主神救我父亲、兄弟。您即使杀了我，我也不会有任何怨言！"

杀了林雷？

贝贝猛地抬头，看着身前站得犹如标枪般笔直的林雷。

"什么？"阿瑟斯、伯勒雷一脸难以置信。

尹娜薇夫妇以及他们的子女也吃惊地看着林雷。

"老大，你在干什么？"贝贝灵魂传音，十分焦急。

"贝贝，我在玉兰大陆至少还有一个火系神分身，虽然这火系神分身不能让我成为巅峰强者，但若为了我父亲、兄弟，这值得！如果我父亲他们最终消失了，我就算成为如贝鲁特一样的强者也会后悔一辈子的！

"德林爷爷已经因为我魂飞魄散了，我的父亲和兄弟们还有希望，我不能因为想成为巅峰强者就放弃他们！"林雷坚定地回复。

贝贝一怔。

"若能让亲人、兄弟都活得好好的，我舍弃荣耀、实力又算什么？"林雷仰头看着冥界主神。

"奖励是奖励，惩罚是惩罚。"冥界主神喃喃道，然后俯视林雷，"林雷，你前途无量，愿意为了那些弱小的亡灵舍弃自己的前途？"

冥界主神此话一出，令林雷身体一震。

显然，冥界主神知道林雷还有神分身在其他位面。

"我愿意舍弃。"林雷仰头说道。

有时候该追求，有时候该舍弃。

林雷今天选择舍弃，或许今后无法成为巅峰强者，却能拥有亲人和生死兄弟，这就能让林雷满足了。

冥界主神盯着林雷，淡淡地说道："你愿意舍弃，不过我不答应。"

已经做好准备的林雷一下子愣住了。

"你认为奖励和惩罚不可以抵消，不过在我眼里，就应该抵消。这是我制订的规则，你需要做的是服从我的规则。"冥界主神冷笑着看着下方的林雷，就如同在看一只蝼蚁。

贝贝猛地站了起来。

林雷立即伸手拉住贝贝，灵魂传音："贝贝！"

贝贝的脸涨得通红，转头看向林雷。

"冒犯主神的结果，你明白吗？"林雷灵魂传音。

林雷仰头看向主神，一字一句地说道："主神，一点希望都没有？"林雷想到父亲那么多年的悲苦，想到耶鲁老大崩溃到让雷诺杀他，他的心就疼。

"老大。"贝贝看着林雷，也感到一阵悲凉。

"主神！"旁边的阿瑟斯忽然开口说道，"主神，那位面战争不是开始了吗？不是说解决敌方统领……何不略微改变一下规则？"

"哦！"冥界主神竟然笑了起来，"阿瑟斯，你还真聪明，我差点都忘记了。"随即她看向林雷、贝贝，"林雷，告诉你一个非常好的消息。你不是想救你父亲、兄弟吗？希望还是有那么一点的。"

林雷、贝贝猛然抬头看向上方的冥界主神。

"希望？"林雷的心一下子火热起来。

冥界主神开口说道："在七大神位面和四大至高位面中，有一件非常热闹的事情，那就是一万亿年一次的位面战争。"

林雷心一颤。他听说过位面战争，只知道是两个位面对战，战斗非常惨烈，是高手陨落极多的一场战争。

"现在，黑暗系神位面和光明系神位面正在位面战场进行一场战斗。黑暗系神位面属于我冥界一方。我冥界的九幽领主有资格参与其中，援助他们。

"按照位面战争的规矩，只要解决了对方十名统领，就可以向自己这方的主神提出请求。你可以让主神为你炼制一件主神器。无论是物质防御主神器还是灵魂防御主神器，主神定会为你完成。"

"当然，你还可以提其他要求。"冥界主神继续说道，"你若去援助黑暗系神位面，解决了敌方一个统领，我就可以帮你寻找一个亲人或朋友，并且让他恢复记忆。解决了两个，我就帮你救两个。想救多少人，就看你解决了敌方多少统领。"

林雷听得眼睛都亮了。

"好！"林雷连忙应道。

"别着急，忘记提醒了。在位面战争中，担任统领的是九幽领主级别的人物，也就是你们地狱中说的炼狱统领。"冥界主神淡淡地说道，"他们当中最弱的应该和你实力相当，最强的可能快达到大圆满境界上位神的水平了。"

林雷神情一滞。

炼狱统领？那可是雷斯晶、汉帝塞堡主墨思那样的人物。去对付他们这种高手？

"在位面战争中，统领是最高职位，实力自然强。"冥界主神缓缓说道，"想要担任统领，最起码得是九幽领主，或者是一府府主。他们的实力，你也能想象到。你若去对付他们，遇到一个强的，你就完了。"

林雷感觉自己呼吸困难，好像有一块大石头压在心脏上。

为了父亲、兄弟，他想去，可是他有那个实力吗？那可不是七星使徒，而是炼狱统领。在他们当中，或许有实力堪比贝鲁特、丹宁顿这样的人。他能对付他们吗？

冥界主神看向林雷："这就是我说的希望，解决敌方统领就有奖励。"

贝贝气愤地看向冥界主神。这太不公平了，解决一个统领多么不易，这等功劳，竟然只能救一个人！

不过，林雷若想救亲人、兄弟也只有这一条路，没有其他选择。

"如果你害怕，现在就可以走。"冥界主神淡淡地说道。

"我答应！"林雷仰头看着冥界主神。

即使前方是刀山火海，林雷也要去闯！

第650章
做出决定

位面战争，林雷仅仅听冥界主神的叙述就知道非常危险。不过，林雷还是选择去。毕竟除了冥界主神，别的主神帮不了他。

"你去不去和我没关系。"冥界主神俯视林雷，"凡是代表我冥界一方的人立下功劳，我都会给予奖励。我是按照规矩办事，不是为了你，只是告诉你有这么一个办法罢了。"

林雷深吸了一口气。

"主神，我如何才能去位面战场？"林雷仰首询问道。

冥界主神淡淡地说道："无论是地狱的炼狱还是冥界的九幽域，都有直接通往位面战场的空间之门。那位面战场和七大神位面、四大至高位面相连，你现在最快的办法是去我冥界九幽域，通过空间之门去位面战场。"

林雷眉头一皱。

九幽域？

贝鲁特所给的那本讲述冥界地理的书中并没介绍九幽域，这就和地狱的地理书没介绍过炼狱一样。

"主神，不知那九幽域……"林雷开口。

"哼。"冥界主神一挥手，一本很薄的，泛着黑光的书从上方飞至林雷的面前。

冥界主神俯视林雷，开口说道："你既然有胆量去位面战场，那我就看看你能解决几名统领活着出来。"

林雷接过这本书，微微躬身："谢主神。"

随即，林雷开始翻阅这本书。书很薄，总共十几页。以林雷的记忆力，目光一扫，他便记住了书中的所有内容。

"这九幽域还在广袤的冥海上？"林雷不禁抬头看向冥界主神。

太遥远了！

要去九幽域，得走到冥界陆地的尽头，而后入冥海，这样才能找到九幽域。如果乘坐金属生命过去估计需要两三百年，时间太长了。如果他刚刚赶到那里，位面战争就结束了，他无法接受。

"主神，这位面战争持续多久？"林雷连忙问道。

冥界主神淡淡地说道："位面战争会持续整整千年。这次是黑暗系神位面和光明系神位面的位面战争，已经进行了一百多年，还有八百多年。你有充足的时间过去。"

充足？

可林雷不愿浪费太多时间，时间越长，父亲他们特殊形态的灵魂被吞噬的可能性就越高；时间越长，位面战争中实力弱的统领可能早就殒命了。等他过去，活着的统领恐怕大多数是实力极强的。

贝鲁特、丹宁顿、雷斯晶、墨思……林雷的脑海中浮现出这些人的身影。

"主神，那我和贝贝现在就出发。"林雷躬身说道。

贝贝只能强忍心中的不满，也躬身行礼。

"走吧。"冥界主神淡淡地说道，"我建议你最好在九幽域先成为九幽领主，那样对你进入位面战场会有帮助。阿瑟斯，你去为林雷他们带路，送他们离开幽冥山。"

"是，主神！"阿瑟斯躬身回应。

"先成为九幽领主再进入位面战场？"林雷有些疑惑，不过没多问。

林雷和贝贝向伯勒雷眼神示意，而后直接大步走出了主神宫殿，在阿瑟斯的带领下飞离开去。

"主人，那林雷一副很自信的样子，看来他对位面战争知道得不多啊。"尹娜薇此刻满脸笑容，十分开心。她很了解位面战争的残酷，统领级别的人物相互战斗，不一定是一对一，有时候可能是同一方的几个统领围攻敌方一个。

"谢谢主神。"尹娜薇笑着躬身。她认为冥界主神如此安排是让林雷他们去送死，算是为她报仇。

"谢谢主神。"金和九个子女都躬身感激道。

冥界主神淡漠地睥睨他们一眼："好了，你们先退下去吧。伯勒雷……"

伯勒雷眼睛一亮，连忙走到大殿中央，冥界主神终于要让他成为主神使者了。

幽冥山下。

"林雷，在你临走前我得告诉你。"阿瑟斯郑重地说道，"恐怕你不清楚，主神之间有一个协定，只能赐予自己的使者或者子女一件主神器。无论是哪一个主神使者，都只能有一件主神器。"

"一件？"贝贝皱着眉。

林雷一怔，而后说道："一件？"

对，的确如此。

如青龙一族族长盖斯雷森，只有一件灵魂防御主神器，大长老盖娅只有一件融入了鳞甲的物质防御主神器。以主神青龙对子女的关心程度，为什么只给子女一件主神器？现在，林雷有些明白了。

"因为主神想维持上位神之间的平衡。"阿瑟斯继续说道，"假使一个上位神拥有了融入体表的物质防御主神器，又拥有了灵魂防御主神器，再拥有了攻击主神器，你说这样的上位神可怕不可怕？"

林雷一怔。物质防御、灵魂防御都是主神器，还有攻击主神器，这样的人物的确逆天。

"那就无敌了。"贝贝嘀咕道。

"巅峰强者们即使有了一件主神器，也想拥有另外一件主神器。若发生了解决主神使者夺主神器的事情，主神虽然不会自降身份去对付那人，但是会收回那件主神器。"阿瑟斯说道。

"什么？还收回？"贝贝瞪大眼睛。

林雷也感到吃惊。

不过这很正常，毕竟主神器是主神辛辛苦苦炼制出来的。既然他的使者都没了，他自然就可以拿回主神器。

"因此，强者们若想得到主神器，只有一个办法——参加位面战争，立下战功。解决敌方十个统领，就可以要求获得一件自己想要的主神器；解决二十个，就能要求两件！"阿瑟斯说道。

"阿瑟斯，你的意思是？"林雷眉头一皱。

阿瑟斯郑重地说道："位面战争一万亿年一次，一些巅峰强者因为战功显赫得到了第二件主神器，就会想要第三件主神器。这种人实力非常强，所以你千万得小心，不能有丝毫大意。其中，或许就有达到大圆满境界的上位神。虽然他们的奥义圆满了，但是对他们而言，主神器还不够多。"

林雷听了心里发苦。其实，他完全能理解那些人的想法。假使他达到了大圆满境界，也会奢望拥有三件主神器。不过，如果他在位面战场中遇到那种逆天人物，那就没有一点反抗能力了。

"这些人太贪婪了吧。"贝贝心里也有些发怵。

"不是贪婪，是欲望。"阿瑟斯淡然一笑，说道，"有欲望、有目标才会有动力。能达到巅峰的强者，哪一个没有坚定的目标，没有欲望？能在位面战场上纵横的都是超级强者。那里是强者的陨落地，也是更强者的诞生地。"

林雷笑着说道："阿瑟斯，谢谢你告诉我这些，我有心理准备了。"

"放心。"贝贝也说道，"想解决我们俩，也要看那些人够不够格！我和老大若同时施展天赋神通……哼！"

阿瑟斯看了林雷、贝贝一眼。

"记住，会天赋神通的可不止你们两个。茫茫位面，还有不少独特的神兽，他们拥有的天赋神通也很可怕。"阿瑟斯一笑，"好了，不说了，祝你们二人好运。"

"谢谢。"

林雷和贝贝当即向阿瑟斯告别，随即化作两道光芒飞离开去。

从幽冥山到九幽域，距离太过遥远。

空中，林雷不好意思地说道："贝贝，如果乘坐金属生命前往九幽域，恐怕需要两三百年，我没时间浪费，所以我决定全力以赴地靠自己飞过去，也只能让你陪我一起飞了。"

"嘿嘿，飞行，我最喜欢了。"贝贝明白林雷的想法。

个人的飞行速度可以很快，甚至能远超金属生命，只是全神贯注地飞行十分消耗精力，会让人比较疲累，特别是长途飞行。因此，很少有人选择自己飞行。不过，林雷赶时间，只能这么选择。

哧哧——

林雷瞬间变为龙化形态，而后运用风系元素法则，整个人犹如一道青色光芒朝南方疾速飞去。如果全力飞行，林雷的速度比贝贝还快。为了让贝贝跟得上他，他用风属性神力笼罩住贝贝，带着贝贝一同快速飞行。

"老大，你将这件事情告诉贝鲁特爷爷了吗？"贝贝在飞行途中问道。

"我的火系神分身已经去黑暗之森了，等一会儿就有结果，不知道你爷爷会怎么说。"林雷对此次的行程有些没底，幸好他的火系神分身在玉兰大陆，有不懂的可以去询问贝鲁特。

　　片刻后——

　　"你爷爷有答复了。"林雷说道。

　　"什么？"贝贝连忙问道，"他应该允许我们参加位面战争吧？他不答应也没用，他人不在冥界。"

　　"你爷爷答应了。"林雷一笑，"按照你爷爷的说法，小心点，别贪心。他还说'贝贝，你也应该去经历经历危险，好好体验一番，这样法则奥义才会有所进步'。"林雷还记得贝鲁特的语气。

　　按照贝鲁特的意思，男人就应该去闯，如果惧怕危险，想成功就难了。

　　"嗯，爷爷为我做的够多了，我该努力了。"贝贝撇撇嘴说道。

　　两道青色光芒在冥界天际疾速飞行。这种速度，那些强盗就是看到了也不敢去拦，就算一时脑子发热去拦了，也根本追不上。

　　哗哗——

　　海面一望无际，海水浩浩荡荡，如同一只噬人的巨兽。

　　这就是冥海，比地狱中的混乱之海还要广袤的冥海。

　　陡然——

　　两道青色光芒划过海洋上空天际，一眨眼的工夫就消失了。

　　"老大，快到九幽域了吧。"贝贝说道。

　　"根据刚才看到的岛屿推测，还要一会儿才能抵达九幽域。"林雷有些疲惫地说道。他全力飞行了三十多年，中途从来没有休息过，幸好他还能忍受。

　　这三十多年来，林雷的本尊一直在飞行，他的神分身一直在修炼，但也没多大进步。

不过，由灵魂防御主神器形成的透明薄膜上的那个豁口，经过三十多年的修复，防御力增强了不少。

"老大，你看，岛屿！"贝贝欢呼道。

林雷看去，遥远处隐隐约约出现了岛屿的轮廓："终于抵达九幽域了！"

第651章

焰古山

九幽域，一共有八十一领。

说是八十一领，其实是八十一座庞大的岛屿。当年，死亡至高神创造冥界，在冥海上留下了奇特的九幽域。八十一座面积相当的岛屿相邻，看地图就能发现，这八十一座岛屿排列成了一个圆形。

"九幽域，冥界中强者的聚集地啊！"林雷在高空遥看远处的岛屿。

和地狱中的炼狱一样，好战的强者赶到九幽域相互战斗。无数年来，九幽域八十一领诞生了八十一名领主，是各领的巅峰强者。

现任的九幽领主会面临领地内其他强者的挑战，一旦战败，他们就会退位，让战胜者担任领主。

嗖！

青色光芒划过天际，很快便降落到了最近的一座岛屿上。说是岛屿，那是相对于冥界陆地而言的。这些岛屿如果和玉兰大陆比，玉兰大陆只能算是小不点。这里的岛屿，每一座都占地方圆数百万里。

林雷和贝贝环顾四方。这是一片苍茫的荒凉大地，人烟稀少。

"飞行了这么久，也不知道这座岛屿是八十一座中的哪一座。"林雷皱着眉头。

冥海太广袤，林雷一路上靠一些特殊的参照物判断大概路线。飞行路线只要略微偏一点，恐怕就会抵达不同的岛屿。只有先弄清楚脚下的岛屿是八十一座中的哪一座，林雷才能确定各个岛屿的方位，才能找到空间之门。

"老大，这简单，找个人来问问就是了。不过，这里的人还真少，和冥界陆地完全不同。"贝贝皱着眉说道。

林雷一笑，说道："有胆来九幽域的都是强者，即使有上千万人在这么大的岛屿上也不算什么。我看那些人都聚集到中央的岛上去了。哎，那边有人！"

林雷顿时眼睛一亮。远处正有一名金发男子在疾速飞行。

"走，去问问。"

林雷、贝贝如两道闪电，瞬间划破天际，追了上去。

金发男子感知后面有人在追他，不禁回头一看，惊诧地说道："好快的速度，不好惹！"在九幽域这种地方，战斗随时会发生。这名金发男子不敢跑，唯恐对方生气，便连忙停在了半空。

等林雷、贝贝到了面前，金发男子挤出一丝笑容，说道："两位，不知你们有什么事情？"

不过，他还是诧异地看了一眼林雷，因为林雷的龙化形态。

"别担心，"贝贝说道，"我们不是找你麻烦，是想问你一件事情。这座岛屿是九幽域中的哪一座？"

金发男子这才松了一口气，连忙回答道："这一座岛屿是九幽域中的莲岩岛。"

"莲岩岛？看来赶路果然赶偏了，原计划要抵达焰古岛的。"林雷脑海中浮现出九幽域的地图，瞬间确定了他们的方位，也确定了接下来的行进路线。

"谢谢了。"林雷对这名金发男子道谢，然后说道，"贝贝，我们走。"

随即，林雷、贝贝直接朝东南方向疾速飞去。

咻——

金发男子见林雷他们二人离去，终于松了一口气，因为林雷龙化形态下散发出的气息令他有些忌惮。

九幽域中的核心岛屿——焰古岛。

焰古岛中最出名的地方便是焰古山。焰古山并非极强者的居住地，而是通往位面战场的空间之门的所在地。每次进行位面战争的时候，就会有大量的人通过这里前往位面战场。

焰古岛上，苍茫的大地上散布着一些古朴的石屋。

"二哥，今天斗战台上的那个光头男人实力还真强。我估计他至少融合了雷电系元素法则中的三种奥义。"两名黑袍青年在半空一边飞行，一边谈论着斗战台上大战的情景。

"是挺强的。加上今天这一战，他已经六十连胜了，不知道能不能百连胜。"消瘦的黑袍青年感叹道。

"百连胜又有什么用？你以为他敢挑战焰古领主？"微胖的黑袍青年嗤笑道，"我们兄弟来到焰古领地的一亿多年来，百连胜的人有不少吧，可挑战焰古领主的战斗只发生过三次。通过那三次战斗，你也看到焰古领主的实力了。挑战他的人绝对有七星使徒的实力，甚至更高些，比那光头强多了，可他们还不是都被焰古领主一招解决了，连还手之力都没有。"

"不过，别人现在就算想挑战焰古领主也没有机会了，听说焰古领主进入位面战场了。"

"对，位面战场啊！那地方，就是七星使徒进去也可能会殒命。不过，一旦能活着出来，还立下了功劳，那就不得了了。听说，这样的强者可以得到主神之力，甚至还可以得到主神器！"

这两名黑袍人谈论着，心底不禁生出羡慕。对他们而言，有风险就有收获。不过绝大多数人一谈到位面战场就色变，不敢进入。

"嗯？"这两名黑袍人陡然朝前面看去。

只见两道幻影瞬间划过长空，疾速而来，速度之快，令这两名黑袍人有些警惕。

两道幻影停下来了，是一名穿着天蓝色长袍的青年和一名戴着草帽的少年。其中，那名青年微笑着说道："抱歉，问两位一件事情。你们知道焰古山在哪里吗？"

林雷知道焰古岛上有焰古山，却不知道具体的位置。

"焰古山！"

这两名黑袍人心一颤，脸上挤出笑容。

"你们朝这个方向前进数十万里，然后隔老远就能看到一座燃烧着火焰的高山，那就是焰古山。"微胖的黑袍青年笑着开口说道。

"谢谢二位了。"

林雷一笑，当即和贝贝顺着微胖黑袍青年所说的方向飞去。

这两名黑袍人舒了一口气，相视一眼，眼眸中满是震惊。

"这个时候去焰古山，看来是去位面战场啊！不过，现在进去可没那么简单。"微胖黑袍青年眼睛发亮，"二哥，你说他们两个中，谁会是九幽领主级别的人物？"

林雷和贝贝飞了一段时间后，便遥遥看到了一座燃烧着暗红色火焰的高山。

那座高山虽远不及幽冥山高，但也有数万米高，在一座岛屿上算很高的了。

"焰古山！"林雷眯起眼睛。

"赶了一路，总算到焰古山了。"贝贝露出了笑容。

林雷立即恢复成人类形态，因为不用急着赶路了。

仅仅片刻，林雷和贝贝就到了焰古山的山脚。

焰古山本体呈黑色，上面没有任何植被，全部是黑色的石头，而山体表面燃烧着暗红色的火焰。这暗红色火焰终年不熄。即使站在山脚，也能感受到这暗红色火焰的诡异气息。

嗖嗖——

林雷、贝贝冲天而起，飞向焰古山山顶。

在燃烧着火焰的焰古山山顶，有一座占地极广的黑色城堡，也同样燃烧着暗红色火焰。

很快，林雷、贝贝就飞到了黑色城堡的正门处。

城堡呈黑色，正门却是耀眼的红色。单单看着这正门，林雷就觉得心悸。

城堡门口有十余人在巡逻，都穿着黑色铠甲。

"来人止步！"其中一名黑色铠甲士兵喝道。

"我们要进入位面战场。"林雷直接开口说道。

"你们还不让开。"贝贝说道。

这十余名黑色铠甲士兵相互看了看，有些震惊。

那出声的黑色铠甲士兵立即友好地说道："原来两位大人是要进入位面战场。不知道两位大人中谁是九幽领主？"

"九幽领主？"林雷和贝贝一怔。

见到林雷他们二人脸上的表情，那名黑色铠甲士兵微微皱眉，接着说道："那么两位大人中谁是冥界府主？"

林雷、贝贝还是一脸茫然。

"我们要进入位面战场，你提什么九幽领主、冥界府主！"贝贝不耐烦地说道，"赶紧带我们去空间之门，让我们进入位面战场。我们可是赶时间的，没时间和你们浪费！"

闻言，这十余名黑色铠甲士兵脸一沉。

"一边去！"其中一名黑色铠甲士兵呵斥道，"别在这里胡闹！再闹，别怪我们无情！"

林雷和贝贝听得一愣，随后贝贝大怒道："你说什么？现在让我进去我不和你计较，否则——"

"我让你们一边去！"那名黑色铠甲士兵打断了贝贝的话，手中突然出现了一柄黑色长枪，并朝贝贝刺去。这柄黑色长枪刺出，宛如黑色蛟龙飞出，所过之处，空间产生了波纹。

贝贝一伸手，直接抓住了枪尖。那名黑色铠甲士兵一怔，想要拔出枪尖，却发现拔不出。其他黑色铠甲士兵也是一惊。

"贝贝，别惹过头了，他们毕竟是主神麾下的人马。"林雷灵魂传音。

贝贝生气地盯着那名黑色铠甲士兵："如果不是看在主神的面子上，我早就解决了你们几个。说，为什么不允许我们进去？"

那名黑色铠甲士兵感受到了眼前人的实力。虽然他是主神麾下军队的一员，但对方如果一怒之下杀了他，他可就冤死了。他连忙说道："两位大人，不是我不放你们进去，是你们真的不能进去！这是主神们制订的规矩，无数年来，我们也是依照规矩办事。"

"什么规矩？"林雷问道。

"若要开启空间之门进入位面战场，进入者中必须有一人是九幽领主，或者是冥界府主。领主或者府主可以带领一群人进去，普通的上位神是没资格单独进去的。"那名黑色铠甲士兵连忙解释道。

林雷眉头一皱，明白了。府主、领主这种级别的人才能进入位面战场，或是由他们带人进入位面战场，而普通上位神没资格进入位面战场。

"怪不得冥界主神说让老大你先成为九幽领主再进去。"贝贝看向林雷。

林雷也想起了冥界主神说过的那句话。

"你是说我找到一位九幽领主带我们进去就行了？"林雷再次问道。

"对，对。"那名黑色铠甲士兵连忙说道。

"可还有其他规矩？"林雷追问道。

那名黑色铠甲士兵补充道："位面战争是两个位面之间的战争，里面只分为统领和普通士兵。因此，普通上位神进去只是士兵，需要听从统领管理，不允许在位面战场中乱跑。两位大人进去也需要服从安排，只有统领才可以带着人马在位面战场中随意进行战斗。"

第652章
确定目标

林雷恍然大悟。

"难怪主神让我先成为九幽领主再进去。如果以士兵身份出现在位面战场，就必须服从管理，那样根本没机会去解决敌方统领。"林雷明白只有单独行动，才能更快地找到并解决敌方统领。

受别人管制，怎么能单独行动？

"除了这些还有其他规矩吗？"林雷继续问道。

"没了。"那名黑色铠甲士兵连忙说道，"总之，统领（九幽领主或冥界府主）有资格带人进入位面战场，在位面战场中也可以随意行动，士兵只能服从安排。至于立多少功劳，获得多少奖赏，在空间之门旁边的石碑上有记载。"

林雷微微点头。军功、奖赏什么的，林雷暂时不关心，毕竟他现在连进去的资格都没有，谈那些太早了。

"贝贝，我们走。"林雷灵魂传音。

于是，林雷、贝贝立即飞离了焰古山。

半空，贝贝急切地问道："老大，我们现在又该怎么办？要进入位面战场还得靠九幽领主或者冥界府主，我们现在只有两条路可以选，要么找一个九幽领主或冥界府主带领我们进去，要么我们其中一个成为九幽领主。"

"第一条路行不通。"林雷摇头说道，"现在，九幽域中还没进入位面战场的九幽领主是不想进去冒险的，又怎么可能带我们进去？若是以普通士兵身份进去就要服从管理，我进去就是以解决对方统领为目的的，怎么能受人管制？"

贝贝看着林雷笑了起来："老大，你的意思是？"

"想办法成为九幽领主。"林雷缓缓说道。

"哈哈，我赞成！"贝贝眼睛发亮，随即皱着眉说道，"不过没那么容易啊。"

"是不容易，这能当上九幽领主的，没一个弱的。"林雷知道每一任九幽领主一旦被击败，就会有更强者继任。这种制度已经实行了无数年，现在的八十一位领主的实力都强得可怕。像他认识的雷斯晶、墨思就是地狱中的炼狱统领，而贝鲁特则是一府之主。

"八十一位九幽领主，应该有强弱之分。强者就像贝鲁特、丹宁顿，弱者也不会比我差。"林雷说道，"如果我们挑战你贝鲁特爷爷那种级别的人物，根本就是去送死。"

贝贝点头说道："找个弱点的，我们就还有机会。"

林雷皱着眉头说道："我们不知道挑战九幽领主有什么规则，也不知道哪些九幽领主进入了位面战场，哪些九幽领主没进入。即使去挑战，我们也得弄清楚八十一位九幽领主中哪一个容易对付。"

然而，林雷对九幽域几乎一无所知。

闻言，贝贝苦着一张脸。

片刻后，贝贝还是开口说道："老大，每一领不是都有城池吗？城内的人肯定多，我们到那里也容易查探。"贝贝说道。

"也只有这样了。"林雷点头说道。

焰古岛核心区域有一座城池，城内明显热闹得多。

一家餐厅内。

林雷、贝贝相对而坐。林雷环顾周围，发现城内如预料的那般，有很多上位神，竟然还有中位神、下位神。

"看来那些中位神、下位神是上位神在九幽域留下的子女。"林雷猜测道。

"两位，这是我们餐厅的菜单。"一名中位神服务人员微笑着递上菜单。

林雷看着这名服务人员，同时展开神之领域。这名服务人员不禁脸色一变，戒备地看着林雷。林雷却笑道："别紧张，我问你一些事情。"

"请说。"这名服务人员还能保持冷静。

"这九幽域内，挑战九幽领主有什么规矩？"林雷询问道。

服务人员疑惑地看了一眼林雷，说道："这很简单，在八十一领，任何一领的城池内都有斗战台。只要在斗战台上获得百连胜，那就有资格向本领地的领主发出挑战。"

"哦！"林雷眼睛一亮。

"这不和汨罗岛一样吗？"贝贝笑了起来。

或许汨罗岛就是借鉴了九幽域的模式。

"我想知道八十一位领主有什么特殊之处，谁强谁弱，还有他们现在谁在九幽域，谁去了位面战场。"林雷接连说道。

服务人员无奈地说道："两位大人，这我哪知道？"

林雷一笑，知道服务人员的消息是很灵通的，便说道："那你告诉我谁知道得最清楚。"

服务人员连忙说道："在我们城内就有贩卖领主情报的。"

"贩卖情报？"林雷眼睛一亮。有需求就有市场。在九幽域内，估计有很多人想挑战八十一位领主，自然会有很多人想知道八十一位领主的实力。

"在哪里贩卖？你带我去，我送你一万块墨石。"林雷淡然说道，"这是五千块墨石，找到后我再给你五千块墨石。"林雷当即给了对方五千块墨石。

在冥界中，墨石同样能流通。

这名服务人员顿时眼睛一亮，立即收下五千块墨石，说道："行，不知道两位大人什么时候去？是吃完还是现在？"

"现在。"林雷和贝贝都站了起来。

"好，两位等一下，我去和老板说一声。"这名服务人员十分热情。

"老大，这还真简单啊。"贝贝笑着看向林雷。

"餐厅等场所鱼龙混杂，里面的服务人员听得多，知道得也多，问他们最方便。"林雷此时松了一口气。这城内竟然还有专门贩卖八十一位领主情报的，这下事情就简单多了。

"两位大人，请随我来吧。"这名服务人员和老板打完招呼后，立即在前面带路。

路上，贝贝疑惑地问道："这种贩卖情报的事情，难道八十一位领主不反对？"

"领主大人那可是高高在上的强者，他们怕什么？"服务人员说道，"他们一点也不在意这个。其实，在我们城内的官方城堡中也有贩卖关于八十一位领主情报的，不过，那价格太贵了，一份情报就要一百万块冥石。我带两位去一个地方，那里的情报价格要便宜得多，一份只需要一万块冥石。"

林雷笑了。这种情报只要有一份就可以卖出去千万份，这种生意的确好做。

"一般人不知道这种隐秘地方，我也是从小生活在这里才知道的。"服务人员说道。

"从小？"贝贝惊异地问道。

服务人员点头说道："九幽域周围没有传送阵，当初赶到九幽域的几乎都是上位神。我们这些下位神、中位神是在九幽域出生的。我们实力弱，只能在城内生活。还好九幽域人口不多，城内的房屋价格也很低。"

林雷点了点头。不管是地狱还是冥界，陆地城池内的房屋价格都贵得很。

九幽域在远离陆地的冥海，许多地方偏僻得连人都没有，每个岛屿上的人也比较少，房屋价格自然便宜。这里人少，可高手多。

"这家伙的确熟悉这座城池。"林雷感慨道。

这名服务人员带着林雷他们二人行走在巷子里，沿着一些偏僻小路不断前进。仅仅片刻，他们就来到了一座普通的庭院面前。服务人员说道："到了，就是这里！"

林雷看了看，这庭院乍一看没一点特殊之处。

"开门！"这名服务人员敲门喊道。

很快，院门开启。一名银发壮汉走了出来，扫视一眼，看到服务人员便笑了："原来是你小子。怎么了，帮我们带客人来了？"

"我们需要一份关于八十一位领主的情报。"林雷说道。

"两位，请进来。"银发壮汉连忙说道。

服务人员立即看向林雷他们二人。林雷一笑，取出五块湛石（相当于五千块墨石），递给这名服务人员。

服务人员立即接过湛石，说道："谢两位大人，那我就先走了。"

"你小子赚得不少啊。"银发壮汉笑呵呵地说道，"两位，请。"

林雷和贝贝随他进入庭院中，发现庭院内竟然坐着十几个人，其中三个是上位神，其他的是中位神或者是下位神。

一名红发青年站起来，笑着迎了过来。银发壮汉说道："老二，他们要一份关于八十一位领主的情报。"

"对。"林雷点头说道。

"哦，那你们要简略的、详细的，还是隐秘的那种？"红发青年问道。

林雷一怔，这情报还分三个级别？

"看来价格肯定有差别呢。"贝贝笑道。

红发青年点头说道："那是当然。普通简略的，要一万块冥石；详细的，要十万块冥石。至于最隐秘的那一种，要一百万块冥石。"

旁边的银发壮汉补充道："当然，你们也可以用墨石来交易。"

"说说区别。"林雷饶有兴味地说道。

"普通的情报包括八十一位领主擅长的元素法则，战斗过多少场，胜利过多少场，居住地等。"红发青年说道。

"详细的情报则包括八十一位领主是否去了位面战场，使用过的绝招，公开进行过的战斗，以及每一战的具体情况等。"红发青年微笑着说道。

贝贝不禁眼睛一亮。

林雷笑了。

这个好！

对林雷来说，八十一位领主的信息越详细越好。

"还有最隐秘的呢？"林雷好奇地问道。

"最隐秘的连八十一位领主的亲人朋友经常干什么、什么脾气等都有一些记录。当然，这些信息的真实性无法保证。除了这些文字资料外，还有许多记忆水晶球，记录了八十一位领主不少场公开战斗的情况。"红发青年说道。

林雷、贝贝相视一眼。老天，这太详细了！文字资料和大量的记忆水晶球，这样一来，绝对能让他们对八十一位领主有一个全面的认识。

贝贝哈哈笑道："我们就要最隐秘的那种！"

红发青年等一群人都笑了起来，银发壮汉说："好，我去拿一份出来！"

这场交易，双方都很满意。对林雷而言，能获得重要情报，花费一百万块墨石不算什么；对红发青年他们而言，这些情报完全可以复制，成本也是极低的。他们知道许多强者都会选择最隐秘的情报。

仅仅片刻，银发壮汉从屋内走了出来，说道："这些都是！"他抱着一个箱子，里面有一摞文字资料，还有大量的水晶球。

林雷走过去，扫了一眼："很好。"

"莲岩领地，领主赤威，居住在……"最上面一张纸的一行字映入林雷眼中。

"好，这相当于一百万块墨石。"林雷递过一大块湛石。

红发青年接过湛石，笑道："如果两位还需要九幽域的其他信息，尽管来找我们。对待老客户，我们会给予九折优惠。"

林雷笑了笑，一翻手，将那整个箱子收入空间戒指中。有这样详细的情报，他完全能确定该对付谁了。

第653章

赤岩领主

焰古领，城池内的一家餐厅，楼上包间。

"好了，没有叫你们，你们不用进来。"林雷嘱咐道。

"是，先生。"服务人员端着餐盘离开包间，顺手关上房门。

"老大，快将那些资料、记忆水晶球都取出来吧。"贝贝连忙催促道。

这些资料到手后，林雷他们还没认真看过，主要是没合适的地点看。他们总不能在街道上看吧。

"别急。"林雷笑道，心中一动，那个大箱子就出现在了桌旁的地上。林雷把餐桌上的两三样小菜和酒水都移到一边，将那厚厚的一摞资料放到了桌上。

"好多。"贝贝说着便伸手去拿这些资料。

"抓紧时间，贝贝。你和我一人一半，将这些资料看一遍，看看哪一个九幽领主适合当作我们的目标。"林雷说道。

接着，林雷便开始看这一大堆资料。他首先看的是关于挑战领主的规则部分。要挑战领主，知道规则是很重要的。

贝贝忽然看向林雷，询问道："老大，是你去挑战还是我去？"

林雷抬头看了一眼贝贝，不禁笑了："贝贝，不是什么人都能去挑战九幽领主的。要挑战那些九幽领主，得在他们的领地获得百连胜才行。这样的话，每天必须连战十场。贝贝，你能轻易获得十连胜吗？"

"当然能，我的天赋神通噬神一出，我就不信他们挡得住。"贝贝自信地说道。

"除了天赋神通呢？"林雷笑着追问。

贝贝一滞。

若没天赋神通噬神，贝贝也就防御强，仅靠一柄神格兵器进行攻击。贝贝想要赢，很难。

"我……我有天赋神通就行了。"贝贝反驳道。

林雷收敛笑容，郑重地说道："贝贝，在斗战台的一百场战斗，你都靠天赋神通，那是不太可能的。第一，你的天赋神通只能连续施展两次，之后你需要靠紫晶、灵魂金珠来补充灵魂能量。

"第二，我们的最终目标是战胜一位九幽领主。在这之前，我们最好别将底牌都露出来。贝贝，你想想，在斗战台战斗的时候，你若将你的天赋神通展示出来，那一领的领主肯定会研究对付你的方法。"

"对付我的方法？"贝贝一怔，而后说道，"能有什么办法？"

"先下手解决你。"林雷说道。

"我不怕。"贝贝说道。

"如果那位领主没把握对付你，或许会偷偷离开自己的岛屿，然后对外说出去办重要的事情，让你等上千年、万年，你等得起吗？"林雷说道，"要知道，这挑战是可以延迟一万年的。"林雷也是刚刚看了挑战规则才知道的。

贝贝不禁沉默起来。的确，挑战九幽领主，并不是说发出挑战就能立即战斗。如果这位九幽领主不在冥界，即使你发出挑战，也要等对方回来后再战斗。

"贝贝，我们现在最不能浪费的就是时间！"林雷郑重地说道。

"好吧。"贝贝无奈地说道。

贝贝出马，林雷最担心的就是那位九幽领主看到贝贝施展的天赋神通噬神，吓得不敢应战，偷偷溜走。

这其实是很正常的事情。如果没有一点信心还去战斗，那就是去送死；不过若是直接认输，就会丢面子。

因此，一些九幽领主会选择一个方法——偷偷离开，然后拖延到万年期满。万年之内没有应战，九幽领主之位会直接传给那位挑战者。这既让挑战者得到了领主的位置，又能保留原九幽领主的面子。

按理说，这是个两全其美的方法，可对林雷而言，他必须抓紧时间加入位面战争中。离位面战争结束还有八百多年，他拖延不得。

"嗯。"贝贝微微点头。

"贝贝，我出手完全可以隐藏实力，比如不展现我的龙化形态，不施展天赋神通。当然，还是要略微表现一点，施展黑石牢狱就够了。施展黑石牢狱时，我会控制光罩里面引力和斥力的大小。这样，足以对付五星使徒、六星使徒，甚至一般的七星使徒。"林雷淡笑道。

降低黑石牢狱的威力，相当于他在中位神境界的时候施展这一招。他若以上位神的境界全力施展黑石牢狱，估计一般的七星使徒即使拼了命，也只能勉强抵抗。因此对他而言，他只要展现黑石牢狱的一成威力就足够了。

"我略微展现一点实力，足以赢得百连胜。那位九幽领主也不会因为看到我这点实力就不敢应战。到时候与九幽领主战斗，我再拿出全部实力。贝贝，现在你仔细看看资料，看看谁的绝招能被我克制。"林雷说道。

贝贝笑了起来："嘿嘿，老大，你也会这么做啊！嗯，我查查看谁会被你克制。"

林雷也开始仔细看起那些资料来。

九幽领主足足有八十一位，不可能个个是强大到无可匹敌的那种，或许其中就有人刚好被林雷克制。

"好强！"林雷看着资料不禁倒吸了一口气，"我们之前抵达九幽域的第一站莲岩领，这一领的领主就很强，至今没有人能撼动他的地位。他的绝招是透明火焰，中者必死无疑……"林雷看着这些资料，不禁心悸。

那些敢挑战莲岩领主的强者也是有底气、有绝招的，但最终都被透明火焰击杀。

"老大，这莲岩领主好厉害啊！这一亿年来只有三个人挑战过他，还都被他一招解决了。"贝贝惊呼道。

"贝贝，像这种无数年没人能撼动他位置的，能轻易解决挑战者的九幽领主，暂时排除在外。"林雷提醒道。面对这样的九幽领主，林雷也没有信心。

看着这些资料，林雷感觉血液在沸腾。

冥界中有无数追求巅峰的强者，在他们的心中，能成为一府府主或者九幽领主就是他们的梦想。为了梦想，这些人不惜牺牲性命。一旦获胜，他们就能成为新一任九幽领主。

"九幽领主中果然有几个强得逆天的，也有不算太可怕的。"林雷看到一些九幽领主的介绍时，略微松了一口气。

八十一位九幽领主中，的确有类似贝鲁特、丹宁顿那种无敌的人物。像这种人，一般没人敢去挑战。

"嗯，这个不错。"林雷眼睛一亮，"水系强者，灵魂防御极强，施展神力后物质防御近乎无敌，物质攻击也很强。"

林雷仔细地看了看此人的介绍，心中还是有点把握的。

选择对手时，对那种以灵魂攻击出名的九幽领主，林雷直接略过；对那种擅长物质攻击的九幽领主，他还有些信心。此刻他看中的这位九幽领主，物质防御主要靠运转神力，那神力似乎源源不绝，防御强得逆天。

"若我施展天赋神通龙吟改变这位九幽领主周围的时间流速，那他依靠神力的物质防御就会有缺陷。要是我再施展黑石牢狱，那强大的引力……"林雷不禁笑了起来，继续看这份资料。

然而，林雷看了一会儿，神情一滞，因为这位九幽领主已经去了位面战场。

"下一份。"林雷只能继续看资料。

八十一位九幽领主，大多数都擅长灵魂攻击，即使不擅长，灵魂防御也不差。林雷的灵魂防御其实还是很强的，上位神的灵魂，天赋神通，再加上由灵魂防御主神器形成的透明薄膜，他的灵魂防御已经赶得上一般的七星使徒。

不过他的对手是九幽领主，不是一般的七星使徒。

"老大，我这里有一个！"贝贝忽然欢呼起来。

林雷抬起头问道："他现在在哪里？不会去了位面战场吧？"

"没有。根据这情报所述，他现在还在领地内。"贝贝连忙说道。

"说来听听。"林雷说道。

"这人和老大你一样，也是地系强者。"贝贝笑道。

"哦？"林雷眼睛一亮。其实，林雷挺乐意对上地系强者的，因为他在地系元素法则方面研究得最透彻，应付地系强者也会容易些。

贝贝接着说道："这人的灵魂防御极强。根据已有的记载，在战斗中，他受到灵魂攻击时根本没感觉，灵魂防御极其逆天！可是他不擅长灵魂攻击，也没施展过厉害的灵魂攻击招式。从情报上推测，这人很可能有一件灵魂防御主神器。"

林雷微微点头。在地系元素法则中，虽然大地脉动奥义与灵魂有关，但是通过大地脉动奥义施展出的招式威力不太强。若想灵魂攻击强，一般要修炼生命规则、死亡规则、命运规则、火系元素法则。

"他最强的是物质攻击，一拳就能轻易击碎上位神器。他的拳头和他的那柄战刀，攻击力很可怕。还有，他的速度很快，快得逆天。一些挑战他的人还没碰到他，就被他一拳砸飞，然后认输。"贝贝说道。

林雷咧嘴笑了起来。速度？在他施展黑石牢狱后，那人的速度还能有多快？物质攻击？他若变为龙化形态，通过留影剑施展圆空裂，这一剑的威力估计不会比对方弱。

"更何况还有天赋神通龙吟。"林雷笑了。

"老大，这一大堆资料我都看了一遍，我感觉这位九幽领主刚好被你克制。你应该有超过八成的把握战胜他，只是我不知道这位九幽领主有没有隐藏实力。"贝贝无奈地说道。

"隐藏实力？谁都可能隐藏实力。不过对方既然是地系强者，我还是有些把握的，给我看看。"林雷从贝贝手中接过这一份资料。

林雷开始仔细看这份资料，看到这位九幽领主的历次战斗记录，他略微放松了些。

这位九幽领主最擅长的就是速度和物质攻击，两项配合起来简直无敌了。若是对上那些擅长灵魂攻击的超级强者，这位九幽领主或许能轻易取胜。不过，他碰到的可是林雷……

"赤岩领主，"林雷微微点头，"就是他了。"

第654章

连续战斗

九幽域八十一领之赤岩领，城内一条街道。

林雷、贝贝并肩行走着，林雷的脸上难得露出了一丝笑容。在焰古城内的餐厅中，林雷和贝贝最后决定把目标定为赤岩领主，还仔细地研究了一番赤岩领主的资料，观看记录了赤岩领主战斗情景的记忆水晶球。

看了那些记忆水晶球后，林雷再次惊叹于赤岩领主的速度，的确很逆天。在林雷见过的人中，还没有速度如此快的。不过，林雷信心十足。擅长速度的强者，只要遇到他的黑石牢狱，即使原来如兔子般矫捷也会变得如乌龟般缓慢。

"城内是不允许战斗的，只有斗战台内的挑战者可以战斗。"林雷、贝贝很快就来到了斗战场外。

这里斗战场的占地范围，和林雷当初在汨罗岛遇到的斗战场相差无几。不过，这里的斗战场为圆形。即使是站在斗战场外，林雷也能感受到一股强烈的能量波动从斗战场内部传递出来。

"好，好啊！"一阵兴奋的欢呼声响起。

"气氛很热烈啊！"林雷笑了，"贝贝，我们先去看看。"

"嗯！"贝贝眼睛发亮，"在外面就能感受到那种气氛，比汨罗岛上斗战场的气氛还要热烈。"

进入斗战场观战同样要收费，不过比汨罗岛的收费要低，每个人只要缴纳十块冥石即可。林雷和贝贝付了钱，沿着走廊，很快就到了斗战场内部。一靠过去，他们就感觉一阵热浪呼啸而来。

"这里得有近百万人！"林雷环顾看台感慨道。因为看台范围极大，从林雷所在的位置看向对面，对面的观众就如同密密麻麻的蚂蚁一样。

看台上坐着大量的观众，有冷酷消瘦的青年，有强壮的中年人，有看似苍老的人。除了人类强者，还有不少保留了各自族群特征的强者，三只眼的、四只耳朵的、六只手臂的……他们一个个或是兴奋地叫喊着，或是冷漠地观看着。

"气氛真热烈。这斗战台上的战斗应该是整个九幽域最精彩的事情了。"林雷明白，能够赶到九幽域的强者几乎都是好战的、想追求巅峰的。

斗战台正好为这些强者提供了一个平台，这是挑战九幽领主的必经之路。因此，斗战台上的战斗在九幽域有很特殊的地位，关注的人极多。

这时，林雷朝中央的斗战台看去，两道人影在斗战台上方战斗。

一道火红的身影陡然腾空而起，一道模糊的刀影在半空一闪而逝，目标是对面的黑袍男子。

黑袍男子被击中，身体被击得飞了起来，鲜血飞溅，而后重重地落在地上，一动不动。

"死了。"林雷眉头一皱。

"啊——"一声兴奋的吼叫响起，那道火红色身影落地，原来是一个有着一头火红色乱发的男子，他双手挥舞着，兴奋地发出怒吼声，还很自信地喊道，"下一个！下一个！"

看台上立即响起了欢呼声，还有许多人兴奋地吼叫道："上去！上去！谁上去对付他！"

林雷看得嘴角微微上翘，这里的气氛的确很热烈，这或许是九幽域少有的一项娱乐项目了。

"那人实力不错。"林雷一笑。

贝贝转头看向林雷，笑道："老大，你准备第一个对付他？"

"贝贝，你在这里等着，我去报名。"林雷起身说道。

"嗯。"贝贝连忙点头，他对林雷很有信心。

"嗯？"坐在林雷、贝贝旁边看台上的人们都转头惊异地看向林雷。显然，他们都听到了二人的对话，知道林雷要去斗战台战斗。

"嘿，有胆量！"一名黑发红瞳的女人盯着林雷，眼睛发亮，"你可要多撑几场，大姐我支持你！"

顿时，林雷周围开始骚动起来，大多数人是鼓励支持他的。因为林雷坐在他们的旁边，他们便支持林雷了。

当然，上斗战台战斗还是要看个人的实力。

报名是免费的，林雷报名时用了"雷"这个名字。

当知道林雷的要求后，管理人员惊异地看向林雷："雷先生，你说什么？连续战斗十场？"

"对。"林雷微笑点头。

"雷先生，连续战斗十场不是你想战就能战的，必须得等你赢了一场才能决定下一场。"管理人员说道。这是斗战台战斗的规矩。若挑战者在第一场战斗就输了，怎么继续后面的九场战斗？

林雷看了一眼管理人员，说道："那你就看着吧。"

报名参加战斗的人有不少，林雷得排队。快轮到林雷的时候，战斗已经进行了七八场，那名红色乱发男子早就下场了。

那名红色乱发男子今天已经连赢了十场。当他从选手通道走出来的时候，还很骄傲地扫了林雷等人一眼。

林雷只是淡然一笑。

忽然，斗战场内传来海啸一般的欢呼声，同时，一个如雷鸣般的声音响起："我们的强者乌特已经连胜三场了，现在请挑战者雷出场！"

林雷眼睛一亮。

"雷先生，快点！"管理人员连忙对林雷喊道。

林雷一笑，当即身影一动，直接穿过了选手通道，来到了斗战台。

一名身穿天蓝色长袍的青年出现在斗战台上，就好像在自家庭院散步般悠然自得，缓缓悬浮起来，和他的对手——一名有着赤色眼眸，穿着黑色劲装，手上有一根长鞭的男子——凌空对峙。

这一幕令看台上的人再次欢呼起来。现场气氛依旧火爆，可林雷此时心里很平静。

"老大，上啊！"一个响亮的声音瞬间响彻斗战场。

林雷不禁笑着转头看过去，那是贝贝。

就在林雷转头的瞬间，那名赤色眼眸的黑衣男人眼中掠过一丝不屑："生死战斗还分神！"同时嗖的一声，一道黑色幻影瞬间就到了林雷的身前。见林雷似乎还没反应过来，黑衣男人毫不留情地一挥长鞭，一道黑色光芒从黑衣男人身上亮起。

嗡——

土黄色光芒一闪，一个光罩突然出现，笼罩住了黑衣男人。

"啊！"黑衣男人措手不及，疾速下坠。砰的一声，他狠狠地砸在斗战台上，把石块砸得乱飞，石屑四溅。

嗖！林雷如闪电般落下，踢向光罩内还未站稳的黑衣男子，把黑衣男子踢得飞了起来。

"我认输！"一个高亢的声音立即响彻整个斗战场。黑衣男人惊悸地看向林雷，感受到黑石牢狱的威力后，他被吓到了。

"我的实力接近六星使徒，在那个光罩内竟然控制不好速度。"黑衣男人心有余悸，"原来人家不是大意，而是早有准备。刚才那一脚如果踢在我的脑袋上，我恐怕已经完蛋了。这人太强，太强！"

黑衣男人不知道林雷只展现了黑石牢狱的一成威力。若是林雷展现了黑石牢狱的全部威力，别说是他，就连七星使徒也扛不住。

"谢了。"黑衣男人感激地躬身，当即朝选手通道飞去。

林雷依旧悬浮在斗战台上空。在林雷看来，那人和他无仇怨，没有必要下狠手，而且他觉得自己出现在这里算是在欺负小辈了，若再下狠手那就过分了。只有实力相当，他才会拼尽全力。

"雷！"

"雷！"

看台上响起一片欢呼声，特别是那些在九幽域长大的下位神、中位神，更是叫得响亮。林雷刚才出手，令对方毫无反抗之力，双方之间的实力差距一眼就能看出来。

"我们的强者雷刚才在台下和我说要连战十场。原本我不相信，现在看来他可能真的会连续进行十场战斗。下面第二场，请雷特出场！"响亮的声音再次在整个斗战场回响起来。

听到林雷准备战斗十场，就连看台上原本保持沉默的人也喝彩起来。

只有这种强者出场才会让人激动。

第二场，一招黑石牢狱，土黄色光罩中，林雷将那人踢得陷入斗战台内。林雷胜！

第三场，依旧一招黑石牢狱，林雷胜！

第四场……

那些挑战者都没有七星使徒的实力，林雷只使用了黑石牢狱的一成威力就把他们一个个击败了。

砰！黑钰重剑拍击在一名银发男子的胸膛上。轰的一声，空间隐隐现出裂缝，银发男子被拍击得飞了起来，胸膛上出现了一个大窟窿。在半空的时候，他便高喊"我认输"，因为他知道自己和林雷的差距很大。

"你不错了，"林雷淡笑着看向银发男子，"能让我拔剑了。"

在上斗战场前，林雷就已经决定好了要使用的武器——黑钰重剑和紫血神剑。至于神格兵器留影剑，那要等到和九幽领主战斗才使用。

"十连胜！！！"斗战场的主持人声音高亢起来，"雷说要战斗十场，果然是十场！雷的实力的确强，我看他或许能够取得百连胜！"

连续战斗百场，难度要大得多，毕竟许多高手平常是懒得出手的，只有遇到真正的强者才会出手。

此时，看台上不少人欢呼起来。

"雷！"

"雷！"

欢呼声犹如浪潮一般一波接一波，可林雷只是笑了笑。

"明天继续。"林雷在心中暗道，转头飞向选手通道。

斗战台上的战斗，那是赤岩领强者们极为重视的。

在赤岩领，数年内都难得诞生一个百连胜强者。因为每当出现一个十连胜强者，就会有高手出场来参加战斗。出来的高手不止一个而是几个，导致很少有百连胜强者出现。

随着时间的推移，"雷"这个名字被赤岩领不少真正的强者注意到了。

林雷就这么一天又一天地取得十连胜。

第五天，十连胜。

第六天，依旧十连胜！

林雷很明显没耗费多少力气便赢得了胜利，这也令许多人明白，他的实力不止展露的这一点。

因为林雷，这几天去斗战场观战的人格外多。大家都是为了看林雷战斗。许多人都期待林雷能继续战斗下去，希望能看到更多的强者和他战斗。

终于，能让林雷重视的强者出现了。

第655章

无可阻挡

赤岩领，领主府邸内。

赤岩领主躺在椅子上，闭着眼睛。他的身高只有一米七，看起来很消瘦，在冥界中的确是小个子。

此时，他穿着无袖的短衫，露出了两只肌肉线条明显、充满力量的手臂，身上还散发出一股彪悍的气息。

"大人。"一名黑袍银发青年走到赤岩领主的身旁，躬身喊道。

"嗯？"赤岩领主睁开眼睛，他的瞳孔不仅是竖着的，还是紫色的，看一眼就会让人心悸。

"大人，我们赤岩领的斗战场内出现了一个高手。"黑袍银发青年恭敬地说道，"这人叫雷，已经取得六十连胜了。从他六十场的表现来看，我估计这人至少有七星使徒的实力，擅长运用地系元素法则。大人，您是否去看看他的战斗？"

"地系元素法则？"赤岩领主一扬粗黑的眉毛，随即淡笑着闭上眼睛说道，"既然是地系强者，我就不去了。甘默雷，你来负责这件事情，用记忆水晶球记录他的战斗过程。如果出现让你觉得惊奇的战斗场景，再将记忆水晶球拿给我看。"

"是，大人。"甘默雷躬身回复。

甘默雷很清楚赤岩领主在地系元素法则上的成就，赤岩领主虽然还未达到大圆满境界，但是很熟悉地系元素法则中的各种攻击招式。

不过，赤岩领主不知道林雷的黑石牢狱已经超出了地系元素法则的范畴。这一招源自雷斯晶的天赋神通，林雷是靠着雷斯晶给的黑石，再结合地系元素法则中已经融合的奥义才施展出这一招的。在外人看来，他这一招只用了地系元素法则中的重力空间奥义。

林雷在斗战台的第七天。

这一天，看台上的人格外多。在赤岩领境内，已经很久没出现过能连胜这么多场次的人了。许多人都想看看这个叫雷的男子到底能走到哪一步，是否能引出一些七星使徒来战斗。

"哈哈，这一场战斗结束了，接下来便是大家期待很久的一场战斗了，下面有请已经连续获得六十场战斗胜利的雷出场！"主持人声音高昂地说道，看台上顿时响起了此起彼伏的欢呼声。

之前，较低等级的一些战斗让部分观众看得提不起精神来，但是当听到雷要出场时，观众的眼睛顿时亮了起来，欢呼声更是接连不断。

此刻，在看台不起眼的一侧，一名黑袍银发青年和一名黑发中年人并肩坐着。

"甘默雷，"黑发中年人淡笑道，"你是奉领主命令过来的？"

"只是来看看。"甘默雷笑道，"这人也是修炼地系元素法则的，还不足以令领主重视。对了，西奥博尔德，你对这个雷有没有兴趣？"

"我今天刚来，不过我的老朋友帕姆已经去报名了。如果他能战胜帕姆，我便去试试这小子的实力。"黑发中年人西奥博尔德淡然笑道。

甘默雷听得眼睛一亮："帕姆也要出场？"

就在这二人谈话时，砰的一声，黑钰重剑将对手拍击得飞了起来。

"我认输！"那人连忙喊道。

林雷收剑凌空而立，在心中暗道："挑战九幽领主必须取得百连胜，有些浪费时间啊。"林雷已经经历了七十一场战斗，在那些对手中，最强的也只是实力堪比六星使徒。林雷在中位神境界的时候就能对付一般的七星使徒，现在他已经达到了上位神境界，对付这些人当然很轻松。

"各位！现在我宣布一个让大家惊喜的消息！雷的下一个对手，就是我们赤岩领曾经获得过百连胜的帕姆先生！！！"兴奋的声音在斗战场响起，斗战场却一下子安静下来了。

连谈话中的甘默雷、西奥博尔德也停止了说话，扭头看去。

片刻后，西奥博尔德笑了起来："帕姆要出场了。"

很快，安静下来的斗战场再次喧闹起来，呼喊声更响亮了。大量的观众更是咆哮起来："雷，击败那个帕姆！"

"帕姆！"

"雷！"

斗战场仿佛沸腾了一般，连许多冷静的人都肆意地呼喊起来，为自己支持的人加油。帕姆虽然是曾经的百连胜强者，但很明显，近期赚取了大量人气的雷的呼声更高一些。

两大强者对战，谁会赢？

"哦，曾经的百连胜强者。"林雷眉毛一扬，转头看去。

这时候，贝贝的声音在林雷的脑海中响起："老大，这可是一个曾经取得过百连胜的强者，你可不能大意。如果你输了，那就换我上，我去挑战领主。"

林雷听了不禁一笑。

嗖！一道绿色幻影从选手通道中飞出来，而后悬浮在半空。

林雷仔细看去——

帕姆穿着一件绿色长袍，一对白色眉毛垂下。他虽然白发白眉，但是容貌如少年，脸上带着笑容。

此刻，帕姆正眯着眼睛看着林雷："雷，在赤岩领难得遇到一个好对手，你可别让我失望。"

林雷淡然一笑。

"出手吧。"林雷开口说道。

"哦？还很猖狂。"帕姆淡然一笑，陡然甩手，一道绿色光芒亮起。

林雷和帕姆的这一战，让看台上的所有人都集中精神观看，就连贝贝也是盯着那看台。唯有西奥博尔德和甘默雷一边神识传音，一边观看这场即将开始的大战。

"甘默雷，你说谁会赢？"西奥博尔德问。

"应该是雷。"甘默雷回复，"我感觉他的实力至少和你在一个层次。帕姆虽然是七星使徒，但只是实力一般的七星使徒。他的物质攻击和灵魂攻击虽然强，但不是强得逆天。不过，他修炼水系元素法则，要击败他也不容易。帕姆应该能坚持一段时间。"

"和我想的一样。"西奥博尔德笑了，"当初，我击败帕姆也花费了一些精力，水系强者大多数很难缠。"

就在这二人神识传音时，斗战场突然寂静了片刻，随即又轰然沸腾起来，许多人议论纷纷。刚才发生在斗战台的那一幕，令所有人都无法理解，就连甘默雷他们二人也不理解。

"怎么会这样？"甘默雷一脸难以置信。

"帕姆是故意输掉的？"西奥博尔德也不解。

刚才，林雷施展了黑石牢狱，土黄色光罩笼罩住了帕姆。帕姆硬扛住了光罩里的引力，没有下坠，但速度已经无法和林雷比了。林雷靠着速度以及紫血神剑开始攻击对手。显然，帕姆的防御极强。在不使用龙化形态的状况下，林雷的攻击力无法破开帕姆的防御。林雷不愿意用龙化形态，便使用了灵魂混乱。在达到上位神境界后，林雷施展灵魂混乱这一招，对帕姆这种普通的七星使徒会产生影响。

仅仅一刹那，帕姆的脑袋就被林雷的紫血神剑刺中了。好在帕姆快速运转体内上位神的神力，治好了自己的伤。

"谢谢！"帕姆感激地说道。若林雷下狠手，他早就完蛋了。

看台上。

嗖！西奥博尔德陡然站了起来，不过还有一个神分身坐着。他盯着斗战台上空的林雷，说道："甘默雷，我下去试试他。"他留下神分身，也是担心林雷会下狠手。虽然之前的每一战林雷都手下留情了，但是不代表他会一直手下留情。

"小心点！"甘默雷连忙说道。

"放心，他要赢我没那么简单。"西奥博尔德说着便走开了。

斗战台上，许多人兴奋地呼喊起来，不少人更是将林雷当成目标，要超越的目标。

"各位，今天雷已经连续获得了九场胜利，其中有一场的对手更是曾经的百连胜强者帕姆！不过，即使是帕姆也输给了雷。今天，第十场的挑战者就在我的身边。说实话，对即将开始的一战，我十分激动。我旁边这位可是比帕姆更厉害的强者！大家能猜到他是谁吗？"

看台上，大量的观众又激动地呼喊起来。对他们而言，能看到一场七星使徒之间的交战就已经十分难得了。现在，他们竟然还能再看一场，而且挑战者似乎更强。

"他，西奥博尔德！"主持人的声音高亢起来。

斗战台上方，林雷依旧凌空而立。

看着看台上许多人兴奋呼喊的样子，林雷有些好奇："西奥博尔德？能有多厉害？"林雷朝选手通道看去，只见一名黑发中年人飘然飞了出来。他一飞入斗战台，就朝林雷看来。

"没想到你还会灵魂攻击，而且那般奇特。"黑发中年人西奥博尔德开口说道。他刚才在选手通道外见到了帕姆，和帕姆谈过了。帕姆认为林雷施展了一种奇特的灵魂攻击，让他变得浑浑噩噩。

林雷微微一笑："废话少说，出手吧。"

西奥博尔德眉头一皱，眼睛微微眯起："哼。"

嗖嗖——

两道黑光突然从西奥博尔德的眼中射出，目标直指林雷。

林雷疾速往后飞去，在心中暗道："好特殊的灵魂攻击。"

这招灵魂攻击的速度太快，两道黑光还是进入了林雷的体内。

林雷的灵魂海洋中。

咻咻，黑光的大半威力消耗在了由灵魂防御主神器上形成的透明薄膜上，即使是原来的豁口处也能抵挡黑光。很快，黑光消失了。

林雷立即施展黑石牢狱，土黄色光罩出现，笼罩住了西奥博尔德。在光罩内，西奥博尔德受到了灵魂混乱的影响，不一会儿就变得浑浑噩噩了。

林雷见状，直接一剑刺向西奥博尔德，淡淡地说道："你输了！"

斗战台再次变得安静。

看台上。

"怎么回事？"甘默雷连忙询问道。

"好厉害的灵魂攻击。"西奥博尔德的神分身摇头说道，"在光罩内，我瞬间就变得迷糊了，然后就被击败了。"

"灵魂攻击？"甘默雷心中一松，"这雷的实力的确强，可若遇到大人，必输无疑。"

他的大人赤岩领主最不怕的便是灵魂攻击。

其实，林雷施展灵魂混乱就是为了让外人以为他最厉害的就是灵魂攻击。

经过第七天的这两场大战，林雷的连胜势头无人能挡。

第八天、第九天、第十天，林雷也获得了胜利，成了赤岩领这几年来唯一一个百连胜强者。

第656章

发出挑战

斗战场看台上。

许多人几乎都在谈论此刻在斗战台上的林雷。因为就在刚才，林雷成功地完成了第一百场战斗。与此同时，他们也明白，恐怕以后很难看到林雷战斗了。

"嘿！刚才你喊得最兴奋，老大，老大的，你认识雷大人？"一名银发女子瞥向旁边的贝贝。

"当然认识，他就是我老大。"贝贝一摸鼻子，自信地说道。

"我还说他是我大哥呢。"银发女子哼了一声，说道，随即崇拜地看向林雷。

"不相信我？"贝贝只能摸了摸鼻子。

就在这时候，斗战场上响起一个浑厚的声音："各位！"

声音还在回荡着，那道人影已经飞到了斗战台的上空，立在林雷的身旁。

这个人穿着金色的长袍，有一头耀眼的金色长发，他笑着朗声说道："今天，我们斗战场又出了一位百连胜强者，他就是——雷！"

林雷对这个金发男人笑着点头示意，他在等百连胜的证明——血战印。有了这块血战印，他才有资格去挑战九幽领主。

"大家安静！"这个金发男人朗声说道。

顿时，斗战场看台上的观众停止了议论，都看了过来。

"现在，我将这块代表荣耀的血战印交给百连胜强者雷！"说着，金发男人从空间戒指中取出一块六芒星形状的红色印，微笑着递给了林雷，"雷，从今天起，你的名字和一百场战斗的事迹都会被记录在我们斗战场内。"

林雷笑着接过血战印，低头看了看："原来是这样子的。"

他参加战斗获得百连胜，就是为了拥有挑战九幽领主的资格。

"当然，这块血战印代表你如今有资格去挑战我们赤岩领伟大的领主大人！"金发男人笑着说道，"雷先生，我问你，你是否要挑战我们赤岩领的领主大人呢？"

此话一出，斗战场再次热闹起来。

"挑战领主！"

"挑战！"

"雷，挑战领主吧！"

斗战场看台上，大量的人在呼喊着。

其实他们明白，每当金发男人将血战印交给百连胜强者时都会这么询问，他们就会顺势这么一喊。

不过，他们也希望看到一场挑战九幽领主的战斗。

在九幽域，挑战九幽领主这种事情发生的次数极少，一般上亿年才有几次。敢去挑战九幽领主的强者，一般都是有一些把握，有一些依仗的。

在观众看来，虽然林雷表现不错，但他的实力与九幽领主一比，还差得远。至于之前与林雷战斗过的帕姆和西奥博尔德，和九幽领主一比，就相当于拿婴儿和成年人做比较。

"你说雷是你老大，那你说雷会挑战九幽领主吗？"银发女子笑着看向贝贝。

贝贝点头说道："毋庸置疑，我老大肯定会挑战九幽领主！"

"哈哈——"银发女子顿时笑了起来，"连撒谎都不会。"

"不信你看着。"贝贝说道。

林雷开口说道："其实，我来斗战场战斗是有目的的。"

斗战场上的议论声变小了。

林雷脸上有着笑容，继续说道："我的目就是获得挑战赤岩领主的资格！"

斗战场顿时安静下来了，所有人都盯着林雷。

金发男人一脸难以置信，看着林雷："不会吧？这雷先生难道真的要挑战赤岩领主？太疯狂了，太疯狂了！"

百连胜强者虽然厉害，但是每隔几年还是会出现一个；可挑战九幽领主的事情，几乎一亿年才发生几次。

"不会吧。"那名银发女子有些紧张了，不禁瞥了一眼旁边的贝贝。

贝贝对她自信一笑。

在场的人都仔细地听着，心中期盼着。

"现在，我终于获得了这个资格。"林雷环顾众人，"今天，我在这里当着大家的面宣布，我正式向赤岩领主发起挑战！"

"挑战！"

这声音在斗战场上空不断回荡，令所有人一惊。

这是千万年以来，在赤岩领内，又一名百连胜强者向强大的赤岩领主发起的挑战。

赤岩领主尊贵、强大，挑战他的人，一个个陨落。

然而，还是有众多强者为了实现心中的梦想，即使知道会殒命，也依旧不断发起挑战、不断冲击。他们相信终有一日会击败这位赤岩领主，成为新一任的赤岩领主。

看台上，上百万人看着斗战场上空的林雷。在他们看来，林雷就是一个敢挑战九幽领主权威的无畏战士。

"雷！"一名银发老者正色喊道。

"雷！"银发老者周围的一大群人也喊了起来。

"雷！"斗战场上响起了统一的声音。

喊声犹如雷鸣般响彻天地，这些人用他们的方式为林雷加油、鼓劲！在他们的眼中，敢向九幽领主挑战的都是英雄，无畏的英雄！

在赤岩领内，其实有很多人想挑战赤岩领主成为新一任赤岩领主，可是他们明白自己的实力，也没有勇气。不过在心底深处，他们还是有这样的渴望。

现在林雷站出来挑战，他们便认为林雷是他们这群人中的一个代表。因此，他们期盼林雷能赢。

在斗战场内，当着上百万人的面，新晋百连胜强者雷宣布挑战赤岩领主这个消息仿佛一把让草原快速燃烧的火，很快就传遍了赤岩领。

赤岩领上亿的人都在议论着、期盼着，期盼林雷和赤岩领主的一战。

赤岩领城内，一座酒店的独立庭院内。

林雷和贝贝在轻松地喝着酒。

"贝贝，你说我都这样做了，赤岩领主应该会知道吧？不需要我再登门约战了吧？"林雷有些不确定地询问道。

"行了，老大，你等就是了。"贝贝随意地说道，"他可是九幽领主呢，那是什么身份？和地狱修罗、炼狱统领一样，那都是高高在上的。单单论地位，他们仅在主神之下。这种身份的人面对你的挑衅会没反应？"

林雷笑着看向贝贝："你这话真是……"

突然，林雷转头朝院门口看去，贝贝也看了过去。

嘭嘭，敲门声响起。

"我估计啊，领主的人来了。"贝贝连忙跑过去打开了院门。

一名黑袍银发青年站在门口，朝庭院内看去，目光落在了林雷的身上。他的脸上露出了笑容："雷先生，我是甘默雷，赤岩领主府的管家。"

"请进。"林雷淡笑道。

贝贝笑着对林雷一眨眼，灵魂传音："老大，我说得准吧，领主的人这就来了。"

甘默雷笑着走进来，开口说道："雷先生，我这次过来是代领主大人向你发出邀请，请你去一趟领主府邸，商议一下你那挑战的事情。"

"商议？"林雷眉毛一扬，"商议战斗时间、地点？"

"有这一方面。"甘默雷淡笑道。

"不需要商议，你们宣布时间、地点即可。"林雷淡笑道。

"雷先生，还有其他的事情，你还是去一趟为好。"甘默雷说道。

林雷和贝贝相视一眼，最后林雷还是站了起来，微笑着说道："既然甘默雷管家和领主大人如此邀请，那我兄弟二人就随甘默雷管家走一趟。"

贝贝脸上露出了笑容，却灵魂传音："老大，那个赤岩领主不会是想悄悄地对我们下手吧？"

"应该不会。若要对付我们，还不如公开行动，悄悄下手未免太失身份了。"林雷灵魂传音。

"嗯。"贝贝回复，"老大，你说得对。不管了，如果他下黑手，我就直接施展天赋神通噬神对付他。"

在甘默雷的带领下，林雷、贝贝很快就来到了赤岩领主的府邸。在赤岩领主府邸周围，有大量的战士在巡逻。林雷扫视了一眼："人还真多，这外围就有上万人，而且都是上位神。"

九幽域人口不算多，而且绝大部分是上位神，在领主府邸的巡逻战士自然都是上位神。

赤岩领主府邸占地极广，林雷他们走了好一会儿才来到一个空旷的练武场。

一名穿着短衫、长裤的精壮少年如标枪般笔直地站在那里。

说对方是少年，那是因为外形是少年，不过这人散发出一股彪悍的气息。

"大人，他们来了。"甘默雷恭敬地说道。

林雷不禁眯起眼睛，仔细看向那穿着短衫、长裤的精壮少年："果然和记忆水晶球中记录的一样。"

赤岩领主转身看过来，那一双紫色的竖着的瞳孔让林雷、贝贝看得心底一惊。林雷虽然看过记忆水晶球，但记忆水晶球的清晰度有限，只能看到两道人影在交战，根本看不清样貌。

"领主。"林雷开口说道。

赤岩领主单单看着林雷、贝贝，就感觉这二人实力不弱。他淡漠地开口说道："今天请你们二人过来，是因为我懒得进行战斗让那些人观看，而且我对解决你没有任何兴趣。所以，你还是宣称撤销挑战吧，回去好好修炼。"

林雷、贝贝一怔。

片刻后，贝贝不禁开口说道："呃，为什么说这个？"

"赤岩领主，我期盼和你战斗。"林雷开口说道。

赤岩领主皱着眉看了一眼林雷。

"哼！"赤岩领主一挥拳。

砰！砰！砰！

四周空间直接爆裂出一个个窟窿，就好像一个套一个的圆环，连续数十个，形成了一个空间大豁口，足足延续了十余米，最后才渐渐消失。

"好厉害的一拳。"林雷眼睛一亮，"大地脉动奥义、土之元素奥义、力量奥义、生之力奥义……这简单一拳就能让我感知到地系元素法则中的四种奥义，至于有没有第五种奥义，我无法确定。太强了，怪不得他能一拳轻易轰碎上位神器。"

林雷必须得承认赤岩领主对地系元素法则的领悟程度绝对超过了自己。

"有自信接下我这一拳，你就选择继续挑战吧。"赤岩领主淡淡地说道。

甘默雷在一旁笑吟吟地看着，认为林雷绝对会放弃。

"那就请赤岩领主告诉我战斗的地点和日期吧。"林雷开口说道。

第657章

接受挑战

"嗯？"赤岩领主猛然转头，锐利的目光看向林雷。

"他——"甘默雷也震惊地看向林雷。刚才赤岩领主已经展露了他强大的实力，这个神秘的雷竟然还有胆量挑战，是愚蠢还是有胆量？甘默雷重新审视眼前的林雷。

"当然，我也可以不挑战。"林雷话锋一转。

"嗯？"赤岩领主看着林雷。

"老大！"贝贝却有些急了。

林雷淡笑道："赤岩领主，我这次挑战你，一是想追求修炼的巅峰，能成为九幽领主算是对我修炼水平的肯定；二是为了能够进入位面战场。如果赤岩领主愿意带着我兄弟二人进入位面战场，在位面战场内，你能按照我的意愿带着我兄弟二人在位面战场内行动，那我也可以选择不挑战。"

林雷本来就是为了进入位面战场才去斗战场战斗的。若赤岩领主能带他和贝贝进入位面战场，还能让他自由行动，那岂不省事？

"位面战场？"赤岩领主瞥了一眼二人，"你们二人为了主神之力就敢去位面战场，单单这勇气便值得我佩服。"

赤岩领主知道在位面战场立了军功就能换取宝物，不单单是主神器，也可以是主神之力。

"真是找死。"旁边的甘默雷低声说道。

"是否找死，不需要你管。"贝贝回复道。

"这个要求我不可能答应。"赤岩领主淡淡地说道。

"那我就继续挑战。"林雷很干脆地说道。

赤岩领主那竖着的紫色瞳孔看向林雷："小子，你是在找死。"

"还没战斗呢，一切可说不定。"贝贝昂着脑袋说道。

林雷淡然说道："赤岩领主，你贵为九幽领主，相信不会害怕我的挑战。我修炼这么多年，也梦想着有一天能够坐上九幽领主的位子。"

"老大，我看他就是害怕了。"贝贝连忙说道。

赤岩领主瞥了一眼贝贝，丝毫不恼，淡漠地吩咐道："甘默雷，送他们离开吧。"

"是，大人。"甘默雷躬身，随即对林雷、贝贝说道，"两位，还请随我来。"

林雷和贝贝一怔，看着赤岩领主掉头朝远处走去。

林雷心中一急："这位赤岩领主想干什么？不会是不想战斗吧？"

"赤岩领主，你不会怕了吧？"林雷开口说道，然而赤岩领主一拐弯，消失在他的视线范围内。

正当林雷和贝贝焦急、疑虑的时候，一个冷漠的声音响起："一个月后，城外东荒野上见。既然你找死，那我就满足你。"

听到这个声音，林雷和贝贝的脸上都露出了一丝笑容。

"雷先生，你可真是……"甘默雷摇头叹息道，"我佩服你这种精神，可是你挑战领主，那根本是没一点希望。虽然你的重力空间奥义了得，但是领主对地系元素法则的领悟比你深，你是影响不了领主的。在我看来，你会完全被领主克制。"

林雷听了淡然一笑。

一般来说，修炼同一种元素法则的强者对战，对奥义领悟得深的一方更有优势，不过有一种情况例外，那就是一方有天赋神通。赤岩领主至今都不知道林雷有天赋神通。

"走吧，两位。"甘默雷在前面引路，同时还说道，"领主今天难得好兴致，看你是个人才，召你过来实际上是想收你为手下。到时候，你就能成为赤岩领主的左右手，在赤岩领，那是仅次于领主的人物，可你……唉，何必呢？"

林雷和贝贝相视一眼，不禁笑了起来。

"老大，领主招你当手下呢。"贝贝笑道。

林雷也有些明白为何对方专门邀请自己过来了。不过显然，他的反应令赤岩领主很恼怒，赤岩领主连召他为手下的话都没说就离去了。

"真是抱歉，让赤岩领主失望了。"林雷说道。

对林雷的反应，甘默雷只是摇头。

在甘默雷看来，林雷就是那种极为好战、追求巅峰的战士。知道林雷想进入位面战场后，甘默雷就认为林雷是那种很疯狂的人。没有胆量和冒险精神的人，是不敢进入位面战场的。

林雷和贝贝走在街道上，闲聊着。

在获得百连胜，宣布要挑战赤岩领主后，林雷发现自己一旦出现在公开场合就会惹人注目。他只得变换容貌，把天蓝色长袍也换成了土黄色长袍，这样好歹能清净些。

"还好我们这次的效率高。"林雷笑道。

"嗯。根据那些情报，一般来说，挑战可能会拖延个几年，甚至数百年、上千年。"贝贝点头说道。他们这次的挑战约在一个月后，时间确实算短的了。

"各位！"一个响亮的声音突然在他们后方响起，"大消息，好消息啊！！！

刚才领主府传出消息，领主大人和雷大人将会在一个月后，在城外的东荒野上进行对决。这是千万年来，领主大人首次公开战斗。"

林雷、贝贝掉头看去，只见远处街道中央，一名金袍壮汉大声地说着。此言一出，街道上的人都激动了，一个个连忙围了过去。

"什么？一个月后？城外东荒野，不会错吧？"

"一个月后，领主大人和雷大人？"

议论声一片。

九幽域中，任何一位九幽领主都是顶端人物。每一次九幽领主和挑战者的公开战斗，将是一领内最热闹的一场聚会。那一领范围内，超过九成的人都会赶去观看这一场战斗。

"嘿，不相信的去领主府邸外看。这个消息就刻在一块石板上，摆放在领主府邸旁边呢。"那名金袍壮汉说道。

"是真的！我也看到了。"

"我们去领主府邸外看看。"

于是，街道上绝大多数人开始朝领主府邸走去。对于他们这种拥有近乎永恒生命的神级强者而言，一个百连胜强者就足以让他们关注、激动，更何况是这种数千万年都难得一见的挑战领主的战斗。

一家餐厅内。

已经变换了模样的林雷正和贝贝坐在角落里。

"疯了，这些人都疯了！"贝贝嘀咕道。

林雷瞥了一眼餐厅内的其他人，他们无一例外都在谈论着即将到来的林雷和赤岩领主的战斗。不少人兴奋得脸都红了，还有人在谈论着赤岩领主过往的战绩。

"老大，这说明你魅力大啊。"贝贝嬉笑道。

"他们关注这场战斗不是因为我，而是因为赤岩领主。"林雷一笑。他们谈话时展开了神之领域，外人听不到。

"赤岩领主高高在上，他公开战斗，当然会让人激动兴奋。这就如同在玉兰大陆的时候，圣域级强者之间的对战令普通民众疯狂一样。"林雷淡笑道。他听着这些神级强者的议论，不禁想到了当年自己分别与奥利维亚、黑德森的决战，同样引起了无数人的关注。

"如果贝鲁特爷爷有公开决战，我会很兴奋地去看的。"贝贝嬉笑道。

"敢挑战贝鲁特的强者没几个。"林雷感慨道。如果他能够拥有贝鲁特的那般实力，就不需要辛苦地挑选对手，专门找能被他克制的了。若是贝鲁特，随便挑一个对手就能轻松获得胜利。

时间如流水，很快一个月就过去了。

此时，赤岩领城内的街道、餐厅等地方几乎看不到人影。只要不是有天大的事，人们几乎都赶往了城外东荒野，等待那一场即将到来的旷世决战。

东荒野，顾名思义，这一片区域太过荒凉，连杂草都没有，地上只有一些杂石。平常几乎没人来这里，今天这里却是人山人海。

"看，那就是这次的挑战者雷大人。"

"不说能赶得上赤岩领主，要是哪天能赶得上雷大人，我也就满足了。"一群穿着蓝袍的男女谈论着，其中一个青年男子眼中有一丝渴望，"我梦想着有一天在亿万神级强者的注视下和九幽领主来一场对决！如果有这样的机会，即便殒命我也没有遗憾。"

"少做梦了。"旁边的女子说道。

东荒野上人山人海，空中有一人凌空而立，正是林雷。

这些观战的神级强者，没有一个飞到半空的，他们都在地上观看，这是对林雷和赤岩领主的尊敬。

"人还真多。"林雷扫了一眼下方，"方圆近百里范围内都是人，最起码有上亿了，甚至更多。"

"老大！"贝贝的声音陡然在林雷的脑海中响起，"今天赶到这里的人不单单有赤岩领的，还有其他领地的人。只要靠近这里或能赶过来的人都来了。老大，这么多人看着，你可得赢得漂漂亮亮的！"

林雷不禁一笑，忽然朝西方看去。只见一道模糊的黄色幻影从远处疾速飞来，速度之快令林雷惊讶。林雷在心中暗道："好快！这飞行速度就比我快数倍。这还不是对方的极限速度。"

在看到空中那道黄色幻影后，观战者们的讨论声渐渐变小。几乎是在三秒内，聚集了上亿人的东荒野变得十分安静，只能听到呼啸的风声，大家都抬头看向空中。

嗖！那道模糊的黄色幻影变得清晰起来，正是赤岩领主。他穿着简单的贴身短衫、长裤，身形消瘦，散发出一股彪悍的气息。他那双诡异的紫色眼眸盯着林雷，嗤笑一声："你来得倒是早，即使求死也不必这般心急吧。"

"现在说这个，早了。"林雷淡笑道。

在上亿神级强者的关注下，林雷和赤岩领主就这样随意地对话。

"哼。"赤岩领主哼了一声，声音陡然变得高亢，"不必拖延时间，现在就开始战斗。我给你一个机会，先出手吧！"赤岩领主故意把这句话说得很大声，地上的神级强者们听得一清二楚。

"战斗开始了！"大家一下子屏住呼吸，盯着空中的二人。

一场旷世决战即将展开。结局是和以往一样——挑战者殒命、赤岩领主获胜，还是诞生一位新的赤岩领主呢？

第658章
地系强者对决

　　"那就如你所愿。"林雷体表陡然弥散出土黄色光芒，一个直径足有千米的光罩出现，直接笼罩住了赤岩领主。这次林雷依旧没有全力施展黑石牢狱，只发挥了黑石牢狱的五成威力。

　　这五成威力的黑石牢狱令赤岩领主一惊。

　　赤岩领主身体微微一沉，而后稳当地悬在空中。他惊异地看了一眼林雷："重力空间奥义？好诡异！"

　　赤岩领主站在半空一动不动，淡漠地开口说道："你的重力空间奥义运用得不错，有什么攻击招数尽管来。等我出手，你就没机会了。"

　　自信！

　　赤岩领主有骄傲的资格。灵魂攻击，他丝毫不惧。至于物质攻击，身为修炼地系元素法则的强者，他最自信的便是物质攻击，而且他的灵魂防御很强。

　　林雷咧嘴一笑，在心中暗道："现在你得意，等一会儿你后悔都来不及。"

　　嗡——

　　以林雷灵魂海洋中的黑石为中心，一股精神力弥散出去，目标直指赤岩领主。

　　灵魂混乱！

赤岩领主嘴角一扬，在心中暗道，"果然和甘默雷查到的一样，厉害的重力空间以及灵魂影响。他的确有些手段，可遇到我……"

就在赤岩领主轻敌时，林雷再次发动了进攻。

轰！

空间仿佛爆炸了一样，林雷犹如闪电般飞向赤岩领主。与此同时，林雷身上的长袍爆裂开来，青金色的鳞甲瞬间覆盖全身，尖刺、龙尾也冒了出来。

林雷变为龙化形态。

"什么？"赤岩领主十分震惊，身体陡然一沉。

黑石牢狱——最强引力！

引力的突然变化让赤岩领主一时有些稳不住身体，林雷的龙化形态更是令赤岩领主感到惊愕。此刻他再傻也明白了，眼前这个雷先生之前一直在隐藏实力，可笑的是他还想招人家当手下。

赤岩领主不禁有些生气，身体一晃，双肩一动。嗡的一声，他周围的空间诡异地震颤起来，然后变得扭曲，作用在他身上的引力变小了。他沉着脸盯着林雷，疾速冲来的林雷挥出了右拳。

从削弱引力的影响到挥出右拳，赤岩领主的反应极快，然而哧哧声响起，赤岩领主脸色剧变。

嗖！空间突然出现了一道大裂缝，一柄透明的长剑出现在赤岩领主的眼前。赤岩领主仿佛困兽般张开嘴巴怒吼一声，一道土黄色光芒从他的口中喷射而出，直接击在那柄透明的长剑上。

"嗯？"林雷十分震惊，"这个赤岩领主比我认为的还可怕。"

林雷早已变为龙化形态，发挥出了黑石牢狱的全部威力，刚刚还使用了留影剑，但都被赤岩领主一一扛住了。在靠近赤岩领主时，他发现赤岩领主身体周围竟然有一个特殊的引力场。

"那个引力场竟然以他的双肩为中心。"林雷无法理解这一招。

赤岩领主双肩一震，一个类似双环结构的特殊引力场出现了，而且不同位置的引力大小不同。这令林雷挥出去的一剑受到了影响。

于是，林雷再次挥出留影剑。虽然这一剑还是被赤岩领主的特殊引力场影响了，但刺到了赤岩领主。扑哧一声，留影剑刺穿了赤岩领主的右胸，伤到了他的肺。

赤岩领主愤怒地挥拳袭向林雷。拳头所过之处，接连响起砰砰的爆破声。

嗖！林雷犹如闪电，瞬间就飞到了远处。

赤岩领主双目泛着紫光，怒视着林雷，呼吸时响起阵阵咳嗽声。显然，他的肺部受到了重创。他施展神力，很快就修复好了伤口。

"你藏得好深！"赤岩领主盯着林雷。

"一般，相信领主也有隐藏的绝招吧。"林雷淡淡地说道。

"告诉我你的真名。你是青龙一族中哪位长老？我可没听说过青龙一族中有一个叫雷的强者。"赤岩领主说道。见到了林雷的龙化形态，他如果还猜不出林雷是青龙一族的那才奇怪。

林雷的暗金色双眸盯着赤岩领主的紫色双眸，沉声说道："重新自我介绍一下，我是青龙一族的长老——林雷。"

东荒野上一片寂静。

看到这一幕的上亿名神级强者都惊呆了。在观看这场大战之前，他们虽然也想过可能会诞生一位新的九幽领主，但都认为这个可能性不大。几乎所有人都认为这一场大战是赤岩领主的表演，那个雷先生或许会给大家带来惊喜，但结果不会变。他们来观战也是因为赤岩领主。

没承想战斗一开始，他们就傻眼了。接着，他们看到半空的雷先生形态发生了剧变——全身覆盖鳞甲，额头、肘部、背部、膝盖上长出了锋利的尖刺，背后龙尾甩动。

一轮交手，赤岩领主受伤了，胸口上多了一个大窟窿以及一身血。

"林……林雷？"有人瞪大了眼睛。

"四神兽家族长老林雷，我听说过！他曾经一个人解决了五名七星使徒。"

"是他！我看过记录了他战斗的记忆水晶球。"

顿时，整个东荒野上再次沸腾起来，所有人都激动了。大家原以为这是一场一边倒的表演战，可是现在看来，这是一场四神兽家族青龙一族的林雷长老和赤岩领主之间的精彩对决。

很快，所有人再次将注意力放在了半空，因为此刻的赤岩领主已经取出了兵器———一柄通体漆黑的短刀。

赤岩领主手持这柄黑色短刀，冷漠地看着林雷："原来是你，林雷。我还在想赤岩领怎么突然冒出了这么一个高手，就刚才一招，我承认你有资格当我的对手。为了表示对你的尊重，我会全力以赴。"

林雷不动声色地看着这一切，在心中暗道："看来要赢这个赤岩领主没有那么容易。"他刚才突然变为龙化形态，使用了黑石牢狱这一招，还挥出了留影剑，但只伤到了对手，由此可见赤岩领主实力强大。

"好诡异的重力空间。"赤岩领主感觉有些不舒服，晃悠了两下身体，在适应陌生的引力。

这么一个简单的动作却让林雷心底一惊。他清晰地感知到赤岩领主那诡异的双环结构的引力场发生了变化，削弱了他光罩中的引力，方便了赤岩领主的行动。

嗖！赤岩领主突然飞向半空，如一道扭曲的线袭向林雷，速度极快。

"速度够快，但这是在光罩内。"林雷速度陡然飙升。在光罩内，林雷的速度明显比赤岩领主快。

黑石牢狱这一招，由身为上位神的林雷施展出来，威力可以媲美雷斯晶施展的紫晶空间。面对这一招，赤岩领主虽然能适应光罩内的引力，但速度还是会受到影响。

嗖！

空间裂开了一道缝隙，透明的留影剑犹如一道闪电刺向赤岩领主。赤岩领主感知到了一股可怕的气息，一股能轻易撕裂冥界位面空间的气息。面对这一招，赤岩领主身形一缓。

啪！

赤岩领主挥出右拳，上面隐隐有土黄色光芒流转，还有诡异的黑色光晕。

砰！拳头砸中留影剑的剑尖。

与此同时，赤岩领主身体旋转，左手持着黑色短刀刺向林雷的头颅。黑色短刀所过之处，空间寸寸爆裂开来，可怕的攻击力让人色变。

林雷立即挥出了自己的左拳。这一拳蕴含了地属性神力，携带着一股可怕的力量。

圆空裂！

砰！黑色短刀和拳头撞击，空间再次爆裂开来。

嗖嗖！林雷和赤岩领主被对方的攻击反弹得往后退。

"好硬的拳头。"林雷冷冷地看着对方，赤岩领主竟然敢用自己的拳头对抗他的神格兵器。

"好锋利的神剑。"赤岩领主看了看自己的右掌，已经被刺穿了。他这一拳是能轰碎上位神器的，现在被刺穿了，毕竟那是一件神格兵器。

赤岩领主瞥了一眼林雷："你的拳头也挺硬。"林雷龙爪上的鳞甲已经碎裂了一小部分。

一番短暂交手，令林雷和赤岩领主都明白了一点——不能让对方攻击到自己的要害。

林雷靠拳头施展出融合了奥义的圆空裂这一招，扛住了那一刀。对方如果一刀劈在他的脑袋上，单凭鳞甲是绝对扛不住的。同样，林雷如果一剑刺在赤岩领主的额头上，赤岩领主也扛不住。

东荒野上观战的人完全屏息了，空中的两大绝世强者实在太强了。

"那位林雷长老有一件透明的兵器，领主也厉害，敢用拳头去接！"

"林雷大人也强，敢用拳头抵挡领主的一刀！"

观战的人们完全被这两大强者的强大实力所征服，一个个都认真地盯着这一场战斗，想知道后面会如何发展。

"啊，你们看，怎么回事？"

"怎么回事？怎么可能？"

很多人脸色剧变，惊呼道："领主……领主也能变身？"

此刻，林雷也是脸色剧变。在他看过的资料中，根本就没有赤岩领主能变身的信息。

"当年我挑战前一任赤岩领主，他都没有逼迫得让我变身。恭喜你，你是第一个在我成为赤岩领主后，让我拿出全部实力的人。"赤岩领主那紫色瞳孔盯着林雷，全身快速变化起来。他的双肩部位开始隆起，全身泛起黑色光芒……

哧哧——

赤岩领主全身黑色光晕流转，双肩部位隆起得越发夸张了。噗的一声，他的身上竟然多出来一双似剪刀的黑色翅膀，这双黑色翅膀合在一起，如同披在他身后的一件黑色披风。他的额头上冒出了一对锋利的黑色尖角。很快，他全身变得漆黑如墨，那双紫色瞳孔直视林雷。

"那竖着的紫色瞳孔就不是普通人会有的，我早该猜到的。"林雷看着眼前的赤岩领主在心中暗道。

赤岩领主能够变身，实力自然会提升。林雷此时也感到了压力。此战能否获胜，林雷没有十足把握了。他不得不感慨能当上九幽领主的人，实力都不可小觑。

"林雷，"赤岩领主用紫色双眸盯着林雷，咧了咧嘴，"不管这场战斗结果如何，我都会记住你的。"

话音刚落，赤岩领主那如剪刀般的黑色双翼一震，周围再次形成了奇异的双环结构引力场。嗖！赤岩领主犹如飞鸟，飘逸地疾速飞来。

"速度果然变快了。"林雷没有后退，化作一道光芒迎了上去。透明的留影剑毫不留情地朝赤岩领主的脑袋刺去，所过之处，空间出现了裂缝。

赤岩领主一甩臂。锵！土黄色光芒流转的黑色短刀和林雷的留影剑相撞。

砰！二人被震得后退。

一瞬间，二人又疾速朝对方飞去。论速度，很明显林雷占据优势。不过，赤岩领主那奇异的双环结构引力场还是对林雷的这一剑产生了一丝影响，自然也会影响到结果。

嗖！又是快到极致的一剑。

虽然赤岩领主的速度始终慢上一拍，但只要留影剑进入那奇异的双环结构引力场，方向就会偏离。赤岩领主双翼再次一震，想再次抵挡。

然而这回，林雷瞬间爆发。噗的一声，留影剑刺穿了赤岩领主的左臂膀。刺中后，林雷立即后退。在退到一定距离后，林雷再次靠速度偷袭。

论物质攻击，林雷靠神格兵器和对手不相上下，但是他没有选择硬拼，而是靠留影剑以及速度，一次次地在对手身上留下伤口。

赤岩领主即使能变身，速度也还是不如林雷，只能保证脑袋不被刺到，身体其他部位就无法保证了。

半空，巨大的土黄色光罩内，两道身影如闪电般一次次交手。林雷那柄透明的留影剑时不时在赤岩领主的身上留下伤口。赤岩领主虽然显得有些狼狈，但没有放弃，依旧和林雷战斗着。一旦林雷放松，就会遭到他的重击。

"这下有些麻烦了，看来一时间分不出胜负。"贝贝皱着眉嘀咕道。

"是有些麻烦。虽然领主变身后速度变快了，但是林雷长老不和他硬拼，他连攻击林雷长老的机会都没有，还被林雷长老伤到了。林雷长老明显占上风。"贝贝旁边一名青袍壮汉说道。

东荒野上这上亿人因为空中胶着的战斗再次议论起来。

此刻，林雷略微占据上风，赤岩领主身上还流着血，不过对他影响不大。

谁赢谁败，暂时无法看出来。

"这样下去要持续到什么时候？"不少人开始疑惑起来。

一般来说，观战者喜欢看那种正面拼杀的战斗，因为这种战斗一般在几招之内就能分出胜负，不会耽误大家的时间。可现在，林雷和赤岩领主明显没有正面拼杀。

"咦？赤岩领主的速度好像又变快了。"忽然有人说道。

"对，是变快了。林雷长老好像没那么容易伤到赤岩领主了。"许多观战的人逐渐发现了这一点。

贝贝也发现了，顿时急了。

地上的人悠闲观战，林雷和赤岩领主则在半空警惕对方。

林雷、赤岩领主明白，他们不能有一丝松懈，否则对方就能趁机解决自己。

"那柄剑太诡异了。"赤岩领主在心中暗道。如果不是靠着他那奇异的双环结构引力场，林雷的留影剑早就刺到他的脑袋了。

"等着，等会儿就该你倒霉了。"赤岩领主在心中暗道。

林雷也感到情况不妙。

"他的速度在变快，准确地说，他身体周围的双环结构引力场在变化。"林雷发现赤岩领主的双翼充满地属性神力，在急剧震颤时会产生两道特殊的振动波，令双环结构引力场发生变化。

其实，林雷这一招黑石牢狱实质上是靠神力改变引力，如果对方知道这一点并利用起来，就能抵消引力的影响。赤岩领主虽然不懂这一招，但是根据光罩内作用在他身上的引力，不断调整着自己的双环结构引力场，让自己逐渐适应光罩内的引力，也会令他的速度逐渐变快。

"林雷，该你尝尝被蹂躏的滋味了！"赤岩领主陡然怒吼，整个人化作一道黑光疾速射向林雷。虽然他此刻的速度比林雷还是慢了一点，但是他凭借攻击招式令二人之间的差距不像刚才那般大了。

林雷冷漠一笑："也该是结束的时候了。"他直接迎了上去。

呼呼——

那柄黑色短刀刺向林雷的脑袋，林雷则毫不犹豫地挥出手中的留影剑。

锵！黑色短刀和留影剑相撞。

嗖！赤岩领主双翼一震，突然加速，挥动右拳朝林雷砸来。拳头所过之处，哧哧声响起，空间产生诡异的波动，仿佛产生了旋涡，那拳头便是旋涡的中心。

一瞬间，周围空间仿佛被搅动一般，连引力都受到了影响，林雷感觉自己也受到了影响。

"嗯？这一拳！"林雷脸色剧变。

这一拳让林雷想起了当初在幽冥酒店见到的俏丽红发女子——冥界最强主神，通过水系元素法则进行攻击的场景。那时候，死亡主宰靠着鱼线便搅动了空间，直接捆住了那名七星使徒。如今，赤岩领主这一拳就有这种效果。

林雷来不及后退，一咬牙，猛地挥出覆盖鳞甲的左拳，这一拳充满了地属性神力，犹如一座大山压过去。

圆空裂！

砰——

林雷感觉左拳一阵钻心的疼痛，被反弹力弄得不断往后退。

"好厉害的一拳。"林雷低头一看，左手表面的鳞甲几乎完全碎裂了，鲜血已经渗透出来，甚至能隐隐看到里面的白色。他没想到自己在施展圆空裂的情况下还会受这种程度的伤。

"不能用拳头和他硬碰硬。"林雷立马在心中做出这个判断，"用神格兵器对付他的拳头。"

"哈哈……"疯狂的笑声响起，赤岩领主的紫色双眸盯着林雷，双翼扇动，再次疾速飞向林雷。

林雷手中的留影剑再次挥向赤岩领主，赤岩领主的笑声戛然而止。赤岩领主想用黑色短刀抵挡，林雷却陡然收剑。

哧哧——

赤岩领主挥动流转土黄色光芒的黑色拳头，空间旋涡出现，周围的引力再次发生了变化。林雷也再次感受到了那一拳的可怕威力。

嗖！留影剑挥出。

"哼！"赤岩领主十分自信，没有闪躲，右拳砸向留影剑。

当靠近那拳头的时候，留影剑在空间旋涡的影响下缠向那拳头。于是，赤岩领主的拳头顺势朝林雷的脑袋砸去。

然而，光罩内的引力突然发生了变化——引力变斥力！

向下的引力突然消失，令赤岩领主不禁快速冲向自己的目标，而突然出现的斥力令赤岩领主忍不住身体一晃，向后退去。

嗖！林雷趁机再次挥出留影剑。

赤岩领主为了适应斥力，速度变慢了。当他反应过来时，这一剑已经在他的眼前了。

"不好！"赤岩领主脸色剧变，连忙疾速后退。在斥力的作用下，他的后退速度还是极快的。

林雷咧嘴一笑："朝我这边。"斥力变成了朝林雷的引力。

赤岩领主不禁身体一晃。

扑哧一声，赤岩领主即使努力闪躲，也还是被林雷这一剑刺穿了胸膛。

"不可能，不可能！！！"赤岩领主疯狂地抵抗引力，努力后退，一脸难以置信，"你这重力空间怎么可能肆意改变方向？这怎么可能？难道……"赤岩领主的脑海中浮现出一个人。

"雷斯晶！"赤岩领主震惊地看向林雷。

这种能轻易改变引力方向的招式正是雷斯晶的绝招，即使是赤岩领主这种强者，在这种引力方向不断改变的情况下，也难以攻击到对方。现在，他只能努力地保住自己的性命。

嗖！林雷再次疾速飞来。

赤岩领主当即向后退，可是引力再次改变方向——向上。赤岩领主被迫向上移动，不禁喊道："浑蛋，浑蛋……这是雷斯晶的绝招，别人怎么可能学到？怎么可能？"

嗡——

一股强大的能量弥散开来。

"什么？"赤岩领主脸色一变。

此刻，林雷盯着赤岩领主，一道巨大的青龙幻象出现在林雷的身后，也冷漠地盯着赤岩领主。

随即，一个奇特的声音在赤岩领主的脑海中响起。

天赋神通——龙吟！

林雷终于施展了他的绝招。

第660章

输赢

龙吟虽然蕴含了灵魂攻击的效果，但是根本没影响到赤岩领主，毕竟这一招主要是用来影响时间的。

不管是四大规则还是七大元素法则，里面都没有关于时间的奥义。神兽的天赋神通则可能与时间有关，毕竟天赋神通是一种特殊存在。青龙一族的天赋神通就与时间有关，能改变时间流速。

此时，赤岩领主周围的时间流速开始改变。

嗖！

林雷犹如一道光芒疾速飞过去，手中的留影剑毫不留情地刺向赤岩领主的眉心。

最强一剑——圆空裂！

哧——

赤岩领主的眉心部位出现了一个窟窿，留影剑已然刺入，直奔灵魂。

此时，地上十分安静。

之前，当天空中出现那道巨大的青龙幻象时，上亿名观战者惊叹不已，议论纷纷。

当林雷的留影剑刺入赤岩领主眉心部位的时候，观战者一时间都愣住了。

"赤岩领主死了？"

他们虽然看不到留影剑，但是看了那么长时间战斗，猜到林雷手中有一柄透明的剑。看林雷的姿势，他们猜测那柄透明的剑刺入了赤岩领主的眉心部位。

受时间流速的影响，赤岩领主还没反应过来就看着林雷的留影剑刺入了他的眉心。

赤岩领主的灵魂海洋中。

一个通体漆黑的罩子正保护着赤岩领主的灵魂，这是赤岩领主的灵魂防御主神器。正是因为有灵魂防御主神器，赤岩领主才能稳坐九幽领主的位置。

其实，灵魂防御主神器防御的是灵魂攻击。灵魂攻击可以无视身体防御，无视一切物质存在，直接攻击灵魂，只有灵魂防御主神器才能阻挡灵魂攻击。而物质攻击无视一切灵魂防御，攻击一切物质存在。如果有人用灵魂攻击来抵挡物质攻击，那根本没用，因为两者互不影响。

被时间影响，赤岩领主知道生死存亡的一刻到了。悬浮在他灵魂海洋中的一个神分身手中有一滴死亡主神之力。

轰！

死亡主神之力爆发。可怕的主神之力通过地系元素法则中的奥义，形成无数道刀影，疯狂地撞击林雷的留影剑。

这时候，赤岩领主几近疯狂，只知道必须挡住留影剑。因此，他借助死亡主神之力施展出招数来轰击留影剑。

轰隆隆！一股股强大的力量冲击在林雷的留影剑上，强大得可怕。

林雷被这些力量震得往后退，吃惊地看向赤岩领主。

"怎么回事？"林雷不解。

嗡——

代表死亡主神之力能量的黑色光晕从赤岩领主的体表弥散开来，修复了他身上的伤。

赤岩领主双眸一亮，怒视林雷："林雷！"他体表流转强大的主神之力，令他的招式的威力大了许多，也让林雷黑石牢狱这一招对他的影响小了很多。他怒吼着，准备冲向林雷。

"还要继续吗？"林雷的声音响起。

"嗯！"赤岩领主突然愣住了，因为他看到林雷的手中悬浮着一滴土黄色液体——地系主神之力。

虽然他使用了主神之力，但用的是死亡主神之力。通过死亡主神之力使用地系元素法则中的奥义施展出的招式，肯定比不上通过地系主神之力使用地系元素法则中的奥义施展出的招式，毕竟后者是一脉相承的。

"还要继续吗？"林雷的声音又响了起来。

赤岩领主盯着林雷手中悬浮的地系主神之力，十分不甘，可是如果再战斗下去，结局显而易见。

林雷还没有使用主神之力，靠着黑石牢狱和天赋神通龙吟这两招就已经略占优势了。他要是使用了主神之力，还是符合他属性的地系主神之力，很明显，他的优势就不只一点点了。

"啊——"赤岩领主陡然咆哮起来。

一股狂暴的能量弥散开去，令周围空间出现道道裂缝，也令地上无数的观战者心中一惊。

这些观战者还不知道战斗的结果。

"我认输。"一个低沉的声音响起。

林雷笑了，这在他的预料中。

如果二人再这么拼下去，林雷靠地系主神之力有十足把握解决赤岩领主，但是会损失他唯一的一滴地系主神之力。在他看来，这不值得。

即使他得到了赤岩领主那件灵魂防御主神器，未来，主神也会收掉那件灵魂防御主神器。因此，他不想再战下去了。

他手中这滴地系主神之力，是在四神兽家族和八大家族的恩怨了解后，四神兽家族中玄武一族族长赠予他的。他之前有一滴地系主神之力，在救加维时已经用掉了。

"林雷，"赤岩领主看着林雷，"说实话，这一战我输得有些不甘心。论奥义融合，你比我差得远，我看你也就融合了地系元素法则中的三种或者四种奥义。"以赤岩领主的实力，他自然能判断出林雷招式中蕴含的奥义。

"这点我承认。"林雷点头说道。

"不过，你学会了雷斯晶的绝招，又有青龙一族的天赋神通，再配上你那不算弱的领悟力……"赤岩领主感到无奈。

这样一来，林雷等于掌握了两个绝招。

赤岩领主感慨道："雷斯晶那种可以突然改变引力方向的绝招，确实让很多人羡慕。单凭这一招，在近身战时，几乎没有人能胜过他。"

林雷微微点头。

"我输了，输在这两大绝招下，我无话可说。"赤岩领主叹息道。

林雷淡然一笑。他当然知道赤岩领主不甘心，可不甘心又如何？

不管是通过雷斯晶的绝招领悟出来的黑石牢狱，还是青龙一族的天赋神通龙吟，都是林雷自身实力的象征。

"赤岩领主，宣布一下吧。"林雷淡笑道。

之前，他们战斗结束后，林雷施展了神之领域，因此地上的人听不到他们的谈话。

"好。"赤岩领主点头说道。

赤岩领主俯视无数的观战者，冷漠地说道："此战已经结束，从今天起，林雷就是新任的赤岩领主。"说完，他化作一道黑色光芒朝西方飞去，显然要离开赤岩领。

寂静！

下方一片寂静，而后一片喧哗。其实，在看到林雷的姿势后，大家就有所猜测。现在，赤岩领主宣布了，那结果就是板上钉钉的了。

"林雷！"立即有人欢呼起来。

"林雷！"

"林雷！"

欢呼声立刻此起彼伏，大家知道又诞生了一个奇迹！

林雷击败上任赤岩领主，成为新任赤岩领主！

嗖！

贝贝一飞冲天，飞到林雷的旁边，兴奋地看着林雷说道："老大，你成功了！哈哈，九幽领主啊，那可是和地狱修罗、炼狱统领同一级别的啊！"

林雷看着下方无数人欢呼的场景，不禁有了一种恍如隔世的感觉。

从普通的物质位面玉兰大陆位面进入四大至高位面之一的地狱，又从地狱回到玉兰大陆位面，接着从玉兰大陆位面前往四大至高位面之一的冥界……

一转眼，他已然是八十一位九幽领主中的一位了。

"贝贝，我们终于有资格进入位面战场了。"林雷笑着说道。

"嗯。"贝贝也笑得很开心。

在高空中的林雷、贝贝只顾着开心，没有注意到一个老相识也在下方的亿万人当中关注着他们。

这个人身穿一袭白袍，有一头黑色的长发，还有一双赤红色的眉毛，微笑着看着上方的林雷和贝贝。这赫然是当年指点林雷的铜锣山主人——青火（雷林）。

"看来贝鲁特是多此一举了，林雷的实力比我想象中的还要强，我不需要继续待在这里了……对了，位面战争早就开始了，得想个办法进入位面战场。"青火当即转身离开人群。

很快，他便从上亿人群中走了出来，而后化为一道火红色幻影，只见空中红光一闪，他就消失在了天际。

这速度比上任赤岩领主还要快。

从今天起，赤岩领主府邸就成了林雷的府邸。

"领主大人。"甘默雷恭敬地说道。看着眼前的林雷，甘默雷不禁感慨世事无常。前一段日子，他还带着林雷来拜见赤岩领主，一转眼，林雷就成了赤岩领主。当然，他现在也知道了林雷实际上是青龙一族的长老。

林雷看了一眼甘默雷，问道："甘默雷，若我要进入位面战场，需要准备证明我身份的物品吗？"

"不需要。"甘默雷连忙说道，"领主大人放心，在你击败上任领主继任这个位子后，这个消息会在一天之内传遍整个九幽域，各大领主府邸都会知道。同时，你的信息也会传递到焰古山。"

林雷微微点头。

"只要领主大人你过去，他们就会认得大人你。大不了领主大人略微展现一下传说中的那把透明的神剑。"甘默雷笑道。

"一天之内？"林雷思考着，然后转身，"贝贝。"

"嗯？"贝贝正坐在远处的椅子上吃着冥界各地特有的水果，"什么事，老大？"

"一天之内焰古山就会有我的领主资料，你说我们什么时候出发？"林雷笑着问道。

"一天？"贝贝猛地跳起来，"飞到焰古山就要好一段日子。老大，赶快走，马上出发！"

"马上？"林雷一愣，旋即笑了。

甘默雷也有些吃惊。

"对了，"贝贝连忙转头看向甘默雷，吩咐道，"甘默雷，那些水果不错，多拿一些过来，我准备在路上吃。"

"呃……是！"甘默雷愣了一下，然后回复道。

第661章
四色徽章

焰古山通体火焰萦绕。

两道身影从天际疾速飞来，最后停在焰古山的前方，正是林雷和贝贝。

咔嚓！贝贝狠狠咬了一口水果，仰首看了一下山顶："老大，我们上次来这个地方被那些守卫给拦住了，就因为我们不是领主、府主。现在才过去两三个月，老大你就是九幽领主了，不知道那些守卫会是什么表情。"

说话间，贝贝已经吃完了一个水果。

"走吧。"林雷淡笑着冲天而起，贝贝连忙跟上。

焰古山山顶。

那座占地极广的黑色城堡通体依旧燃烧着暗红色火焰。许多黑色铠甲士兵依旧在巡逻，特别是在城堡正门口，有十余名黑色铠甲士兵分成两列站着。

当看到林雷、贝贝时，其中一名黑色铠甲士兵迎了上来："嗯？是他们？"

这名黑色铠甲士兵赫然是上次接待林雷他们的那个人。

虽然已经过去了两三个月，但是这里的黑色铠甲士兵还是上次那批人，因为这里的黑色铠甲士兵一般要很久才换一批。

"嘿，你们两位怎么又来了？"这名黑色铠甲士兵皱着眉说道，"上次已经告诉你们二人了，只有九幽领主或者府主过来，我们才会为他开启空间之门。"

"老大，这些士兵还不知道你的身份呢。"贝贝疑惑地说道，"不是说一天内你的信息就会传递到焰古山吗？这些士兵怎么会不知道？我们从赤岩领飞到这里花费了好几天，老大你的信息应该早就到了才对。"

林雷瞥了一眼这群黑色铠甲士兵，淡笑道："我的信息估计只有焰古山的高层人物知道，这些普通士兵还没得到消息吧。"林雷不想和这些黑色铠甲士兵浪费口舌，直接大步走过去。

"站住。"十余名黑色铠甲士兵都盯着林雷。

"两位，这里可不是一般地方，不能擅闯。我们挡不住你，可你们也不敢得罪主神吧。"为首的黑色铠甲士兵的蓝色眼眸盯着林雷、贝贝。

这群黑色铠甲士兵上次就知道林雷、贝贝的实力了，因此不敢乱来。

"我是新任赤岩领主。"林雷淡淡地说道。

"嗯？"

这十余名黑色铠甲士兵顿时一愣。

"开玩笑吧？"为首的黑色铠甲士兵一脸难以置信，看向林雷，"这才过去几个月啊？"

在斗战场获得百连胜，然后挑战九幽领主成功，两三个月内就做到了这一些，这速度实在太快了，因此这些黑色铠甲士兵都不相信。

"别在这里废话！"贝贝不耐烦地说道，"你们赶快去找你们的首领，他定会知道新任赤岩领主林雷的信息。"

"嗯？"

这些黑色铠甲士兵相互看了看，而后又仔细地观察林雷、贝贝的表情。

"队长，他们说的似乎是真的。"黑色铠甲士兵们相互神识传音。

"可这才几个月？太夸张了吧？"

虽然这些黑色铠甲士兵觉得夸张，但是为首的黑色铠甲士兵还是说道："那好，我现在就去查看一下，还请两位先在外面等一会儿。"说完，这名黑色铠甲士兵立即飞向城堡。林雷和贝贝则是在外面静静等待。

剩余的黑色铠甲士兵都惊讶地看着林雷、贝贝，还是不敢相信。

过了一会儿——

"赤岩领主，赤岩领主！"一个浑厚的声音响起。

林雷和贝贝转头看去，只见一名比林雷还高一些的青色铠甲壮汉大步走出来，他身后的黑色铠甲士兵则是惊异地看向林雷。青色铠甲壮汉的目光直接落在林雷的身上，眼睛顿时一亮。

"赤岩领主，我们刚接收到信息，还没传达下去。没承想，你这么快就来了。"青色铠甲壮汉笑呵呵地说道，"哦，自我介绍一下，我，吉拉斯！"

"林雷。"林雷笑着应道。

听到林雷的名字，青色铠甲壮汉笑着点头："赤岩领主，我们虽然收到了你们的消息，但还是请领主你略微证明一下吧。你可以变为龙化形态，也可以展示一下那柄透明的神剑。"

于是林雷伸出了右手，青金色鳞甲瞬间出现。

"足够了。"青色铠甲壮汉笑道，"请原谅，我们的确需要谨慎些。那我带路，领主，你们两位请。"

林雷和贝贝便一起跟随这名青色铠甲壮汉往里面走，贝贝还回头瞥了一眼那些黑色铠甲士兵，故意哼了一声。

"还真是九幽领主！"那名为首的黑色铠甲士兵摸着大鼻子感叹道，"这才多久？上次我把他们赶走，一转眼他就是九幽领主了。"

"这位林雷领主的脾气还算好的。如果是焰古领主那些人，队长，你敢这么不敬？"旁边一名黑色铠甲士兵笑道，毕竟不是每一位领主的脾气都会这么好。

"确实，不过我还是觉得像在做梦一样。"这名队长不禁朝林雷、贝贝离去的方向看了一眼，感叹不已。

林雷、贝贝在青色铠甲壮汉吉拉斯的带领下，沿着一条宽敞的道路不断前进。这条宽敞的道路竟然逐渐向地下深入，不仅可以让十人并排前进，还有近十米的高度，只是有些阴暗。

"空间之门建造在焰古山山腹核心。"青色铠甲壮汉吉拉斯一边走，一边笑着说道，"位面战场连接七大神位面、四大至高位面，因此一共有十一扇空间之门。传说，这可是大手笔，是四大至高神联手做的呢。"

"四大至高神联手？"林雷感到惊讶。

建造这种等级的空间之门，确实是大手笔，也确实只有至高神才能完成。不过，林雷没想到是四位至高神联手完成的。

"嘿嘿，领主，我也是听他人说的。"吉拉斯笑道。

"至高神，至高神……那么厉害，还从来没见过呢。"贝贝嘀咕道。

吉拉斯笑了："从来没见过？至高神就在你的周围。"

"嗯？"贝贝一瞪眼。

"我们生存在规则之下，至高神由四大规则幻化而成，当然就在你我周围。"吉拉斯说道，随即他瞥了一眼前面，"哦，快到了。空间之门就在前方，我家大人在前面等着两位。"

林雷朝前面看去，隐隐感知到一股奇特的气息。

道路的尽头是一座空旷的大殿，大殿中央有一个直径十米左右的黑色水池，水池中央有一扇五米宽、十米高的门，通体散发着黑色微光。林雷感知到的奇特气息便是这扇门散发出来的。

"林雷领主。"一个声音响起。

林雷转头看去，大殿左侧有一名银发老者和一群青色铠甲护卫。

那名银发老者淡笑着走过来："刚看了林雷领主的信息，原来林雷领主还是青龙一族的，我和你青龙一族族长盖斯雷森是旧识。哦，忘了自我介绍，我，高伦。"

"高伦先生，"林雷微笑道，"我现在要进位面战场，不知道还需要做些什么？"

"这简单。"银发老者高伦手中突然出现了两枚表层散发黑色微光的巴掌大小的徽章。两枚徽章虽然表层都散发黑色微光，但是材质颜色不同，一枚通体呈赤色，一枚通体呈黑色。

"这两枚徽章，赤色徽章代表统领，黑色徽章代表普通士兵，同时，这也代表你们在此次位面战争中属于黑暗系神位面一方。"银发老者高伦说道，同时，那两枚徽章分别飞向林雷、贝贝。

林雷接过赤色徽章，贝贝接过黑色徽章。

"请滴一滴血在徽章上，然后收好。"银发老者高伦淡笑道，"进入位面战场后，如果是同一阵营的，一旦靠近就能感知到对方徽章的气息。"

林雷笑了，这作用和四神兽家族的身份徽章一样。于是，林雷和贝贝分别将自己的一滴血滴在徽章上，然后收好。

"二位，这边的石板上刻有军功方面的一些内容，你们看看吧。"银发老者高伦指向侧后方不远处，一块足有一米宽、三米高的石板靠着墙壁竖立着。

"军功？"林雷、贝贝眼睛一亮。林雷就是为了获得军功才来这里的，他当即走到石板前仔细观看起来。

石板上的描述很简单，可林雷看得倒吸了一口气。

"好残酷。"林雷在心中暗道。

位面战争分为两方，一方统领持有赤色徽章，士兵持有黑色徽章；另一方统领持有金色徽章，士兵持有白色徽章。能成为统领的都是领主、府主、修罗级别的人物，士兵则都是上位神。

解决敌方一名普通士兵就能获得一枚白色或黑色徽章，当获得一百枚白色或黑色徽章时，就可以换取一滴主神之力；当获得十万枚白色或黑色徽章时，就能换取一件主神器。若是获得十枚金色或赤色徽章，也能换取一件主神器。不过，得到的金色或赤色徽章不可以换取主神之力，要换取主神之力必须获得白色或黑色徽章。这断绝了大多数参与位面战争的人只想得到主神之力的念头。

在一场位面战争中，如果解决了敌方五名统领，等这场战争结束，这个军功可以先记下。在下一场位面战争中，若又解决了五名统领，就可以和上一场的军功算一起，这样也能换取一件主神器。

"还能累计？"林雷感叹道，"还解决普通士兵？"

"解决普通士兵看起来不难，但普通士兵都是聚集在一起的，何止一百个？要对付一名普通士兵，恐怕就会遭到上万名士兵的围攻。一般的六星使徒、七星使徒，灵魂攻击的威力或许只有一名统领的十分之一。可若被上万名士兵围攻，就是领主也得想办法逃走，慢一点就有可能被解决。"银发老者高伦淡笑道。

林雷不禁点头。一名统领遇到十名或者数十名士兵，还能轻松对付；可若遇到上千名甚至上万名士兵，那冲过去根本是送死。

"在位面战场中，每一名统领的实力都很强，至少有保命能力，他们当中还有部分人会直接参加下一场位面战争，因此便有了累计军功这个规则。"银发老者高伦淡笑道，"多参加几场位面战争就能累计足够的军功。当然，若是在某一场位面战争中殒命了，一切努力就成空了。"

林雷微微点头。

"高伦先生，那我们就先进去了。"林雷说道。

第662章
初进位面战场

"那我就预祝林雷领主你们二位能够成功归来。"银发老者高伦淡笑着说道，忽然他想起了什么，连忙说道，"对了，林雷领主，不知你是否知道，一旦参加位面战争，只有等这场位面战争结束后你们才能归来？"

"嗯？"林雷转头看向银发老者高伦。

"林雷领主，你果然不知道。"银发老者高伦笑道，"位面战争每一次会持续整整千年，一旦开始，你可以选择任何时候进入，但必须等到战争结束才能出来，这是规矩。战争期间，参战者不可以出来，也无法出来。"

"那还要等八百多年。"林雷眉头一皱。他原本计划和贝贝尽量抓紧时间，早点完成任务赶回来。

"我太自大了，那些统领岂是那么好对付的？八百多年，还能在里面拼八百多年。"林雷此刻明白为什么一些领主、府主不愿进入位面战场了。因为即使你获得了军功，也必须待到最后一刻；即使你不攻击别人，别人也会攻击你。

"老大，走，我们进去吧。"贝贝丝毫不怕。

林雷点头，当即和贝贝朝空间之门飞去。他们就好像没入水中一样，就这么消失在这座空旷大殿内。

"也不知道他们能不能活着出来。"高伦感慨道。

林雷在玉兰大陆的时候，曾通过空间之门来到有众神墓地的位面。不过，这次通过位面之门的感觉和那次完全不同。

"这空间之门里面竟然有一条长长的通道。"林雷有些惊异，贝贝也是惊讶地看着四周。

这是一条五米宽、十米高的通道，两旁的墙壁上光芒流转，显得那般耀眼美丽。

林雷、贝贝顺着通道朝前方飞行。

飞了片刻，林雷在心中暗道："这通道似乎能扭曲空间。"在这里，他有一种时空错乱的感觉。

"老大，你说我攻击这条通道，它会不会崩溃？"贝贝开口问道。

林雷听了不禁心中一跳，瞪了贝贝一眼，说道："贝贝，你别胡闹。如果这条位面通道崩溃了，你我就会陷入空间乱流中，那就惨了。"林雷很清楚，再厉害的上位神一旦陷入空间乱流中，也可能完蛋。

"我就说说嘛。"贝贝嘀咕道。

突然——

林雷发现空间通道前方隐隐有光芒："嗯？到了？"

于是，林雷、贝贝立即飞向那道光芒，然后飞出了这条通道。

"欢迎两位大人。"一个不卑不亢的声音响起。

林雷、贝贝还没来得及观察位面战场的环境，便连忙朝声源处看去，只见前方竟然黑压压地站着一大群人。

林雷随意地瞟了一眼，而后惊叹道："足有数百人！"

很快，林雷感知到了对方的徽章气息，是同一阵营的，于是松了一口气。

说话的是一名冷峻的红发女人，她继续说道："不知道两位大人是第一次来位面战场，还是过去有经验？"

林雷不禁眉头一皱。

"大人，请别在意。"红发女人连忙微笑着说道，"冥界通往这里的空间之门由我们奉命监守。我家领主大人吩咐我们接待初来位面战场、对位面战场不熟悉的统领，然后带去找领主大人。届时，领主大人可以告诉你们一些信息。"

林雷和贝贝相视一眼。

"老大，去就去，怕什么！"贝贝灵魂传音。

林雷完全不熟悉这位面战场，认为多了解一些也好。

"那好，你们带路吧。"林雷开口说道。

"请随我来。"这名红发女人当即带着林雷二人往前走。

林雷和贝贝一边前进，一边仔细环顾位面战场。林雷惊叹道："这位面战场的引力竟然比冥界、地狱还要大得多！这是我见过的引力最大的位面了。神识在这里受到的限制更大。"

林雷感觉自己若展开神识，神识的覆盖范围估计只有方圆百米左右。

"两位大人，这位面战场传说是四位至高神联手创造的。"红发女人笑着说道，"不像四大至高位面，只是由相应的四位至高神分别创造的罢了。论稳定程度，这位面战场远超至高位面。在这里，就是统领要撕裂空间也很难。"

林雷不禁大吃一惊。一般来说，越是稳定的位面，引力越大，对人的束缚也越大。

林雷瞥了一眼上方。位面战场上空没有星辰，最高处只有泛着五颜六色光芒的空间乱流。整个位面战场之所以没有处于黑暗中，也是因为那些泛着五颜六色光芒的空间乱流。

"这上面怎么回事？"贝贝问道。

红发女人解释道："在位面战场上空飞行很危险，飞行到一定高度，偶尔会遇到空间裂缝。越往上，空间裂缝越多，最高处便是那空间乱流了。战斗的时候要小心点，别误入了空间乱流中。"

林雷和贝贝相视一眼，不禁感慨这环境也够恶劣的。

"在位面战场中战斗，最忌讳的是飞得太高和进入地底深处。"红发女人淡笑道，"进入地底，越往深处越容易碰到空间裂缝。"

林雷微微点头。

"还真是麻烦。"贝贝嘀咕道。

就在谈话间，林雷发现周围的士兵越来越多，他们显然来到了兵营。红发女人带着林雷他们二人行走在兵营中，很快就来到了一个很普通的帐篷外，还对林雷和贝贝嘱咐道："两位大人，切勿靠近。"

林雷和贝贝有些疑惑，靠近帐篷都不行？但是他们没有多问。

红发女人恭敬地对着帐篷说道："大人，刚刚有两位大人从冥界空间之门中过来。我把他们带过来了。"

"哦？"一道身影从帐篷内走了出来。

这是一名穿着黑色长袍的壮硕光头青年，他的眉心部位有一颗红痣。他看了林雷和贝贝一眼，疑惑地说道："两位，我似乎没见过你们。"

"我老大他是新任赤岩领主。"贝贝说道。

"哦。"这名黑袍光头青年瞥了林雷一眼，显然没有完全相信，淡漠地说道，"你们既然过来了，又是第一次来，那就先看看我手上这份位面战场的地图吧，上面有一些简单的描述。"说着他一挥手，扔出了一本很薄的黑色封面的书。

林雷淡笑着接过："谢谢！"

"老大，这个光头好像对我们有戒心。"贝贝灵魂传音，"与我们说话还隔着一段距离，也不请我们进去坐坐。我们是从冥界来的，和他是一个阵营的，他怎么对我们有戒心？我实在不懂。"

"的确有戒心，不过没关系，我们过会儿就离开。"林雷也察觉到了这名黑袍光头青年对他们二人的戒心。

林雷虽然不明白对方为何有戒心，但还是开口说道："我二人还有事情，就不在这里逗留了，先走一步。"

"那两位路上小心。"黑袍光头青年这时候脸上才有了一丝笑容，"尼安娜，你代我送二位离开。"

"是，大人。"红发女人躬身说道。

在红发女人的带领下，林雷和贝贝就这么离开了兵营。

红发女人与林雷、贝贝分别，目送林雷他们二人离开时，她在心中暗道："真是奇怪，领主大人请这二人过去应该是为了联手。不过，领主大人竟然不认识这二人，可惜，可惜。"

林雷他们二人能从冥界单独过来，其中肯定有一名领主、府主级别的人物。那名黑袍光头青年本想好好招呼一番，无奈根本不认识林雷他们二人，因此不打算进一步合作。

苍茫的大地上，林雷、贝贝并肩坐在一座山丘下，翻阅着那本很薄的黑色封面的书。

"这位面战场也就方圆百万里，以星河为界分成两部分。黑暗系神位面一方在星河这边，光明系神位面一方在星河另一边。"林雷看了书后，对位面战场有了一些了解。

贝贝惊叹道："老大，原来最危险的不是高空和地底深处，而是星河！"

"嗯。"林雷点头。

在高空中，要飞到一定高度才会遇到空间裂缝，越往上才会越危险。这种危险程度是递进的，能让人有个心理准备，然而星河不同。在星河，除了极少部分区域是安全的，绝大部分区域都十分危险。

"这位面战场好像由两个小型位面拼接而成，星河就是那连接部位。在这连接部位，安全的地方不多。"林雷感慨道。

根据这本书的描述，星河挺可怕的。可林雷、贝贝没去看过，一时间无法判定星河的危险程度。

"我们要去解决敌方统领，看来要越过星河。"贝贝嘀咕道。

"不。"林雷摇头说道，"敌方应该会有许多援助的统领过来，也应该会有许多单独行动的统领。他们想解决我们这一方的人，就会越过星河来我们这边。我们暂时不过去，在这边就有可能碰到他们。"

贝贝听了不禁点头。

"老大，这位面战争已经进行一百多年了。"贝贝忽然说道。

"对，恐怕敌方已有不少统领在我们这边了。"林雷警惕地看着四周，"现在我们在外，每一刻都必须小心。这里是战场，不是单独挑战，他们不一定会光明正大地战斗。"

"怕什么？碰到更好。"贝贝信心十足。

"那我们先出发吧。"林雷说道。

于是，林雷和贝贝站了起来，思考往哪个方向走。

因为位面战场上根本没有星辰，所以辨别方向只能靠一些有特色的高山、河流等。

片刻后，林雷看向远处一座低矮的褐色大山，说道："朝那边出发吧。"

林雷、贝贝小心地前进着。在这里，除了在一些兵营中会很热闹外，其他地方非常安静。谁也不知道安静的背后是否隐藏着一名强大的统领，或许就有如贝鲁特这样的强者。

"嗯？"贝贝陡然转头朝远处看去，"老大，有人！"

林雷赶紧弓着身子，借助周边的杂草挡住自己，小心地朝远处看去。大概一千米外，一道模糊的黑色身影正悄然行进。

第663章
被偷袭

　　林雷和贝贝进入位面战场不足半天，竟然碰到了单独行动的人。林雷知道，普通士兵是不可能单独行动的。

　　"靠近！"林雷灵魂传音。他现在需要判断这个人是己方的还是敌方的。

　　于是，林雷、贝贝悄然朝那道人影靠近，不敢让自己身上的气息散发出来，唯恐被对方发现。

　　仅仅片刻，双方便只相隔两三百米。

　　"嗯？感知不到他身上的徽章气息。"贝贝灵魂传音。

　　林雷激动地回复："是敌人！"

　　同一阵营的人相互之间能感知到徽章气息，若感知不到那就是敌人。

　　"嘿嘿，没想到才到位面战场就能遇到一个敌人，估计还是一名统领。"贝贝眼睛发亮，"老大，这人交给我，我来解决他。"

　　"嗯。"林雷压抑住内心的激动。

　　嗖！贝贝陡然蹿了出来，同时，一道巨大的噬神鼠幻象出现在贝贝的身后。在这种时刻，贝贝毫不犹豫地使用了他的绝招——天赋神通噬神。

　　诡异的是，那道人影竟然没倒下，反而转头朝贝贝看过来。

　　"老大，我感知不到他的神格、灵魂！"贝贝神识传音，显然有些焦急，

"对了，周围竟然还有一人。我感知到了他的徽章气息，就在不远处，是我们这一方的人。"

这时候，远处冒出来一个人，他知道自己被发现了。

"两位！"灰袍人朗声说道，"你们别攻击那个黑袍身影了，那是我的死神傀儡。"

"死神傀儡？"林雷和贝贝一怔。

"竟然是死神傀儡，难怪我们感知不到它的气息，难怪贝贝施展天赋神通没有用。"林雷哭笑不得。

见那名灰袍人转身要离开，贝贝连忙开口说道："嘿，别急着走！"说着，他便要飞过去。

嗖！

死神傀儡突然出现，挡在贝贝的面前，同时发出声音："你们干什么？"

"我们是同一阵营的，不可以问些事情吗？"贝贝看着眼前的死神傀儡说道。

此时，灰袍人已经离开了，但还控制着死神傀儡。

"两位……"死神傀儡冷漠地说道，"我怎么知道你们是不是和我同一阵营的？或许你们解决了我方一名普通士兵，对那枚徽章滴血，然后冒充他的身份。谁能确定你们二人不是假冒的呢？"

林雷、贝贝一怔，身份竟然能假冒？

他们仔细一想，也对。先解除自己与身份徽章的绑定关系，然后想办法解决敌方一名普通士兵，再对他的身份徽章滴血，这样就能伪装身份了。等战争结束，再换回自己的身份徽章即可。林雷和贝贝还没想到这一点呢。

"即使你们不是假冒的，是同阵营的人，那也可能自相残杀呢！"死神傀儡说完便离开了。

林雷、贝贝这次没有阻拦这个死神傀儡。

"老大，我有些明白为什么那兵营中的统领对我们有戒心了。"贝贝说道，"和刚才那人一样，那名统领担心我们对付他。"贝贝也明白，那名统领不是怕他们二人，是懒得和同阵营的人战斗。

同阵营的人相互战斗，就算获胜了也不会有军功，若是失败了反而会丧命。难怪那名灰袍人要立即离开。

"他担心我们对付他？"林雷无奈地说道，"可我们对付他没军功的。哦，不！"林雷灵光一闪，明白同阵营的人为何可能会相互战斗了。

"嗯？"贝贝疑惑地看着林雷。

"同阵营的人也可能相互战斗。"林雷感叹道。

"怎么可能？"贝贝不解。

"很简单，两个认识的人，一人加入黑暗系神位面一方，另一人加入光明系神位面一方。假如你和我处于对立的阵营中，我解决我这边的人，得到了赤色徽章。赤色徽章对我没有用，但是我可以给你。同理，你解决你那边的人，得到的金色徽章可以给我使用。"林雷感慨道。

贝贝明白了。

领主、府主们大多数相互认识，甚至有些是朋友。比如贝鲁特，或许在天界有和他实力差不多的朋友。他们若加入不同的阵营，完全可以玩这一招。

"因此，即使是同阵营的人，如果相互之间不熟悉，也不能相信。"林雷无奈地总结道。

"看来我们也要小心了。"贝贝撇嘴说道，"即使碰到同阵营的人，也不能大意。"

"嗯。"林雷现在能感觉到位面战场中的危机了。毕竟在这里，连唯一可以证明身份的徽章都不一定是真的。除了自己真正的朋友，其他人都不能相信。

"刚才那人还真聪明，用死神傀儡做诱饵。"贝贝嬉笑道，"老大，我们也可以这样干。不管什么人，从死神傀儡身上都感知不到身份徽章的气息。他们以为是敌方的人，就可能偷袭。我们隐藏在旁边，就可以反偷袭。"

林雷不禁笑了，这的确是个好办法。

位面战场方圆百万里，如果疾速飞行，很快就能从一端飞到另一端。然而在这个范围内，有数十名甚至上百名统领。他们就如大海中的水滴隐藏在某一个地方，是很难碰到的。

一个山洞内。

林雷、贝贝在里面说着话，他们操控的一个死神傀儡在周围不远处。

"我们进入位面战场不久，碰到了一名灰袍人。现在都一个月了，除了那名灰袍人，没有碰到其他人。"贝贝嘀咕道，"按照老大你说的，我们必须小心地赶路。这样慢吞吞地走，什么时候才能到星河？"

"别急。"林雷笑着说道，很有耐心，"位面战场任何一个地方都可能是统领之间的战场。我们不需要四处乱跑，那样反而危险，碰到别人的概率也不高。我们这样蹲守，或许碰到别人的概率会高些。"

"若是人人都蹲守，那可能一个都碰不到。"贝贝反驳道。

"所以，我们每隔几个月就前进一段距离，换一个地方。"林雷淡然说道，"我们还有八百多年，时间很充足。"

在位面战场这种地方，比的是耐心。谁焦急露出行踪，恐怕就会被其他统领盯上，一旦被盯上那就危险了。林雷很清楚自己的实力，遇上擅长灵魂攻击的统领，他就麻烦了。而这灵魂攻击，大多数的统领都很擅长。

"如果你等得受不了了，那就修炼。"林雷笑道。

"知道。"贝贝撇嘴说道。

林雷本尊时刻警惕着，神分身则在修炼。

能成为统领的，哪一个不精明？而且不少统领不是第一次进入位面战场，都有各自的策略。

　　执行蹲守方案的前三个月里，林雷他们只碰到过一个人，那个人还是他们这一方的。

　　"换地方，这地方估计没什么敌方统领路过。"林雷无奈地说道。

　　"老大，你早该这么决定了。我看还是去星河那边好，那边是敌方阵营，敌方统领更多。"贝贝说道。

　　熬了三个月，林雷还是决定离开这个山洞。于是，林雷、贝贝当天悄然朝星河方向靠近。

　　一座低矮的大山山腹中，有一间空旷的密室。

　　一名紫袍黑发男子正盘膝静坐在密室内，旁边还盘膝坐着三人。一道身影悄然沿着地底阶梯走了上来，躬身说道："主人，我们的人在外面发现了黑暗系神位面一方的人，看上去是一名青年和一名少年。主人给我们的图谱中，没有这二人的介绍。"

　　"哦，陌生的？"紫袍黑发男子睁开眼眸，眼中掠过一道紫光。

　　"是的，主人。"那道身影恭敬地回道。

　　"很好，也该出去狩猎了。"紫袍黑发男子身影一晃，便消失在密室中。

　　在位面战场上，林雷想偷袭别人，别人想偷袭他。这就要看谁的探察本事强，谁的隐藏本领强，谁的策略强。林雷、贝贝第一次来位面战场，经验太少，他们想要偷袭别人，还真难。

　　现在，他们甚至不知道自己被盯上了。

　　"老大，我们选什么地方蹲守？要不直接去星河那边，有人过来就去战一场？"贝贝灵魂传音。他眼中毫无忧虑，反而满是兴奋。

　　"去星河边上蹲守，那是给人当靶子。"林雷说完，陡然一皱眉头。

"怎么了？"贝贝疑惑地说道。

嗖！

林雷转头看过去，只见一支白色的箭矢瞬间就到了他的身前，他的第一反应便是施展黑石牢狱。

嗡——

他的体表弥散出土黄色光晕，一个光罩骤然出现，覆盖了方圆近千米范围。

光罩内，引力朝向林雷。

噗的一声，白色箭矢进入林雷体内。箭矢速度太快，林雷来不及躲避，这是一道灵魂攻击。

"贝贝，对付那人！"林雷灵魂传音，而后便全身心地应对这一道灵魂攻击。

林雷的灵魂海洋中。

砰！白色箭矢想轰击林雷的灵魂，却撞在了由灵魂防御主神器形成的透明薄膜上，然后爆裂开来，化为白色光点。这些白色光点一下子就发现了透明薄膜的薄弱处，立即围了过去。

哧哧——

泛着青色光晕的灵魂能量化为一道道虚无剑波，一次次冲击那些白色光点。

另一边——

"这是谁？雷斯晶？模样根本不对，可是他的重力空间怎么引力这么强？幸好我一开始躲得远。"一道紫色身影离林雷数百米远，他就是发动偷袭的人。如果距离再近点，林雷和贝贝就会发现。

在发出那道灵魂攻击后，这名紫袍黑发男子就被光罩内的引力影响了。好在他速度快，在抵抗引力的情况下，硬是逃出了林雷的那个光罩。

不过，当他逃离光罩时，贝贝快速冲向他。

"嗷——"

愤怒的贝贝号叫道，施展天赋神通噬神。

"嗯！"时刻注意身后的紫袍黑发男子看到那巨大的噬神鼠幻象，吓了一跳，"刚才那一招是雷斯晶的绝招，这一招竟然是贝鲁特的绝招！"他的体表猛地爆发出白色光芒，赫然是主神之力，他的速度瞬间飙升到极限。

嗡！天赋神通蕴含的奇异波动猛地散开去。

"哼，还是让他给逃掉了！"贝贝不甘心地说道。

施展天赋神通要靠灵魂能量，需要一段时间准备，而且有距离的限制。贝贝本来就和对方隔了两三百米，危急关头，对方又使用了一滴主神之力，最终成功逃跑。

"这是怎么回事？两个陌生的小子，一个会雷斯晶的绝招，一个会贝鲁特的绝招。真是倒大霉了，我乌瓦拿今天差一点就栽在他们的手上，不仅什么都没弄到，还损失了一滴主神之力，真是！"紫袍黑发男子不甘心得很，"不好，主神之力弥散开去，一定会引起其他统领的注意。倒霉，倒霉！"

第664章

去另一边！

贝贝不甘地看着紫袍黑发男子离去，如果不是速度不如人，贝贝也不可能隔着两三百米距离就施展天赋神通了。

"算你走运！"贝贝警惕地环顾四周，随即犹如一支利箭蹿向林雷。

"老大，没事吧？"贝贝担忧地说道。

林雷此刻睁开了眼睛，瞥了一眼周围："刚才的动静说不定会引别人过来，贝贝，我们先离开这里再说。"

在位面战场上的一群统领中，林雷的实力目前算是垫底的，贝贝的实力最多算是中等，二人还没有正面对抗任何对手的实力。

嗖！两人化作两道幻影瞬间消失在原地。

他们离开仅仅片刻，半空便出现了一道笼罩在黑袍中的身影。这个身影停了片刻，环顾周围，而后离开了。

位面战场上敢在半空飞行的，那都是在统领中排在前列的，都是有信心应对任何一个对手的，毕竟在地上的其他人很容易就看到在半空的人。像林雷和贝贝，只能在地上移动。

一处隐秘的洞穴内，林雷和贝贝都松了一口气。

"贝贝，没追上那人？"林雷问道。

"没追上！那家伙一开始就躲那么远，即使老大你施展了黑石牢狱，他也有机会逃出去。我施展的天赋神通跟他有一定距离，影响不到他。"贝贝愤愤不平地说道，"这人真是个浑蛋！躲那么远偷袭，都不敢靠近！"

林雷摇头说道："这是位面战场，不是一对一战斗，各人策略都不一样。加入位面战争的不仅有黑暗系神位面和光明系神位面的超级强者，还有其他位面的超级强者。这里是最可怕的战场，对方小心也是应该的。"

贝贝也感受到了压力。除了位面战场，还有什么地方能让这些超级强者聚在一起，相互战斗呢？

"不知道这里有多少统领。"贝贝嘀咕道。

"我看黑暗系神位面和光明系神位面分别也就二三十名统领，来自其他位面的统领应该更多。一个至高位面来十几名统领，一个神位面来十几名统领，差不多就有近百名统领了。"林雷感叹道，"我这么算还是少的了。一些曾经担任过府主、领主的强者即使退位了，也可能会来。"

贝贝点头，那些人可以以普通士兵的身份进来，就像他。他是以普通士兵身份进入位面战场的，但是论实力，他弱吗？同样的道理，位面战场中有统领身份的或许只有一百个，可是拥有统领实力的就不止一百个了。

无数年来，不少强者有的是因为实力不如人退位，有的是懒得争夺权位主动退位。这些人的实力都不能小觑。

"在位面战场敢嚣张的强者也就那么几个。"林雷摇头一笑，没足够实力的人早就没了，现在还敢嚣张的，绝对是丹宁顿那种级别的强者，"那个偷袭我的人手段不错，一击不中，立即逃窜。"

"太阴险了。"贝贝嘀咕道。

"是阴险，可这样安全。"林雷深吸了一口气，"贝贝，我们可以用他的策略找寻目标，成功自然好，失败立即走，不能犹豫。"

"被人偷袭感觉不爽，至于偷袭别人，嘿嘿……"贝贝眼睛发亮。

林雷无奈一笑，谁愿意偷袭？他也是没办法了，以他和贝贝现在的实力，随时有可能殒命。

"那我们就这么做吧。"林雷脑中已然有计划了，当即说道，"若遇到敌人，贝贝你施展天赋神通噬神，我立即用留影剑进行物质攻击。能够挡住我留影剑的人，很少！"林雷很自信。

贝贝的天赋神通噬神针对灵魂、神格，林雷的留影剑则针对物质方面。

"贝贝，你的天赋神通对什么人没有用？"林雷问道。他得知道贝贝的天赋神通的具体情况，才能更好地实施计划。

"哦，关于这个贝鲁特爷爷略微提过。达到大圆满境界的上位神应该能抵挡我的天赋神通。"贝贝说道。

林雷点头说道："还有呢？"

"拥有灵魂防御主神器的人也应该能抵挡吧。"贝贝说道，随即笑了起来，"不过，拥有主神器的人很少。就是在一群统领中，估计也只有部分才会拥有主神器。就算有主神器，那也得是灵魂防御主神器才有用。不过，灵魂防御主神器很稀少，拥有的人更少。"

林雷对贝贝的回答并不感到惊讶。灵魂防御主神器是主神炼制的，是主神用来保护自己的灵魂的，当然能抵挡贝贝这一招。

"贝贝，如果对方使用主神之力，能不能抵挡得住？"林雷连忙问道，这是他最关心的一点。

"嘿嘿，使用主神之力是抵挡不住的。"贝贝自信地说道，"我的天赋神通噬神无孔不入，除非灵魂防御完美无缺，否则只要有一丝瑕疵，我的天赋神通便能进入对方的灵魂海洋锁定灵魂、神格。"

林雷微微点头。

"看来，我也难抵挡这一招啊。"林雷笑道。

"嘿嘿——"贝贝得意地点头，"除非老大你将那灵魂防御主神器完全修复。"

"要完全修复，谈何容易？"林雷笑道。

通过这次谈话，林雷知道了贝贝的天赋神通的可怕之处。凡是没有达到大圆满境界的，或者是没有灵魂防御主神器的统领，在贝贝的天赋神通面前，毫无抵抗力。唯一的抵抗方法就是和那名紫袍黑发男子一样，一开始就拉开距离。

"统领中有主神器的只是少部分，有灵魂防御主神器的更少。"林雷充满信心，"单单贝贝这一招便能对付一大半的统领，难怪贝鲁特说贝贝靠这一招攻击力便接近他了。"

此时，林雷充满信心。有贝贝的绝招，再加上他的黑石牢狱、天赋神通龙吟、神格兵器留影剑，他相信接下来的道路不会太艰难。

一晃便过去了两个月。

一个洞穴内。

"老大，又过去了两个月，只发现了一个人，还是我们这一方的。这效率太低了。"贝贝有些着急。他想解决敌方统领，无奈都没有目标，有力无处使啊。

林雷点了点头，说道："贝贝，虽然星河这边也有敌方的人，但是他们一个个很小心，要找到他们很难。我看我们直接去他们的大本营。"

"老大，你的意思是？"贝贝眼睛一亮。

"穿过星河去另一边！"林雷坚定地说道。

位面战场没有星辰，抬头便能看到高空泛着五颜六色光芒的空间乱流，虽然绚丽，但危险得很。

星河将位面战场一分为二，是位面战场最危险的地方。

"老大，这就是星河？这哪里是河流啊！"贝贝和林雷此刻正站在草丛中，遥看远处的星河。

星河极为长，按照书上的描述，它将整个位面战场一分为二，自然有上百万里长，至少一眼是看不到尽头的，而这宽度……

"至少有千里。"林雷一眼看过去。

星河乍一看绚烂无比，仔细一看就会发现那绚烂的并不是河水，而是一道道泛着五颜六色光芒的空间乱流以及一些空间裂缝。正因为空间乱流多，看上去就像一条绚烂的河流。

"这怎么过去？"贝贝皱着眉说道。

林雷仔细地观察着星河。里面的空间裂缝时而出现、时而消失，不计其数。当然，千里宽的区域内也有一些安全的地方。一些陨石、小山石悬浮在星河各处。它们既然能悬浮在那里，那就说明它们所处的区域是没有空间裂缝的。可那是在星河中央，林雷他们总不能瞬移过去吧。

片刻后，林雷说道："星河有两条宽阔的通道，只是这两条通道的两端都驻扎着军队，被控制住了。我们这一端还好，是自己人，不会攻击我们；可如果我们想通过那宽阔的通道抵达彼岸，就会遭到敌方攻击。"

"老大，那我们该怎么做？"贝贝眉毛一扬。

"只能从空间裂缝密集区域寻找出一条安全的通道。"林雷朝远处看去，"贝贝，有些地方是没有空间裂缝的，仔细找吧。"

"没办法了。"贝贝嘀咕道。

于是，林雷和贝贝都凝神朝星河看去。

很快，林雷就发现了星河内没有空间裂缝，也没有空间乱流的地方。这些地方连接起来是一条弯曲的通道，林雷要做的就是找寻到一条能够抵达对岸的通道。

"老大，你看那边，似乎能通过。"贝贝指着一处地方说道，"不过，我只能勉强看清数百里，再往后就模糊了。"

林雷看了一眼，摇摇头说道："不行。我找到的通道也一样，无法确定后半段。这样，贝贝，我们先去星河中央那些悬浮的小山石上，等到了那里再找通向对岸的通道。"

"好。"贝贝也没有其他办法。

"那我们就走那一条路吧，刚好通向中央那块像磨盘一样的小山石。"林雷当即决定。

林雷、贝贝环顾周围，随即化作两道光芒迅速来到星河边上。可一到星河边上，林雷和贝贝就感受到了压力。在他们前方是大量时而出现、时而消失的空间裂缝。

"走。"林雷灵魂传音。

林雷和贝贝瞬间进入星河，在里面灵活地移动，有时候甚至是贴着空间裂缝过去的，巧妙地躲过了一个又一个危险地带，如同在刀尖上跳舞，十分危险。到了他们这种境界，控制力很强，这一连串动作没有一丝失误。

"就在前面。"林雷大喜，他的前方悬浮着一块长宽数十米的如磨盘般的小山石。

嗖！嗖！

林雷和贝贝一前一后，落在了这块如磨盘般的小山石上。

咻，林雷这才松了一口气。

林雷环顾周围，周围尽是空间裂缝、空间乱流，不禁感慨道："贝贝，在这里，我感觉像在玉兰大陆龙血城堡地底的微型位面密室中。不过，那微型位面密室有位面薄膜，隔开了空间乱流、空间裂缝，这里没有位面薄膜。"

"老大……"贝贝忽然说道，"你说会不会有统领隐藏在星河中央的小山石上啊？"

星河中央悬浮的如磨盘的小山石上，林雷和贝贝并肩站立着。

"如果周围有统领，那就危险了。"贝贝连忙看向四周。

"隐藏在星河中央的小山石上？"林雷忍不住看了看四周，随即笑道，"贝贝，你别胡思乱想了。在星河中央战斗，估计没有统领会这样做。一旦不小心陷入空间裂缝、空间乱流中，那就惨了。"

"也对。"贝贝不禁摸了摸自己的鼻子，嘿嘿一笑。

"好了，在星河中央待着容易被别人发现，我们还是赶紧选一条通道尽快到对岸吧。"林雷连忙说道。

"嗯。"贝贝也立即观察起来。

在星河中央，如果对岸有人观察，很容易就能发现林雷和贝贝。

"不行，这一条不行。"林雷摇头否定了自己刚才发现的一条通道。那条通道的前面一段路没有问题，但是往后就会看见空间裂缝。

林雷和贝贝快速地找寻着。

"老大，我发现了一条通道。"贝贝惊喜地说道。

"哦？哪一条？"林雷忍不住问道。

"就这边。你看顺着这个方向，然后在那里转一个大弯，后面的路线就比较清晰了。"贝贝兴奋地说道。

林雷顺着贝贝指的方向看去，确定这一条通道可以过去。

"出发。"林雷当即说道。

在星河中央待得越久，就越容易被对岸的人发现。在越过星河的过程中，也最容易被发现、偷袭。

嗖嗖——

两道幻影仿佛闪电般穿梭在星河中，避开一个个危险。

"队长，你看那边有两个人！"星河对岸，有一群士兵发现了正在疾速穿行的林雷和贝贝。

"就两个？"为首的银发尖耳青年看过去，当即吩咐道，"这二人中肯定有一个是统领，或者两个都是，我们马上撤退。二哥，你马上去禀告统领大人，看是放这二人离开还是动手。"

"知道。"一道人影疾速离开。

林雷和贝贝不知道他们选择的对岸旁边就有一支军队。这支军队被山丘挡住了，林雷、贝贝根本没发现。此刻，林雷、贝贝的注意力更是在通道上，没察觉到远处有人盯着他们。

"我们赶紧退开，别硬拼。就我们数十人，还挡不住对方。"银发尖耳青年吩咐道，"等大军过来，或者统领大人过来再说。"他们只是这支军队的一支巡逻小队，和兵营相距十余里。

他们不是傻子，数十人去和统领级别的强者硬拼，那是去送死。如果是上百或是上千士兵一起，他们还是有信心的。

"人快到了。"这些士兵都盯着，他们已经退到靠近兵营山丘旁的草丛中了。

"统领有令，一个不留！"这时候，他们接到了统领的命令。

"兄弟们，上！"银发尖耳青年连忙喊道。

这时候，冲出去的不单单是这支巡逻小队，还有从兵营中来的大量人马。仅仅片刻，冲出去的人就上千了。

嗖嗖——

林雷、贝贝如两道闪电落在了星河的对岸。

"老大，有人，很多！"贝贝震惊地喊道，林雷也发现了。

大量人影从远处草丛中朝他们疾速而来，十余里外还有一个个低矮的帐篷，一些帐篷被山丘挡住了。

"不好，这是敌方的一支军队，我们赶快走。"林雷不敢迟疑，和贝贝立即逃跑。

"攻击！"一声令下，空中出现各种绚烂的光芒，甚至还有透明的灵魂攻击，全部袭向林雷、贝贝。

砰——

轰——

瞬间，各种声音在空中响起。

论速度，这些士兵没几个能赶得上林雷、贝贝，双方的距离越来越远。

噗噗——

虽然林雷和贝贝逃得快，但还是有数道攻击落在了林雷、贝贝的身上。不过，这让他们逃得更快了。很快，他们就消失在追兵的视线范围内。

"统领！"此刻上千名士兵躬身，向一人行礼。

此人有一头如太阳般耀眼的金色长发，皮肤白皙，穿着一套金色长袍，很随意地瞥了远处一眼："让他们逃了？"

"没追上。"下令攻击的军官连忙说道。

"没追上就算了。以统领的速度越过星河，花费时间很短。我们能碰到他们，算是巧合了。如果这样就能解决一两名统领，那我的运气也太好了。好了，回去！"这名金发统领吩咐道。

一处乱草丛中，林雷和贝贝蹲伏着。

"还真够倒霉的。"贝贝撇嘴说道，"老大，你没事吧？"

"没事，也就四道物质攻击、一道灵魂攻击，影响不大。"林雷也觉得够倒霉的。星河河岸足足有百万里长，没承想，他随便选的一个落脚点附近就有一支军队。

林雷随即一笑："不过，我们总算安全抵达敌方这边了。"

"嗯。"贝贝眼睛发亮，"老大，我们现在就开始寻找目标？"

"开始蹲守吧，估计在这边会比在我们那边好很多。"

林雷和贝贝在敌方这边同样采取了蹲守的策略。他们在地底随便挖了一个洞穴，在里面安然修炼，同时分别操控一个死神傀儡在周围行动，用来吸引路过的统领。

一名足有三米高、穿着短衫长裤的壮汉正悄然行走着。他那一头金发如雄狮的鬃毛一样杂乱，他脸上的那个朝天鼻以及一张大嘴十分显眼。他那一双金黄的眼眸时刻注意着四周，寻找目标。

"嗯？"金发壮汉眼睛一亮，盯着远处的一道人影，不由得咧开大嘴露出笑容，"没想到竟然碰到一个……感知不到身份徽章气息，是敌方的！"这名壮汉犹如一道闪电，立即朝那道人影奔去。

此刻，那道人影刚好转头，看见了冲过来的金发壮汉，嗖的一声，赶紧逃窜。

"想逃？可惜速度不如我！"金发壮汉眼眸发亮。

地底洞穴中，林雷和贝贝正盘膝静坐着。

"老大，有目标了，那人正在追我操控的那个死神傀儡。"贝贝陡然睁开眼睛。

林雷立即睁开眼睛："赶快出发。"

于是，林雷和贝贝毫不犹豫地蹿出洞穴。他们可不想让敌人发现他追的目标是死神傀儡，不然他们就很难偷袭了。

那个被操控的死神傀儡朝林雷和贝贝这边跑，林雷和贝贝则蹲伏在杂草丛中，盯着远处奔跑的一前一后两道人影。

这个死神傀儡是上位神器级别的死神傀儡，速度极快。不过在正常情况下，统领的速度远超这种死神傀儡。

"那名金发壮汉速度不算快。"林雷判定。

"老大，我感知不到他的身份徽章气息，他应该是敌方的。"贝贝惊喜地说道。

林雷也忍不住有些激动。他在星河那边蹲守近半年没有一点收获，可是在这边守，第七天就发现了敌方的人马。

"贝贝，先看看再一起动手！"林雷灵魂传音。

"放心，老大！"贝贝显然十分激动。

于是，林雷、贝贝就这么观察着。

终于，那名金发壮汉追上了死神傀儡。他的那张大嘴发出一声低吼，右拳猛然击出，所过之处，空间如同被搅动的水流。

"好强！"林雷、贝贝脸色一变。他们知道位面战场的空间稳定性比至高位面要好得多，在这种情况下，空间竟然还能被轻易搅动。

面对金发壮汉的一拳，死神傀儡也挥出一拳，拳对拳。

砰！

死神傀儡的右臂化成碎片，同时整个身体剧烈地震颤起来，而后直接崩裂了。

这一幕把林雷、贝贝吓了一跳，金发壮汉的攻击力太骇人了。

"嗯！"金发壮汉一愣，地上竟然没有神格、身份徽章，"不好！"金发壮汉反应过来了，立马抬头，看到了半空一道巨大的噬神鼠幻象，还看到了不远处正冷漠地看着他的一名少年。

嗡——

一股奇异的波动瞬间弥散开来，金发壮汉根本来不及闪躲，一股奇异的能量直接进入了他的脑海。

贝贝的天赋神通——噬神！

轰——

土黄色光晕瞬间弥散开来，直逼金发壮汉。

嗖！一道青金色幻象向金发壮汉疾速袭来。

按照林雷和贝贝的计划，无论贝贝那一招是否有效，林雷都会在同一时刻施展最强一剑。在他看来，能够抵抗噬神的，不一定能抵抗他的最强一剑。

"啊——"金发壮汉愤怒地大吼一声。

"竟然还活着！"贝贝有些震惊，同时觉得有些倒霉，好不容易碰到一个敌人，还是一个这么难对付的。对方要么是达到了大圆满境界的上位神，要么就是拥有灵魂防御主神器。

哧——

透明的留影剑挥出——圆空裂！

这最强一剑直指对方额头的眉心部位。

"混账！"金发壮汉感觉到了这一剑的凌厉气息，连忙歪头闪避。

留影剑刺在了金发壮汉的右脸上，在他的脸上弄出了哧哧的声音，却无法再刺进去。

"这是什么防御？"林雷十分震惊。

除了贝贝、贝鲁特，林雷从来没见过防御力这么逆天的人。恐怕就是青龙一族族长盖斯雷森的防御力也比不上眼前这个人。这可是他的最强一剑，而且刺到的是对方的脸不是拳头。

"啊！"金发壮汉咆哮一声，愤怒地朝林雷击出一拳。

林雷连忙后退。当他以为自己躲过这一拳的时候，那名金发壮汉的拳头上竟然爆发出一道金黄色的光波，所过之处，空间震颤。

林雷来不及闪躲，这道金黄色光波射在了林雷的胸口上。噗的一声，林雷的胸口被射穿了，露出了一个拳头大的窟窿。

第666章

黑默斯

"他的物质攻击这么强！"林雷再次感到震惊，"比前任赤岩领主的物质攻击还强，竟然直接射穿了我的身体。"林雷原本对自己龙化形态的物质防御很自信，现在这一拳打碎了他的自信。

此时，金发壮汉眼中满是愤怒，头发随风肆意飘扬。

"敢伤害我黑默斯，受死吧！"低沉的声音在林雷的脑海中响起。

金发壮汉踢出金黄色光晕流转的右腿，所过之处，空间仿佛水面一样荡漾起波纹。

林雷还未碰到这一腿就感到情况不妙："如果被这一脚踢中……"

于是，林雷不再迟疑，立即施展黑石牢狱，一个泛着土黄色光芒的光罩出现，笼罩住了黑默斯。他心中一动，光罩内的强大斥力作用在黑默斯的身上。同时，啪的一声，他那泛着金属光泽的龙尾狠狠抽向地面，他借着反弹力疾速后退。

咻！黑默斯的这一脚踢空了。虽然他踢空了，但是一道金黄色光波从他的右腿上脱离出来，朝林雷飞去。这一道金黄色光波速度很快，远超林雷的逃跑速度，完全不受斥力的影响。

吃一堑长一智，林雷这次早有准备。他猛地挥出手中的留影剑，拍击在那道金黄色光波上。

砰！强烈地撞击，留影剑被震得反弹，打在林雷的身上。林雷持剑的右手竟然被震得鳞甲裂开，流出鲜血。

嗖——

林雷借力急退。

"太逆天了！"林雷在心中暗道，"这一腿的力量竟然透过神格兵器，把我手上的鳞甲震得裂开了。"

远处的贝贝见了，眼睛一下子瞪得滚圆，而后化为一道幻影朝黑默斯飞去，同时灵魂传音："老大，快退，我挡住他！"

"贝贝，别浪费时间，我们挡不住他的，赶紧走！"林雷灵魂传音。

林雷加速逃逸，贝贝便跟着林雷一起逃。

"想逃！"黑默斯怒瞪逃跑的二人，猛地踏向地面。砰！砰！每一步都好像一块陨石在撞击地面，他疾速追向林雷、贝贝。

"老大，那个大块头在后面追呢！"贝贝惊呼道。

"速度竟然变快了。"林雷回头看了一眼。当初黑默斯追死神傀偏时，速度没这么快。显然，黑默斯已经十分愤怒了。

"没事，他一旦进入光罩内，就不可能追上我们。"林雷说道。

的确如此。

一进入光罩内，黑默斯就感受到了强大的斥力。他原本就速度不快，就算拼命了，速度也只是和林雷、贝贝相当。在光罩中，在斥力的作用下，他的速度就远远不如林雷和贝贝了。

很快，林雷、贝贝就和黑默斯拉开了距离。这样，黑默斯不在光罩内，就有机会追上他们。可一旦黑默斯追上他们，进入了光罩内，速度又会变慢。如此反复，双方基本保持五百米距离。

"老大，这个大块头在后面不停地追，我们该怎么办？"贝贝着急地说道，

"难道我们要用主神之力？"

"暂时不要。"林雷舍不得用一滴主神之力，现在还未到危险时刻。

"贝贝，只相隔数百米距离，黑默斯总能看到我们。这样，我们进入地底，在地底逃。他看不到我们，估计就难找到我们了。"林雷灵魂传音。

"进入地底？好。"贝贝也同意。

"你们两个休想逃掉！"愤怒的咆哮声在天地间回荡。

"这个大块头这么咆哮，就不怕引其他人来吗？"贝贝灵魂传音，有些生气。

"贝贝，我看黑默斯估计还真不怕别人来。他都不惧你的噬神，应该有灵魂防御主神器。他的物质防御也很厉害，让人无处下手。他的弱点就是远攻不行，不擅长灵魂攻击。好了，进入地底！"

几乎同一刻，林雷、贝贝直接进入地底，同时，土黄色光罩也消失了。这样一来，地上的人就不知道他们在哪里了。

"哼，从地底逃？"黑默斯冷笑一声。随即，黑默斯抬起腿狠狠地踩向地面，如雷鸣般的震动声响起，同时，一道金色光芒从他的腿部流向地面，然后弥散开去。

"在那里！"黑默斯眼睛一亮，疾速冲向左侧，而后又狠狠地踩向地面，又一道金色光芒从他的腿部流向地面，然后弥散开去。

林雷和贝贝从地底跑，因为有土壤阻碍，速度自然比在地面慢。

"什么怪招？"贝贝清晰地感知到一股金色能量仿佛水波一样在地底荡漾开来，目标就是他和林雷。不过，这能量对他们没有多大的伤害性。

轰！上方传来剧烈的震动。

"这家伙知道我们的行踪了。"林雷急切地说道，"在地底也逃不开他的追杀。"

"老大，那我们该怎么办？"贝贝也急了。

"还有一个办法！如果这个办法也不行，那我们也只能使用主神之力了。"林雷无奈地说道。

就在这时候，一道金色振动波直接冲破土壤射向下方。

"不好！"林雷脸色一变。

砰！贝贝一拳愤怒地砸过去。

"贝贝，没事吧？"林雷有些担心。

"没事，这攻击是蛮强的，我的拳头都发麻了，不过没受伤。"贝贝说道。

林雷不禁松了一口气，同时也感慨贝贝的防御果然够厉害。

贝贝达到上位神境界后，到目前为止只被那棵幽冥果树——生命主神——重伤过，其他人根本伤不到贝贝。只是贝贝的攻击力弱，还比不上林雷，唯有天赋神通才能威胁统领。

"贝贝，我们还是回地面吧。"林雷说道。黑默斯显然有办法确定他和贝贝的位置，对黑默斯而言，他们二人就是一个可以移动的靶子。

于是，林雷、贝贝迅速从地底蹿了出来。

"哈哈，你们总算出来了。"大笑声响起，黑默斯已然靠拢过来。

"这么近！"林雷、贝贝发现黑默斯距离他们不足百米。

林雷赶紧施展黑石牢狱，一个土黄色光罩出现，笼罩住了黑默斯。光罩内的斥力作用在黑默斯的身上，再次让黑默斯与林雷他们拉开了距离。

"浑蛋！又是这个鬼玩意儿，跟雷斯晶的一样，真是让人厌恶！"黑默斯愤怒地吼叫着，这个光罩令他根本无法靠近林雷。

就在这一刻——

"嗯？"黑默斯一瞪眼，只见奔跑中的林雷陡然掉头盯着他。

林雷的身后浮现出一道巨大的青龙幻象。青龙幻象的金色眼眸冷漠地盯着黑默斯，张开了它的嘴巴。

天赋神通——龙吟！

黑默斯的脑海中响起了一阵龙吟声，他感觉时间变慢了。

"嗯？"黑默斯一怔，在他看来，林雷和贝贝的速度陡然提升了数十倍，嗖的一下就消失了。

其实，不是林雷他们的速度提升了数十倍，而是黑默斯的时间变慢了。

"龙吟？那青龙一族的小子竟然能施展天赋神通龙吟？真是倒霉。"黑默斯摸了摸鼻子，"不过，我的速度实在太慢了。在那斥力的作用下，即使我使用主神之力，速度也最多和那小子相当。"

黑默斯不禁摇头。单论速度，林雷和他相差不大，若是他拼命了，还可能略占上风。不过林雷那一招黑石牢狱对他的影响很大，他就算用了主神之力，速度也是和林雷不相上下。

"我本来就速度不快，没办法！"黑默斯摇头叹息，"现在最好的办法，是尽量求主神为我炼制一件可以进行远距离攻击的主神器，如标枪之类的。到时候，以我的攻击力，谁能抵挡？这已经是第三次参加位面战争了，加起来还差三个统领徽章啊……好好拼一下，这次位面战争结束，或许我就能凑足军功了。"

黑默斯摇摇头，大步离开。

"嘿！"黑默斯走了一段距离，对着远处大吼一声，"你们几个别在远处看，有本事到我身边来！"

"黑默斯，看来这次你又失败了，哈哈……"远处传来大笑声，随即笑声渐渐消失。

"一群胆小鬼！"黑默斯哼了一声，随即便离开了。

远处，有三人在一起。那是两名男青年以及一名紫发紫袍女子。

紫袍女子轻笑道："嘿，你们两个看到了吗？竟然还有人去惹黑默斯这家伙。难道他们不知道黑默斯是地系神位面有名的强者？"

"估计那两人还不熟悉一些统领吧。"一名头顶长有三只黑色长角的银发青年淡笑道。

"那二人和黑默斯拼了一场还没死，说明实力不弱。可惜我们来晚了，不知道那二人逃去哪里了。"一名有着耀眼金发、银色眼眸的男子说道，"走吧，离开这地方。若被黑默斯缠上，是一件很麻烦的事情。"

于是，这三人悄然离去。

杂乱的草丛中，林雷、贝贝躺着休息。

"老大，那个怪物哪里来的？你全力一剑都没刺破他的脸，他拳头上的金色光波却轻易射穿了你的身体。"贝贝灵魂传音。

"幸亏我的身体强。"林雷自嘲道，"贝贝，你是不清楚，那道金色光波射穿我的胸膛时，还有一股诡异的振动波似乎要震碎我的身体。还好我是龙化形态，不然就如死神傀儡一样，整个身体都崩溃了。"

林雷想到那一幕还是有些后怕。

"唉，老大。在位面战场上，统领有不少，有的我们能对付，有的我们对付不了。这次还好，对方速度不行。如果下一次碰到真正的铁板，那可就糟了。"贝贝皱着眉说道。

第667章
强者资料

"碰到真正的铁板？"林雷也有些发愁。

统领中的确有一些堪称无敌的人物，一旦碰到，林雷和贝贝就危险了。毕竟天地间能诞生噬神鼠这种可以吞噬神格的神兽，能诞生青龙这种可以改变时间流速的神兽，自然也能诞生其他有逆天能力的神兽。

林雷不敢小觑位面战场上的这些统领。

"算了，反正在位面战场，统领之间就是相互战斗。"贝贝嘀咕道，"只能看运气了。"

"我们很吃亏。"林雷摇头说道，"参加位面战争的统领一般很熟悉其他统领，而我们是第一次参加，不熟悉其他统领，容易盲目作战。像黑默斯，如果我们事先认识他，完全可以不去惹他。"

林雷感到无奈，毕竟他现在的实力最多和地狱修罗相当。

"是吃亏，我们认识的人太少。"贝贝也无奈地说道。

林雷忽然眼睛一亮，一拍自己的脑袋，笑了起来："贝贝，你看我脑子都糊涂了。你我不认识，难道就不能询问别人？"

"嗯？"贝贝一怔。

"我的火系神分身在玉兰大陆，完全可以去问你的贝鲁特爷爷啊。"林雷哭笑不得。

闻言，贝贝顿时笑了起来："是啊，贝鲁特爷爷肯定知道！我怎么没想到这一点。"

初来位面战场，林雷和贝贝一门心思在想怎么解决敌方，怎么获得军功，完全就没想过这方面。

"贝贝，这段时间我们不出去了，等弄清楚统领中哪些人不好惹后再做决定。"林雷笑道，贝贝连忙点头。

他们的时间很充裕，并不着急。

玉兰大陆位面，黑暗之森。

天地间白茫茫一片，寒风呼呼，鹅毛般的雪花飘洒，一道火红色光芒迅速划过黑暗之森上空。此刻，火红色长袍、火红色长发的林雷朝贝鲁特所在的金属城堡疾速飞去。

这座金属城堡其实是一个金属生命，它已经很熟悉林雷了，完全没有阻拦林雷，让他直接进入。

金属城堡前庭院。

一袭黑袍的贝鲁特正捧着一本书，坐在由金属生命形成的大树下，那浓密的树叶完全遮挡了飘舞的雪花。

"贝鲁特大人。"林雷谦逊地行礼。

贝鲁特转头，淡笑着瞥了林雷一眼："哦，林雷，有什么事情吗？你在位面战场遇到困难了？"说完，贝鲁特又低下头阅读手中的书。

"贝鲁特大人，我和贝贝在位面战场上还真是够狼狈的。好不容易找到一个目标，没承想对方实力那么强，我和贝贝联手也对付不了他。幸亏对方的速度不占优势，也不擅长远距离攻击，这才逃得一命。"林雷惭愧地说道。

贝鲁特惊讶地将书合起来。

"你和贝贝联手也对付不了？"贝鲁特说道，"你们二人，一个对付灵魂、神格，一个对付物质攻击，刚好互补，能挡下你们攻击的统领应该不多。"

"他叫黑默斯。"林雷报出了名字。

"是他？哈哈——"贝鲁特不禁笑了起来，"你们两个竟然敢去招惹这个莽汉！别人躲他还来不及呢。在各大位面中，黑默斯的物质攻击能排进前十，即使是青龙一族族长盖斯雷森也挡不住黑默斯一拳。"

"我和黑默斯对战后才知道他这么厉害。"林雷苦笑道。

"贝鲁特大人，黑默斯的拳头怎么那么厉害？"林雷满是不解，"我也是修炼地系元素法则的，也见识过前任赤岩领主厉害的物质攻击，可我不明白黑默斯的拳脚怎么会那么厉害。"林雷摇头表示不解。

前任赤岩领主擅长物质攻击，而且已经融合了地系元素法则中的五种奥义。当他与林雷的拳头硬碰硬时，威力只比林雷大一点。

"天赋！"贝鲁特呵呵笑了起来。

"天赋？"林雷一怔。

"你知道他融合了几种奥义吗？"贝鲁特笑道。

"不知道。"林雷摇头，"很多还是很少？"

"只融合了四种奥义。"贝鲁特淡笑道，"我这也是听主神说的。"

林雷一怔。融合了四种奥义，实力相当于一名普通的七星使徒，可黑默斯展露的实力强得可怕，他的天赋可想而知。

"黑默斯天生力大无穷，防御极强。传说地系神位面刚形成的时候，便诞生了一座金色小山。经过无数年，这座金色小山竟然有了生命，也就是黑默斯。"贝鲁特笑道，"你可知道，当他蜕变成形达到下位神境界的时候就成了主神使者，还被赐予了灵魂防御主神器？"

林雷愣住了：才成为下位神就成主神使者了？

"他本体坚不可摧，加上有灵魂防御主神器，想解决他几乎不可能，毕竟他的本体是一座特殊的金山，天生就有极强的力量。即使他不运用法则奥义，一拳也能令空间裂开。更何况他已经融合了四种奥义，一拳出去，没几个人敢挡。"贝鲁特赞叹道。

林雷只能感慨有些人的天赋就是很夸张。

"不过，我们噬神鼠通过炼化神格强化身体，"贝鲁特淡笑道，"身体的坚韧度比黑默斯强。"

"贝鲁特大人，我和贝贝这次已经吃了大亏，所以我想在贝鲁特大人这里了解一下各大位面实力达到修罗级别的强者有哪些。这样一来，我和贝贝就不会再莽撞地对上一些超级强者了。"林雷说出了此行的目的。

"我就猜到你们会来找我。"贝鲁特一翻手，地上顿时出现了一个青铜色的大箱子，"这箱子里面有大量的资料，包括记录了对战过程的记忆水晶球。你仔细观看一番，就会对各大位面的强者有一定了解。"

林雷不禁兴奋地看向那个青铜色箱子。有了这个，他就能有针对性地对付敌人了。

"你就在这里看吧，如果有不清楚的可以问我。"贝鲁特淡笑道。

"谢谢贝鲁特大人。"林雷连忙感谢道，然后走过去掀开箱子。

箱子一开，林雷就看到了里面大量的记忆水晶球和一堆厚厚的资料。他将箱子移到一旁，就在庭院中看了起来。

"马格努斯，天界排名前五的超级强者，修炼命运规则，疑似达到大圆满境界的上位神……"林雷一边认真看着，一边在脑海中记下这些信息。

林雷通过这些资料，了解到四大至高位面、七大神位面竟然还有这么多实力堪比修罗的强者。

要知道通过修炼四大规则、七大元素法则成为神级强者的，单单主神就一共有七十七位，实力堪比修罗的高手又怎么会少？

林雷用了一天的时间才把所有资料都看了一遍，同时，他不禁感慨强者数量之多。

"不过在这些强者中，疑似达到大圆满境界的上位神不足三十名。"林雷感慨，"也就是说，每个位面最多只有三名疑似达到大圆满境界的上位神。至于主神，每个位面都有七位主神。"

林雷终于明白为什么达到大圆满境界的上位神这么受主神青睐了，因为数量少。

至于统领，数量就有很多了。以四大至高位面之一的地狱为例，地狱中有一百零八名地狱修罗（府主）、一百零八名炼狱统领，他们的实力相当，都可以进入位面战场成为统领。这样的话，地狱相当于有二百一十六名统领。这个数字只是代表在位的地狱修罗和炼狱统领，还不包括那些退位的，或是有实力却没担任过地狱修罗或炼狱统领的强者。

一个地狱就有这么多有统领实力的强者，更何况是其他位面。

"强者果然多。"林雷在心中暗道，"不过很多强者都不出来战斗了。"像青龙一族，他们就不掺和这位面战争。

咔嗒一声，林雷合上了大箱子。

这时候，贝鲁特走了过来，淡笑道："看完了？"

"是的。"林雷深吸了一口气。

这些强者的资料让林雷再次认识到什么叫天外有天。他勉强有修罗的实力，但目前看来怕是垫底的存在。

"你就算知道了这些也别大意。"贝鲁特淡笑道，"位面战场上的战斗可是生死战，不是很有自信的统领一般不会以真面目示人。"

"啊？"林雷一怔，而后问道，"那我看的这些岂不是没用了？"

通过这些资料，林雷记住了那些强者的模样以及绝招等，可如果对方改变模样，他该如何辨认？

"别太担心，改变模样的通常是实力不够强的。真正有自信的强者，他们根本懒得改变模样，因为他们不惧怕任何人。"贝鲁特说道。

林雷不禁点头。

在一群统领中，实力强的很难分出高低，毕竟修炼到他们这个境界，实力早就不相上下了。因此，外人不会说他们谁是第一，只会说他们在某个位面排在前几。

"贝鲁特大人，也就是说，只要遇到不认识的，尽管动手。"林雷笑道。

"对。"贝鲁特笑了起来。

"其实啊，位面战争很没意思，"贝鲁特突然摇头说道，"根本就是强者的坟场。当然，也会造就几个巅峰人物。"

"嗯？"林雷不解。

坟场？

"贝鲁特大人，你的意思是？"林雷不禁开口问道。

贝鲁特淡笑道："很多位面不知道存在了多少年，时间一长，位面上的强者就会越来越多，甚至有可能超过位面的承载量，这位面战场就是减少强者数量的一个办法。每隔一万亿年，就会有两个位面进行一场战斗，其他位面的强者可以选择加入其中一方进行战斗。

"位面战争每次都要持续一千年。在这一千年中，几乎都是各个统领在战斗，不愿意战斗的就躲在兵营内。战争后期，双方大军才会在星河战斗。对绝大多数人而言，这是送死；对少数人而言，却是一个最佳机会。"

第668章

意外收获

当初林雷和贝贝越过星河到达这边时，遭到了敌方的袭击，对方发现追不上他们二人便放弃了。平时，驻扎在星河边上的军队也一直没动静。林雷当时还不明白，现在明白了。不管双方大军平时如何，反正在最后一刻，会有一场惨烈的大战等着他们。

"太残酷了，这是在送死啊。"林雷不禁说道。

"虽然残酷，但那是获取军功的最好机会。"贝鲁特淡然说道，"在双方大军的混战中，统领都有可能殒命。运气好的，能一下子弄到很多士兵徽章，甚至得到统领徽章。那是收获最大的时候，也是最危险的时候。"

林雷的脑海中顿时浮现出大量上位神相互战斗的画面，那的确非常可怕。

"你最好在这之前收集到足够的统领徽章吧。"贝鲁特淡笑道。

林雷点头，在双方大军混战的时候，虽然可能会有大收益，但是很危险。

"如果在这之前没收集到足够的统领徽章，那就只能在混战中获取了。"林雷在心中暗道，为了亲人、兄弟，林雷不会退缩。

一座焦黑小山的山腹，是林雷和贝贝目前的栖息地。像这种没有生机的焦黑的小山，位面战场上随处可见。

贝贝吃着水果，盘膝静坐的林雷陡然睁开了眼睛。

"老大，从贝鲁特爷爷那里弄到消息了？"贝贝立即问道。

林雷笑着点头说道："对！各大位面有实力当统领的人，我几乎都认识了一遍。从今天起……这样，由我控制死神傀儡在外面吸引统领吧。"

时间很充足，林雷不急。

"嗯。"贝贝笑嘻嘻地点头，"好，我还想在这里睡一觉呢。老大，等你找到目标再喊我啊。"贝贝即使在位面战场也有心情睡觉。

"离这场位面战争结束还有八百多年，这么长的时间是该好好利用，说不定我能在这段时间内融合地系元素法则中的那四种奥义。"林雷感慨道。

"老大，你不是找到了大地脉动奥义、力量奥义、土之元素奥义、重力空间奥义融合的契机吗？这样一来，融合速度应该比较快吧。"贝贝嘀咕道。

"贝贝，你知道的，我早就将力量奥义和大地脉动奥义融合了。不过，还得让力量奥义分别与土之元素奥义、重力空间奥义融合，这样我才能将这四种奥义全部融合在一起，估计还要上百年吧。"林雷淡笑道。他已经在冥界待了六七十年，和过去相比，他进步了很多，剩下的交给时间就行了。

"嘿，等老大你融合了四种奥义，攻击力就会更强了。"贝贝兴奋地说道。

"嗯。"林雷淡笑道。在见识过赤岩领主、黑默斯的招式后，他的修炼方向就更明确了。

接下来，贝贝或是睡觉，或是修炼，总之就是在等待。林雷的神分身在修炼，本尊则操控死神傀儡。

一转眼又过去了两个月。

"又少了一个死神傀儡。"林雷摇头无奈地说道，"半个月前碰到的那名光明系神位面的超级强者，硬要对付死神傀儡。我都已经操控死神傀儡逃跑了，那名超级强者还穷追不舍，硬是毁了我的死神傀儡。他还在周围搜索了一遍，幸亏我们藏得深。"

贝贝睁开眼睛，笑道："就一个死神傀儡而已，不算什么。"

"早知道当初应该多购买些死神傀儡带进来。"林雷说道。

此刻，林雷操控另外一个死神傀儡在外面巡逻。

"两个月了，还没碰到合适的对手。"贝贝感叹一声。

"别感叹了，如果不是去你贝鲁特爷爷那里了解了一番，恐怕之前那次我们就出去对付那名超级强者了。幸好躲过一劫。"林雷笑着说道。

突然——

轰！

整个山体剧烈地震动起来，不少山石掉落下来，砸在了林雷、贝贝的身上。

"怎么回事？什么动静？"贝贝皱着眉说道。

"等一下，我操控的死神傀儡在数千米外……哦，死神傀儡看到了，是两名强者在战斗！"林雷惊讶地说道。

林雷他们二人所在的山体旁边，两道身影在交战，一道为紫色，一道为白色。紫色身影体内飞出一道道迷蒙的紫色刀影，其中一道刀影狠狠地劈在了旁边的小山上。

砰！一次猛烈撞击，两道身影被震得弹开。

一名是有着绿色眼眸的紫袍青年，一名是有着蓝色眼眸的银发青年。此时，银发青年脸上满是怒意。

"狼斯洛，你别太过分了！你和我是同一阵营的，何必非要对付我？"银发青年呵斥道。

"哼，同一阵营怎么了？进入位面战场，你就要做好随时被灭掉的心理准备。"狼斯洛冷笑道。随即，他不再废话，身上紫色电蛇萦绕，天空中竟然浮现出雷电云团。

银发青年脸色一变。论速度，他比不过修炼雷电系元素法则的狼斯洛，他逃不掉了，只有战。

银发青年低吼一声："狼斯洛，你不给我一点机会，那我也不会让你好过！"随着一声怒吼，他的体表浮现出白色光芒，身前渐渐地出现一柄白色长矛以及一柄透明长矛。

物质攻击、灵魂攻击合一！

嗖——

两柄长矛合在一起变成一柄长矛，射向狼斯洛。

狼斯洛却毫不在意，冷漠地说道："死吧。"

轰隆隆——

天空中的雷电云团陡然降下一条由青色雷电形成的巨蛇，同时，狼斯洛体内也冒出一条由紫色雷电形成的巨蛇。这两条雷电巨蛇从两个方向游向银发青年。

此刻，那柄长矛已经到了狼斯洛的身前。

"哼。"狼斯洛冷哼一声。他伸出右手，食指凝聚出一道紫色雷电，直接挥向那柄长矛。

砰！那柄长矛崩裂了。这融合了物质攻击与灵魂攻击的长矛竟然连狼斯洛的一根手指都伤不了。

哧哧——

被青色雷电巨蛇、紫色雷电巨蛇环绕的银发青年脸色一变。那两条雷电巨蛇竟然产生了特殊的空间电场，令空间产生了电离现象。那特殊的雷电系微粒不断冲向银发青年。

"啊——"银发青年愤怒地仰头吼叫。一股强大的气息从他体内散发出来，白色光晕弥散。

"到了最后一刻还是用主神之力拼吗？你使用主神之力，我使用主神之力，结果不是一样？"狼斯洛在心底嗤笑。很快，他的体表也散发出一股强大的气息，紫色光晕开始弥散。

当两大强者都使用主神之力拼命时，林雷和贝贝已悄然离开了山腹，沿着地底来到一处有大量杂草的荒地，躲在里面盯着远处正在战斗的两大强者。

"实力都好强。"贝贝赞道。

"那名银发青年是光明系神位面的统领尤兰德，那名紫袍青年则是雷电系神位面的统领狼斯洛。根据你贝鲁特爷爷的那些资料，狼斯洛是极为难缠的一个统领。"林雷灵魂传音，"尤兰德擅长灵魂攻击，而狼斯洛不仅擅长灵魂攻击还擅长物质攻击，他的速度也极快，并且还有一件融合在体表的物质防御主神器。"

贝贝不禁一惊，而后说道："融合在体表的物质防御主神器？不是和青龙一族的大长老一样？"

林雷微微点头，一边继续观看远处二人的对战，一边说："狼斯洛因为有物质防御主神器，所以物质防御无敌。要攻破他的灵魂防御，也很难。总之，他是一名非常强的统领。"

狼斯洛几乎没什么弱点。他修炼雷电系元素法则，速度快，各方面都很强。在一群统领中，他的实力也是排在前面的。

"不过……"林雷笑了，"贝贝，你刚好克制他！"

要抵抗贝贝的天赋神通噬神，需要达到大圆满境界，或者有灵魂防御主神器。这个狼斯洛遇到克星了。虽然狼斯洛的灵魂防御很强，但是在贝贝的天赋神通面前没有用。

"哈哈，老大，他就交给我吧。"贝贝也兴奋起来。

"战斗要结束了。"林雷灵魂传音。

很快，在狼斯洛一招强烈的物质攻击下，尤兰德倒在了地上。

"哈哈……"狼斯洛笑着走过去，捡起地上的一枚金色徽章以及一枚空间戒指。

就在此时——

"谁！"狼斯洛不耐烦地喝道，同时转头看去。他已经感知到了不远处的动静，不过不在乎。在他看来，能解决他的统领不多。

"嗯？"狼斯洛这一看却愣住了。

一道黑色幻影向他飞来，同时，半空浮现出一道巨大的噬神鼠幻象，正冷漠地盯着他。

狼斯洛不禁脸色剧变："贝鲁特？啊！不——"他觉得自己要疯了。

狼斯洛明白，虽然能解决他的人不多，但总归是有的。若他完美没弱点，就不会来位面战场了。他知道贝鲁特的天赋神通噬神很出名，正好克制自己。遇到这一招，除非他有灵魂防御主神器或者达到大圆满境界，否则必死无疑。

天赋神通就是如此霸道！

狼斯洛不明白，传说中的贝鲁特身体强度堪比神格，可以空手接主神器，还有灵魂防御主神器。像贝鲁特这种几乎没有弱点的超级强者，几乎是站在巅峰的强者，何必来位面战场？他不明白，可是他也没机会明白了。

一股特殊波动直接袭向他的灵魂，他的灵魂防御根本起不到一丝作用。他突然愣愣地站在原地，一副很木然的样子，绿色眼眸中再也没有一丝阴狠气息。

轰的一声，他随即倒在地上。一枚神格悬浮起来，同时，一枚金色徽章从他体内跌落，一件暗紫色的盔甲也从他的体内冒了出来。

"金色徽章、物质防御主神器。"林雷眼睛一亮。

于是，林雷和贝贝直接将金色徽章、物质防御主神器、空间戒指收走了。

"快走，这地方不能再待了。"

林雷、贝贝化作两道光芒赶紧离开。

第669章
信心回归

呼呼——

冷风呼啸，那些杂草被吹得弯下了腰。

狼斯洛和尤兰德躺在地上，毫无生机。在这之前，他们都是各自位面中呼风唤雨的强者。他们进入位面战场也是希望能够更进一步，获得军功换取主神器，能够在统领中成为上层人物。

有人成功，就必定有人失败。一名统领的成功，意味着可能有另外十名统领陨落，甚至意味着有十万上位神士兵陨落。不幸的是，狼斯洛、尤兰德是失败者。

风动，风停。

两道人影出现在这里，他们穿着青色的长袍，都有一头青色的长发，连面孔、身高都相同，唯一的区别就是他们的眉毛颜色：一个金色，一个白色。不认识他们的人看到他们，会认为这二人是同一个人的神分身。

如果林雷在这里，就会认出这二人——风系神位面传奇的双胞胎统领。

"大哥，看到了吗？"白眉青年严肃地说道。

金眉青年看了看地上的两具尸体，微微点头："看到了，虽然我没见过传说中的那位贝鲁特施展天赋神通，不过根据我们当初看到的记忆水晶球判断，刚才

227

的那道幻象就是噬神鼠幻象。"

之前贝贝施展天赋神通噬神，浮现在他身后的噬神鼠幻象足有百米高，令远处的人也能看到。这也是林雷、贝贝立即离开的原因。

白眉青年点头说道："这狼斯洛，就是我们兄弟联手对付他都难。狼斯洛非常难缠，灵魂防御强，要解决他，也就达到大圆满境界的上位神能做到。当然，还有那位拥有可怕天赋神通的贝鲁特。一般统领的灵魂防御对贝鲁特的天赋神通没有用，刚才出手的十有八九是贝鲁特。"

其实，贝鲁特也就是一万多年前成名的，对于他们这种拥有永恒生命的强者而言，这时间并不长，但他的天赋神通噬神给很多人留下了深刻的印象。至于贝贝，他是贝鲁特的孙子，是无数位面中除了贝鲁特的第二只噬神鼠，进入成年期后自然就能施展天赋神通噬神。关于这一点，其他位面的强者怎么会知道呢？因此，看到天赋神通噬神的人脑子里第一个想到的就是贝鲁特。

"贝鲁特怎么也来位面战场了？"白眉青年皱着眉说道，"以他的实力，不需要来这地方吧？他的拳脚都赶得上主神器了。位面战场已经够乱了，他还插进来，简直是欺负人！"

"欺负你又怎么了？你敢去和贝鲁特大战一场？"金眉青年淡笑道。

他们正是因为看到了噬神鼠幻象，故意等了一会儿才过来的，唯恐碰上贝鲁特。

"好了，二弟，我们走吧，警惕点，遇到那贝鲁特就躲得远远的。"金眉青年瞥了一眼地上的两具尸体，随即和白眉青年化作幻影飘然离去。

一座低矮焦黑的山丘的山腹内有一个洞穴，这是林雷和贝贝开辟的洞穴。

"哈哈，老大，大收获啊大收获！"贝贝激动地欢呼起来，同时将手中那件沉重的暗紫色盔甲和一枚空间戒指放在地上。当看到林雷的时候，他却愣住了。

只见林雷看着手中的金色徽章，眼中满是激动，依稀还能看到泪花。

"终于……终于得到了一枚金色徽章。"林雷将金色徽章紧紧地握在手中，放在胸前。这一刻，林雷感觉这枚金色徽章似乎变成了自己的父亲，变成了乔治、耶鲁他们，脑海中不禁浮现出童年时代、少年时代珍贵的记忆。

　　对林雷而言，金色徽章代表主神器吗？

　　当然不是！

　　那代表着因追寻母亲死亡真相而去世的父亲和因邪恶的奥丁而失去生命的兄弟将有机会再出现在他的面前。

　　"父亲，耶鲁老大，乔治……"林雷闭上眼睛，喃喃道，"我至少能救下你们当中的一个了！我的父亲，我的兄弟，你们必须等着我，等着我从位面战场出去。你们已经坚持了近两千年，再坚持最后一段时间吧！等着我……"

　　泪水从林雷的眼角滑落。自从踏入冥界，这数十年来，林雷的压力一直很大，心头就像压着一块大石头。他先去幽冥山见冥界主神，历经一番艰辛，总算有了一丝希望；而后在九幽域挑战赤岩领主，成为新任领主，获得进入位面战场的资格。这一切仅仅是开始。

　　在进入位面战场后，林雷压力倍增，他有时会感到茫然，甚至会感到一丝恐惧。这看似寂静的位面战场隐藏了太多的强者。他担心自己和贝贝会碰到超级强者。若对方解决了他和贝贝，那在玉兰大陆位面的迪莉娅和威迪该怎么办？妮丝和伊娜该怎么办？

　　日子一天天过去，林雷都开始怀疑自己了。忐忑、不安等负面情绪一直环绕着他。他看上去冷静，其实心里很慌，因为他还没有解决一名统领，还没有获得一枚统领徽章。这种负面情绪直到刚才那场突如其来的大战结束才渐渐散去。

　　这场大战给他带来了惊喜。

　　"终于成功了，一枚金色徽章！"林雷在心中暗道，"我和贝贝同心协力，一定行的。位面战争还要持续八百多年，我一定能获得足够多的金色徽章。"

　　这次的成功让林雷的心安定下来了，让他又有了信心去面对将来的凶险。

"对了，还有一枚金色徽章。"林雷陡然转头看向贝贝，连忙说道，"贝贝，你打开那枚空间戒指看看，尤兰德的那枚金色徽章应该在里面。"

贝贝一直注意着林雷的表情，见林雷脸上又有了笑容，才笑了起来："好，我这就打开。"贝贝知道林雷刚才是喜极而泣。

贝贝手指上的一滴鲜血滴落在那枚空间戒指上。

"嗯？"贝贝瞪眼。

林雷不禁皱起了眉头。

那滴鲜血在空间戒指的表面滚动起来，最后跌落在地上。

"哼！那个狼斯洛还有神分身。"贝贝怒道。

"果然是这样！"林雷早就有了这个心理准备。

凡是进入位面战场的统领，除了极少数，绝大多数会在外面留有神分身，毕竟位面战场上的死亡率太高。显然，狼斯洛在外面也有神分身，以至于贝贝根本无法打开这枚空间戒指。

"啊——"贝贝愤怒地叫了起来，"那件物质防御主神器也用不了了！"

空间戒指都打不开，更不用说那件物质防御主神器了。

林雷瞥了一眼那件暗紫色的盔甲，淡笑道："贝贝，别管这个了。这件物质防御主神器是主神赐予狼斯洛的，现在狼斯洛的最强神分身没了，主神迟早会把这件主神器收回去。"

"我知道，可这件主神器至少可以给我们用一段时间啊。"贝贝无奈地说道。

"一段时间？谁知道主神什么时候来收这件主神器？"林雷淡笑道，他甚至怀疑主神一直监督着位面战场。主神可能会立即来收主神器，也可能再过一段时间来收主神器。

"对我而言，最可惜的是那枚统领徽章。"林雷摇头叹息道。

"对啊，那枚徽章取不出来了。"贝贝也摇头叹息道。

按照规矩，战争一结束，就会立即统计徽章数目。他们即使以后找到了狼斯洛的神分身，让他取出金色徽章也没用了。

"原来徽章还可以被这样浪费掉。"林雷苦笑道。

一名统领解决了其他统领，能得到对方的统领徽章。如果这名统领被另外一名统领解决，后者也只能得到一枚统领徽章，那些在前者空间戒指中的统领徽章是无法得到的。这样一来，空间戒指中的统领徽章就被浪费了。

"这样的情况肯定有很多，像最后在星河的大决战就是这样。"贝贝感叹道，"在那地方拼命，说不定会被打到星河的混乱区域，徽章可能会进入空间乱流、空间裂缝中。"

林雷微微点头。

"看来，想捡漏也没有那么容易，除非对方没有神分身在外面。不过，这样的人太少。"林雷摇头说道。要获得足够多的军功并非那般容易，还是要一步一步来。

"老大，这枚空间戒指怎么处理？直接毁掉还是收着？"贝贝问道。

"收着只有麻烦没有好处，毁掉吧。"林雷说道。

啪！贝贝一用力，直接将那枚空间戒指捏碎，里面的东西自然也就没有了。

"这件主神器就带着，等主神来收吧。"林雷淡笑道。

"嘿嘿，我们就算想毁也毁不掉。"贝贝说着不禁踢向那件暗紫色的盔甲，"还真够硬的，我现在的身体还没修炼到极致，以后，我的身体肯定不比主神器弱。"

贝贝现在身体防御强，但是与主神器比，还是有差距的。他吞噬的一枚枚神格能让他的身体进行自我改造，但这需要时间。

林雷在洞穴内安然修炼，本尊操控死神傀儡在外面做诱饵。

和之前一样，洞穴外看上去一片寂静，只是局部偶尔会爆发战争。

自得到一枚统领徽章，林雷又变得信心十足了。一年之内得到一枚统领徽章，若按照这种速度，别说一年，就是十年得到一枚统领徽章，他也能完成目标。

他慢慢地等待，等待着大鱼上钩。

"心静下来，这修炼速度也快了些。"林雷淡笑着睁开了眼睛。

"嗯？"贝贝有所感应地睁开眼睛看向林雷，"老大，怎么了？"

"贝贝，准备一下，我发现有人在周围了。"林雷的眼中掠过一丝亮光。

"有目标了？"贝贝兴奋地站了起来，"哈哈，这才过去半个月就又有目标了，又到我大显身手的时候了。"贝贝兴奋得很。

"别急，还要看看是不是敌方。走！"

林雷和贝贝立即沿着地底通道悄然离开了洞穴。

第670章

逃不了

　　一道身影犹如一缕轻烟，矫捷地穿梭在位面战场的山地间。

　　"嗯？"这道身影猛然停了下来，朝远处看去。这是一名光头青年，有一双犹如鹰眼般锐利的眼眸，最怪异的是他的光头。他那光溜溜的脑袋上竟然泛着黑光，上面似乎有一层薄薄的黑铁，还有一道圆环似的纹路。

　　"竟然有人！"光头青年盯着远处，"是敌方的！"

　　光头青年确定对方的身份后不再犹豫，速度爆发，嗖的一声，疾速飞向远处的黑袍人。

　　那名黑袍人猛然转头，显然看到了光头青年。于是，黑袍人立即逃窜。

　　"逃不掉的！"光头青年身影诡异一闪，周围出现一个圆弧似的土黄色光罩，直接罩住了逃窜的黑袍人。

　　在土黄色光罩的影响下，黑袍人速度大减。

　　光头青年趁机追了上来，毫不留情地伸出戴着黑色手套的右手，所过之处，空间震荡，瞬间就落在了黑袍人的肩膀上。

　　咔嚓一声，黑袍人的肩膀被抓得碎裂开来。

　　"滚！"黑袍人低吼道，右腿踢向对方。

　　"好硬！"光头青年有些惊讶，下手却毫不留情。他的右手抓向黑袍人的脑袋，所过之处，圆环状光晕出现，令周围空间受到了束缚，连黑袍人也无法大幅度闪躲。扑哧一声，黑袍人的脑袋爆裂开来。

光头青年很自信："你这一腿踢不到我了。"在光头青年看来，黑袍人一死，自然不可能继续攻击。

然而，黑袍人的右腿踢到了光头青年的腹部。

光头青年一个翻滚，落在地上。

"不对，这是死神傀儡！"光头青年这时候才反应过来，"是陷阱！"

砰！光头青年猛然用右脚踏向地面，地面出现圆环状光晕，他疾速飞奔出去。每踏出一步，圆环状光晕就会出现。

当林雷、贝贝从地底出来的时候，看到的是光头青年离去的背影，便泄气地靠在旁边的山石上。

"这家伙跑得太快了！"林雷不禁感慨道，"和死神傀儡对上后，他发现是陷阱就立即逃走了。"

"一点收获都没有，"贝贝撇嘴说道，同时朝远处那个无头的死神傀儡看了看，"还损失了一个死神傀儡。老大，那人是谁啊？"

"科洛伊德，地系神位面极为厉害的一名统领，喜欢独来独往。"林雷说道。通过死神傀儡，林雷认出那是科洛伊德的绝招，因此判断对方是科洛伊德。

"科洛伊德没有一件主神器，我们完全可以对付他。"林雷感慨道。一个大好机会就这么白白溜走了。

"他一件主神器都没有还这么强？"贝贝皱着眉说道。

"我从你贝鲁特爷爷那里知道的信息就是这样的。科洛伊德不愿意受束缚，不愿意当主神使者，自然也就没有主神器。即使如此，要解决他也是一件很难的事。"林雷感叹道，"他是修炼地系元素法则的强者啊，根据他那一招，我看他至少融合了五种奥义。"

正因为科洛伊德的那一招融合了地系元素法则中的五种奥义，死神傀儡的肩膀才会被抓碎，脑袋才会爆裂。

忽然，林雷眼角余光发现远处有一道身影，便立即转头看去，只见两三百米开外，一名黑衣人似乎在观察地上躺着的死神傀儡。

林雷感到惊喜，神识传音："贝贝，有目标，右边两三百米开外。"

"目标？"贝贝连忙转头看去。

就在这一刻，远处的黑衣人发现了不远处靠着山石的两个人，正好与林雷对视。

林雷不禁一惊，连忙神识传音："贝贝，我感知不到对方身上的徽章气息，是敌方阵营的，动手！"

林雷和对方离得并不远，若他们是同一阵营的，林雷可以感知到对方身上的徽章气息，可现在林雷感知不到。

"哈哈，跑掉一个，竟然吸引来一个。"贝贝十分兴奋。

这名黑衣人确实是因为之前光头青年踏地面发出的动静赶来的，然后隐藏在一旁观看。不过，林雷、贝贝的位置更隐蔽，还能看到黑衣人。

黑衣人见状，平静地掉头离开。

"逃？"林雷的第一反应就是施展黑石牢狱。以林雷为中心，一个半径五百米的土黄色光罩瞬间出现，笼罩住了黑衣人。

黑石牢狱——最强引力！

"重力空间？好强的引力！"黑衣人喃喃道。

在外人看来，这一招是重力空间，其实这一招是融合了地系元素法则中的重力空间奥义和其他两种奥义，再根据雷斯晶的天赋神通创造出来的。这一招可比单纯的运用重力空间奥义施展出的重力空间厉害多了。

在光罩中引力的作用下，黑衣人速度变慢，被迫向林雷移动，这时他才有了危机感。他不禁转头看去，只看到一道青色光芒和一道黑色光芒向他疾速飞来。

"追杀我？"黑衣人没有抵抗，而是选择逃窜。

不过在光罩中，他的逃跑速度怎么快得起来？

"想逃？"林雷死死地盯着那名黑衣人，疾速追去。在林雷的眼中，这名黑衣人等于一枚金色徽章，一枚金色徽章就能救下父亲兄弟中的一个。

一眨眼的工夫，双方距离就缩短到数十米了。毕竟是在光罩中，黑衣人的速度受引力的影响太大了。

"我不想和你们两位战斗，让我离开。"一个声音在林雷、贝贝的脑海中响起，"否则就别怪我不客气了！"

"还想离开？还想不客气？"林雷灵魂传音，"贝贝，可以动手了，这个距离，他来不及逃。"

"放心，老大。"贝贝自信一笑。

就在这时候，黑衣人反手挥出一柄匕首。

嗖！一道黑色光芒袭向林雷。

林雷立即挥出手中的留影剑。

砰！留影剑的剑尖和匕首的剑尖相撞。

林雷感觉到一股可怕的力量从撞击处传递过来，沿着留影剑传递到自己的手臂上。咔嚓，抓住留影剑的右手手掌上的鳞甲被震得裂开，鲜血渗透，林雷也被震得后退。

林雷后退，以林雷为中心的光罩自然也后退了，这令黑衣人趁机脱离了光罩。

"主神器！"林雷大吃一惊。

黑衣人和林雷的距离拉开了，可是没和贝贝拉开距离。

看到林雷被击退，贝贝顿时暴怒，一道巨大的噬神鼠幻象突然浮现在贝贝的背后。

黑衣人感知到了什么，回头一看，吓得脸色剧变："怎……怎么可能？贝鲁特的天赋神通！！！"

贝鲁特的大名那是传遍了各个位面。即使没见过贝鲁特施展天赋神通噬神，可是记录了贝鲁特这招的记忆水晶球，许多人也是看过的。

"不——"黑衣人欲开口说话，可是已经没机会了。

嗡——

一股奇异的波动进入黑衣人的灵魂海洋。很快，一枚神格往下坠落，黑衣人无力地倒下，一枚白色徽章掉了出来，连原本飞向黑衣人的黑色匕首也落到了地上。

林雷他们二人在黑衣人的尸体前停了下来。

林雷傻眼了，说道："怎么会这样？白色徽章？"他盯着地上那枚白色徽章，难以置信。

此次，在位面战场上作战的两大阵营之一的光明系神位面一方，统领徽章是金色的，士兵徽章是白色的。

"竟然是士兵徽章？"林雷喃喃道。拥有一件主神器的人会是士兵？

"老大，赶快走，这地方不能待了。"贝贝连忙说道。

林雷这才反应过来，立即和贝贝将空间戒指、主神器、白色徽章收起，然后飞离开去。

一座大山山腰的洞穴内。

"这些人都留有神分身在外界，得到的这些主神器、空间戒指都用不上。"贝贝无奈地说道，"主神器也就罢了，毕竟主神是要收回的，可是这空间戒指里面肯定有不少东西啊。真可惜，真可惜。"

林雷看着那枚白色徽章，还在喃喃道："竟然是个士兵……"

"这很古怪，拥有主神器的竟然是士兵。"贝贝也嘀咕道。

林雷忽然心中一动，不禁说道："贝贝，我知道了，我们找错目标了。"

"怎么了？"贝贝疑惑地问道。

林雷叹息道："贝贝，你没发现吗？那名黑衣人发现我们后，第一反应是立即走人。当我们追他的时候，他第一反应是警告我们，说不想和我们战斗，若再牵制他，他就动手。他为什么不想战斗？有了主神器还逃？我想，那是因为他和我们是一方的。"

"和我们是一方的？"贝贝有些吃惊。

"对。"林雷无奈地说道，"我看那人是我们这一方的一名统领。不过，他应该解除了统领徽章，在敌方的士兵徽章上滴血了，于是成了敌方的一名士兵。他拥有敌方的士兵徽章，一旦靠近敌方统领，就能感知到敌方统领的气息，有机会还能偷袭，一举两得。唯一的坏处是，可能会被同一阵营的人攻击。"

伪装成敌方有好处也有坏处，可怜那黑衣人被不知情的林雷、贝贝解决了。

　　"真是空欢喜一场。"贝贝一翻手，从空间戒指中取出一个红色水果，然后咔嚓一口，"老大，这些统领一个个狡猾警惕得很，要找到适合的目标，难啊。真是急人。"

　　"那就先静下心来修炼。"林雷盘膝坐下开始修炼。

　　这种日子还会持续八百多年，林雷希望在这八百多年内能再进一大步。

　　空旷的荒凉大地上，三道身高不一的身影正遥看远方，满脸惊骇。当贝贝施展天赋神通，那巨大的噬神鼠幻象出现时，这三人在数百里外便看到了。他们明知数百里外有人，但是不敢过去。

　　"嘿，那贝鲁特还真来位面战场了。"矮个壮汉眉毛一扬，一脸难以置信。

　　起初，贝贝施展天赋神通对付狼斯洛，那巨大的噬神鼠幻象被其他统领看到了，"贝鲁特来了位面战场"的消息便传播开来了。

　　虽然贝贝在星河的另一边，曾靠天赋神通对付过紫袍人，也被人看到过，可那消息只是在另一边的统领中传递，并没传递到敌方这一边。

　　"那幻象的确是贝鲁特的天赋神通。我还以为那消息是假的，原来是真的！贝鲁特跑来位面战场干什么？抢军功吗？他根本不需要啊！"白发白眉独角男子叹息一声说道。

"怕什么？我们不去惹贝鲁特就行了。若是我们三人联手，也不必惧怕他。"黑袍女人沙哑地说道。

"安雅，别太自信！传说贝鲁特比达到大圆满境界的上位神更难对付。"白发白眉独角男子严肃地说道，"他不惧主神器攻击，也不惧灵魂攻击，几乎毫无破绽。他的物质攻击、灵魂攻击都强得可怕！我们三个对上他，只会被他一一击破。"

黑袍女人看了白发白眉独角男子一眼。

"别不相信。"白发白眉独角男子郑重地说道。

贝鲁特虽然在很久以前就达到了上位神境界，但是耐得住寂寞，一直都待在玉兰大陆那个普通的物质位面。万年前，他声名鹊起，在各个位面都有他的传说。

"没弱点，各个方面都强。"矮个壮汉也无奈地说道。

贝鲁特的天赋神通噬神，堪称最强的灵魂攻击。他的物质攻击，仅凭一根黑色长棍（主神器），就让当初同样拥有主神器的八大家族族长身受重伤。

这种人怎么挡？

"我们走吧。这次位面战争，我们三个还是小心一点。"白发白眉独角男子淡淡地说道，"大不了这次少捞一点军功，在下次的位面战争中再多获取军功。贝鲁特总不会无聊地再去参加下一次的位面战争吧？"

"嗯。"其他二人点头同意。

于是，这三人当即离去。他们明白像贝鲁特这种人，或是达到大圆满境界的上位神，只有主神才能对付他们。

因此，他们不着急。更何况，位面战争每隔一万亿年进行一次，对拥有漫长生命的神级强者而言，这个时间算不上什么。

参与位面战争的主要是四大至高位面和七大神位面，不是林雷认为的两个位面之间的战斗。其他位面也会参与进来，两两对抗，落单的那个位面就要等一万亿年后再战了。

因此严格来说，位面战争总共有五场。黑暗系神位面和光明系神位面这一场战争结束后，其他位面之间也会进行战争。每一场战争会持续整整一千年，至于每一场战争的间隔时间，有长有短。

因此，五场位面战争，快的话，一万年内就能结束；慢的话，一百万年内结束。待五场位面战争全部结束，一万亿年后又是一轮新的位面战争。

修炼者如果有潜力，一万亿年足够将其潜力完全发掘出来。修炼者如果耗时一万亿年还是一名普通的上位神，即使给他更多的时间，恐怕实力也不会再有提升。

在位面战争中，随时有大量的上位神、统领殒命，这让每个位面的强者数量保持在一个稳定的范围内。能在位面战争中活下来的人，无一不是翘楚。

贝鲁特来到位面战场了！

这个消息迅速在统领之间传递开来。

当第一次听到这个消息时，不少统领还无法确定。不过，贝贝当初解决黑衣人施展天赋神通噬神时，看到这一幕的不只有那身高不一的三名统领，还有远处的其他统领。

因此，当第二次听到这个消息时，绝大多数统领认为这个消息是真的。

一个兵营内。

一名面白无须、眉毛长长垂下的银发中年人和一名金发青年相对而坐，二人正在饮酒。

"马格努斯先生，你不相信我的话？"金发青年说道。

"我相信。"银发中年人眉毛一扬，不解地说道，"不过，贝鲁特算站在神级强者的巅峰了，他应该自重身份。即使他来位面战场逛逛，也应该是坐镇兵营，笑看别的统领战斗，而不是降低身份，去解决那些统领。"

"这是马格努斯先生你的想法而已。"金发青年笑道。

马格努斯同样是站在神级强者巅峰的存在，他因为无聊才会进入位面战场，坐镇兵营。

如果贝鲁特、马格努斯去对付普通统领，那就是以大欺小了。

"不，我虽然没见过贝鲁特，但是听说过他的事情。他绝非无聊到降低身份去对付普通统领的人。"马格努斯摇头说道，"我怀疑施展那一招的不是贝鲁特。"

"不是他？"金发青年一惊。

"嗯，或许天地间还有人能施展贝鲁特的天赋神通。"马格努斯沉吟道。

确实，贝贝就是除贝鲁特外，第二个能施展天赋神通噬神的人，毕竟他是贝鲁特的孙子，也是除贝鲁特外仅有的神兽噬神鼠。

不过，知道贝贝身份的人很少，而且贝贝的名气也没有贝鲁特那般大。

高山之巅。

一名一袭白袍，有着一双赤红色眉毛的男子倚靠在山石上。

山风吹起他的黑色长发，他端着酒瓶仰头喝了一口。正是进入位面战场不久的青火。

在位面战场上，统领们一般会隐藏自己的踪迹，像青火这样敢在山巅喝酒的人有几个？

坐在山巅俯瞰无边大地，青火淡笑着说道："天赋神通噬神，看来贝贝和林雷也到星河这一边了。"

青火就这么随意地在山巅喝着酒，可如果有人从远处看，根本看不到山巅上的人。

"位面战争啊，十枚统领徽章才能凑足军功换取一件主神器，还有不少统领徽章是被收在空间戒指中的，是取不出来的！想要得到一件主神器，解决十名统领恐怕不够啊。"青火叹息一声。

突然，青火周围的空间发生扭曲。

呼！青火从山巅之上滑下，宛如一颗火星，瞬间消失。

时间流逝，一眨眼已经过去了六十年。

某座大山山腰处的洞穴内。

"又损失了一个死神傀儡。"贝贝嘀咕道。

在旁边修炼的林雷睁开眼睛："没收获？"

"没。"贝贝无奈地说道。

死神傀儡本来由林雷操控，当贝贝觉得无聊时，也会来操控死神傀儡。

只是林雷怎么都没想到，在得到那枚金色徽章和白色徽章之后的整整六十年里，他竟然一点收获都没有。

他即使碰到过一些统领，也无从下手。若是遇到一个人行动的，对方要么太警惕，要么太强。还有一种情况，多人一起行动。这样，一旦林雷、贝贝出马，即使能解决一个，也难以解决其他人。

"这次是什么情况？"林雷问道。

"老大，这次碰到的竟然是黑默斯。"贝贝无奈地说道，"怎么又碰到那个傻大个了？"

林雷也只能苦笑。

"耐心点，这场位面战争持续一千年。能坚持到后面的，都是有所依仗，不是那么好对付的。我现在就希望在剩下的时间里能将地系元素法则中的那四种奥义融合。到时候，我就更有底气了。"

林雷清楚自己比一般的上位神强，但是和统领们一比，不管是灵魂防御还是物质攻击，与他们还有一段距离。若是他将地系元素法则中的那四种奥义融合了，再结合灵魂海洋中的青色光晕，灵魂防御力就会提升近十倍，物质攻击力也会提升近十倍。

到了那时候，除了贝鲁特等少数存在，林雷就不会忌惮其他人了。

"时间！"林雷当即闭上眼睛，本尊和地系神分身沉浸在修炼中。

三个月即将过去，林雷突破了。不过，这次不是地系元素法则突破，而是风系元素法则。

"嗯？"贝贝看向林雷。

天地法则降临，大量风系元素聚集在林雷的上方。

林雷的身体内飞出一个身体——青绿色长发、青绿色长袍的风系神分身。就在刚才，林雷终于完全领悟了风系元素法则中的第九种奥义。

"老大，你的风系元素法则终于大成了。"贝贝笑了起来。

"是大成了。"林雷本尊飞到一旁。

其实，他的地系和风系元素亲和力超等，修炼起来比普通人要轻松一些。只是在修炼过程中，他倾向于地系元素法则。因此，他修炼的风系元素法则落在了地系元素法则、水系元素法则之后。

现在，他在风系元素法则方面也达到了上位神境界，只有火系元素法则还停留在中位神境界。

"不好！"林雷陡然脸色剧变。

"怎么了，老大？"贝贝一脸茫然。

"天地法则降临，这么大的动静肯定会引来不少人。"林雷连忙说道，有些急了。

他的风系神分身神格正在蜕变，暂时无法离开。虽然蜕变的时间很短，但是也足以令统领赶过来。

"怕什么？"贝贝眼睛一亮，"来一个解决一个，来两个解决两个，打不过那就逃！"

　　林雷听后感到无奈，于是立即施展黑石牢狱，一个半径五百米的土黄色光罩出现，穿透山石，笼罩住了山体内部。

第672章
三人组

"希望没人过来，不过以统领们的性格，估计不会放过这个机会。"林雷在心中暗道，同时，他的体表浮现出青金色鳞甲，泛着金属光泽的龙尾出现，他变为龙化形态，手中也出现了留影剑。

贝贝守在林雷的身旁，警惕着周围的一切，他们二人时刻准备着。

天地法则降临，动静太明显，位面战场上的人几乎都注意到了。

"突破？这位面战场上还有中位神神分身或是下位神神分身？"

"真是一件怪事。难道有人将中位神神分身带入了位面战场？弱的神分身不留在外面反而带进位面战场，真是送死啊。"

"天地法则降临，位置暴露，那人九死一生。"

位面战场上到处议论纷纷。

按道理，在位面战场上的应该都是上位神，既然是上位神了，就不会有天地法则降临，现在却……

离林雷较近的统领们立即朝他所在的方向飞去。

一道灰色身影也朝林雷的方向疾速飞去。

"这可是难得的好机会，说不定我能再得到一枚徽章。"这道灰色身影速度极快。

当到达一座大山山脚的时候，灰色身影陡然停了下来。这是一名长发披散的紫瞳灰袍青年，此刻正盯着不远处一道一袭白衣的身影。

"天界的本菲尔德？"紫瞳灰袍青年吓得脸色一变，"本菲尔德在这里，那他的另外两个伙伴肯定也在这里。若被他们围上，我必死无疑。他们三个都来了，那个带中位神神分身进入位面战场的白痴肯定活不了！"于是，紫瞳灰袍青年立即撤退。

紫瞳灰袍青年一进一退，只是一瞬间的事。

"嗯？"本菲尔德心有所感，转头看去，看到了那道逐渐消失的灰色身影，他不禁淡漠一笑，"逃得倒是挺快。"

本菲尔德有着一头银白色的长发，面容俊美，一双如星辰般璀璨的眼眸正看着上方。

嗖！

本菲尔德一飞冲天，直接朝半山腰处飞去。

"老大，我们已经到了半山腰，靠近天地法则降临的地方了。"一个浑厚的声音在本菲尔德的脑海中响起。

"大哥，我也到了。"另一个清脆的声音也在本菲尔德的脑海中响起。

就在这时，天地法则带来的波动疾速减弱。显然，林雷的风系神分身的神格已经完全蜕变了。

"错失最佳机会了。"清脆的声音不甘地响起。

"三弟，动手。"本菲尔德说道。

"哈哈，看我的！"一个声音响起。

在距离本菲尔德不足百米处，一名黑色铠甲壮汉凌空而立。他身高近三米，额头上有两根弯曲粗壮的牛角，一双犹如铁锤般大的手上戴着赤红色的拳击手套。只见这名黑色铠甲壮汉低哼一声，腰部弯曲，那双拳头朝山壁砸去。

嗡，空间震颤，山壁上出现了一个直径足有一米的圆形深洞，同时，大量的碎石从这洞口滚出，接着整个山壁直接龟裂开来，一道道裂痕显得那般恐怖。

黑色铠甲壮汉大眼睛一瞪，怒吼一声："给我破！！！"

这次，他张开双手，犹如两把大蒲扇同时拍击在龟裂的山壁上。轰的一声，这座大山的上半部分崩塌了，无数或大或小的石头从高处滚落下来。

本菲尔德、黑色铠甲壮汉，以及一名红袍碧发女子凌空而立。

林雷怎么都没想到这次的敌人会这般可怕。他刚把风系神分身收入体内，就感受到一股可怕的振动波传递过来。接着，这座大山的内部竟然裂开了，虽然还没崩塌，但是内部已经损坏了。

第一次攻击，大山内部损坏。

第二次攻击，大山上半部分崩溃。

"好强的物质攻击。"贝贝忍不住惊叹一声，"估计这人有攻击主神器。"

位面战场上的山石都极为坚硬，比地狱、冥界的山石还要硬。在位面战场，要毁掉一座大山的上半部分，就是统领也不一定做得到。

"他们不敢进来呢。"贝贝嬉笑道。

虽然周围山石崩塌，但是林雷、贝贝不在乎。

"实力不但强，还很警惕，很难对付。"林雷手持留影剑，看着周围巨石不断坠落。

随着大山的崩塌，林雷看到了外界的情景，看到了一名黑色铠甲壮汉，他的额头上有两根弯曲粗壮的牛角。

"贝贝，我们走！"林雷急忙灵魂传音。

"是。"贝贝立即回应。

林雷、贝贝直接朝与黑色铠甲壮汉相反的方向冲去，同时，以林雷为中心的土黄色光罩也移动起来了。

仅仅逃了片刻，林雷心一颤："这个方向竟然有两个人！"

一名白衣人和一名红袍碧发女人分别站在两边。

白衣人、红袍碧发女人和黑色铠甲壮汉正好形成一个三角形，将林雷和贝贝包围住了。

林雷、贝贝无论朝哪边逃，这三人都能第一时间向他们发起进攻。

"两位，别想逃了。"白衣人淡漠地扫了一眼。即使他在光罩中，也只是身体微微一沉，很快就能适应里面的引力。

"本菲尔德！"林雷的脸色难看至极。

林雷怎么都没想到来阻拦自己的竟然是传说中的本菲尔德，他宁愿碰到黑默斯也不愿意碰到本菲尔德，因为本菲尔德是一名实力接近贝鲁特的超级强者。

根据贝鲁特的那些资料，遇到本菲尔德就赶紧逃，别想其他的。

"贝贝，快！从那名红袍碧发女子方向逃离。快！"林雷第一时间做出了决定——

从红袍碧发女子处打出缺口，逃出去。

"知道，老大！没想到来人竟然是本菲尔德，真是够倒霉的！"贝贝也认了出来。在位面战场的这六十年里，林雷将许多顶级强者的资料告诉了贝贝。

嗖！嗖！

林雷和贝贝犹如两道闪电，朝红袍碧发女人方向逃去。

"哼，想逃？"本菲尔德和黑色铠甲壮汉几乎同时朝红袍碧发女人飞去，显然想和红袍碧发女人联手，阻拦林雷他们二人。

突然，林雷、贝贝掉了个头，朝反方向逃。

本菲尔德、黑色铠甲壮汉、红袍碧发女人反应极快，连忙追向林雷、贝贝。不过，在土黄色光罩的影响下，本菲尔德他们三人和林雷他们二人总是保持了一定的距离。

"他们竟然不放弃。"贝贝回头瞥了一眼，有些焦急。

"情况不妙。"林雷眼中也掠过一丝焦急。

此刻，本菲尔德、黑色铠甲壮汉竟然飞出了土黄色光罩，似乎想在前面阻拦林雷、贝贝。

"哈哈，三弟、二妹，你们看我如何拦住他们。"本菲尔德大笑着，身影犹如闪电，从侧面迅速超越林雷、贝贝，随即猛地冲入土黄色光罩中，身上亮起道道白色光芒。

光芒？

不，那是一根根白色细线，无数的白色细线从本菲尔德体内爆发，乍一看，好像耀眼的光芒。只见无数白色细线从四面八方袭向林雷、贝贝，让他们二人无处闪躲。

林雷、贝贝顿时脸色一变。

"贝贝，小心，是灵魂攻击。"林雷连忙灵魂传音。

"浑蛋！"贝贝咆哮一声，立即飞向旁边。

贝贝的身后浮现出一道巨大的噬神鼠幻象，表情冷漠，死死地盯向旁边的黑色铠甲壮汉。此刻，他距离黑色铠甲壮汉不足两百米。

黑色铠甲壮汉朝林雷、贝贝冲来时，根本没想到贝贝有此绝招。

"不——"黑色铠甲壮汉大惊。他认出来了，这一招是贝鲁特的绝招。

"不好，是贝鲁特的天赋神通！"一直胸有成竹的本菲尔德也是脸色一变，疾呼道，"二妹，保护好三弟！"他知道自己现在来不及阻拦，此刻只有二妹能救三弟。

然而，本菲尔德此刻距离红袍碧发女人远了些，声音传过去还要些时间，这来得及吗？

不过很明显，红袍碧发女人不需要本菲尔德提醒也知道三弟遇到了危险，立即采取了行动。

哧哧——

红袍碧发女人的身体发生了变化，一条赤红色，足有近千米长的大蛇出现了。这巨大蜿蜒的身体一出现，便挡在了黑色铠甲壮汉的身前，将黑色铠甲壮汉保护好了。

嗡——贝贝的灵魂能量蔓延到了巨大的蛇身上，却无法靠近黑色铠甲壮汉。

"又一个有灵魂防御主神器的！"贝贝灵魂传音，十分生气。

当看到巨大的蛇身挡在黑色铠甲壮汉的前面时，林雷就猜到红袍碧发女人有灵魂防御主神器。那名红袍碧发女人敢这么做，肯定有信心应付这一招，否则不是送死吗？

"贝贝，赶快逃，别纠缠了！"林雷灵魂传音，焦急地逃窜。和本菲尔德他们战斗，他们根本不可能胜利。

嗖！贝贝连忙和林雷会合，二人一起疾速逃窜。

"我还以为只有本菲尔德可怕，谁知道他带的两个人也那么强。那名黑色铠甲壮汉的物质攻击很可怕，那名红袍碧发女人竟然有灵魂防御主神器。"贝贝灵魂传音，"还有一个最强的本菲尔德。老大，怎么和他们斗？"

"别想了，逃，能逃掉最好。"林雷灵魂传音。

林雷和贝贝逃得极快，不过本菲尔德不想放过他们。

"你们两个！"本菲尔德怒了，他最重视的就是自己的兄弟和妹妹。轰！只见一股狂暴的能量从他的体表弥散开，他的速度陡然变快！

嗖！

本菲尔德冲入土黄色光罩，虽然速度骤降，但还是比林雷、贝贝快。

林雷感知到光罩中有人朝他疾速赶来，速度比他还快，不禁掉头一看，却被吓到了："不好，本菲尔德发疯了，为了追我们两个竟然用了一滴命运主神之力！"

第673章

末路？新的开始！

本菲尔德的速度本来就比林雷快得多，更何况他现在使用了主神之力。

如果不采取行动，短短数百米距离，林雷很快就会被本菲尔德赶上。

"哼！"林雷心中一动，光罩中原本的引力方向改变了。

"嗯？"本菲尔德身体一晃，斜着冲向了上方。

"我这招黑石牢狱可不是那么简单的。"林雷在心中暗道。接着，他不断改变光罩中的引力方向，一会儿朝上，一会儿朝下。有时，他还把引力变为斥力。

光罩内不断变化方向的引力以及偶尔出现的斥力，令本菲尔德的移动受到了极大的影响，也令他十分恼怒。

"都去死吧！"本菲尔德双眸中掠过一丝寒意。

嗖嗖——

十支透明箭矢从本菲尔德的体内射出，瞬间划过长空，分别袭向林雷、贝贝。

灵魂攻击速度极快，林雷、贝贝侧身闪躲，不过还是有四支透明箭矢射入了林雷的体内，三支透明箭矢射入了贝贝的体内。

林雷惊得脸色煞白，赶紧灵魂传音："贝贝，使用主神之力！"

本菲尔德的灵魂攻击极为可怕，这在贝鲁特的那堆资料中提到过。现在，本菲尔德在使用了命运主神之力的情况下施展这一招，其攻击性可想而知。

嗡——林雷体表土黄色光芒大盛。

毫无疑问，林雷使用了地系主神之力！

林雷的灵魂海洋中。

砰！四支透明箭矢狠狠地撞击在由灵魂防御主神器形成的透明薄膜上，犹如鸡蛋撞石头，轰然碎裂，然后化为大量的透明丝线，想包裹整个透明薄膜。部分透明丝线竟然攻击透明薄膜上曾经的那处豁口。很快，无数虚幻剑影出现，冲向这些透明丝线。

"在使用了地系主神之力的情况下，透明薄膜豁口处的能量竟然消耗掉了一半多。"林雷十分震惊。

那处豁口是林雷在离开幽冥山后，耗时差不多一百年才修复好的。为了抵挡那些透明丝线，这处豁口上的能量已经损耗过半了。这还是在使用了地系主神之力的情况下，如果林雷没有使用地系主神之力，他根本抵挡不住。

"好可怕。如果没有灵魂防御主神器，即使有主神之力，估计也挡不住那些透明丝线。"林雷陡然脸色剧变，灵魂传音，"贝贝！"

贝贝同样中招了。

"老大，我没事。"贝贝的声音在林雷的脑海中响起。

林雷惊讶地发现贝贝竟然没有使用主神之力。贝贝没有使用主神之力竟然抵挡住了这一招，单单靠灵魂防御神器绝对做不到这一点。

"难道贝贝有的不是灵魂防御神器，而是灵魂防御主神器？或者贝贝的灵魂很特殊，防御力极强？"这个念头在林雷的脑海中一闪而过。不过，此时不是他考虑的时候，因为危机来了。

"大哥！"一个浑厚的声音响起，只见黑色铠甲壮汉站在一条疾速飞来的赤红色大蛇的身上。

很快，这条赤红色大蛇就飞到了林雷、贝贝的前方。

"老大，情况不妙。"贝贝灵魂传音，有些急切。

"知道。"林雷回复。

现在，林雷和贝贝前有赤红色大蛇、黑色铠甲壮汉阻拦，后有本菲尔德追赶，进退两难。

"本菲尔德怎么还有这么两个伙伴？还不是同一个阵营的。"林雷在心中暗道。

在逃跑过程中，林雷发现本菲尔德他们三人并非同一阵营的。他感知不到本菲尔德的身份徽章气息，显然本菲尔德是敌人。可是，他能感知到变为赤红色大蛇的红袍碧发女人和黑色铠甲壮汉的身份徽章气息。显然，他们和林雷是同一阵营的。

现在，他们三个不同阵营的人竟然形成了一支小队。

"贝贝，往这边逃，快点！"林雷用地属性神力将贝贝包裹住，将速度提升到极限，朝侧边逃。

因为林雷使用了地系主神之力，光罩中的引力或是斥力，威力更大了，令本菲尔德很难追上林雷他们。

嗖！本菲尔德飞出光罩。在光罩内，他不可能追上林雷。

"你们两个小子听着，今天，我本菲尔德一定会杀了你们，一定会！"愤怒的声音在空中回荡。

黑色铠甲壮汉和已恢复成人类形态的红袍碧发女人也在后面拼命追赶林雷他们。

"不能被本菲尔德追上。刚才抵抗他的那招灵魂攻击，我就那般艰难了，如果被他追上，我肯定抵挡不住他的最强攻击。"林雷担心自己，却放心贝贝，因为贝贝之前没有使用主神之力就挡住了本菲尔德的那招灵魂攻击。

"老大，必须得甩掉这家伙。"贝贝灵魂传音。

"知道。"林雷陡然看向旁边的本菲尔德，身后浮现出一道巨大的青龙幻象，正盯着本菲尔德。

林雷的灵魂海洋中，地系主神之力与青色光晕融合，瞬间，一股能量袭向本菲尔德。

天赋神通——龙吟！

这是在使用地系主神之力的情况下施展的天赋神通，威力极大。

"嗯？"本菲尔德不禁一滞。

"快逃！"林雷、贝贝抓紧机会逃窜。

本菲尔德是灵魂防御方面的超级强者，又使用了命运主神之力、灵魂防御主神器，很快便脱离了束缚。

"想逃？"本菲尔德看到林雷、贝贝离去的残影，继续追击。

林雷和贝贝一同飞速逃窜，贝贝灵魂传音："老大，那个本菲尔德真是讨厌，拥有灵魂防御主神器，还有物质防御主神器，让人根本无从下手。他的灵魂攻击又那么强，真让人火大！"

"我也火大，可没办法。"林雷感到无奈。他知道自己风系元素法则突破时可能会引来一些人，但没想到会引出本菲尔德这么一个难缠的人。

本菲尔德可以说是林雷的克星，不仅拥有两大防御主神器，还擅长灵魂攻击。这种人，林雷怎么应付？

林雷即使施展了天赋神通龙吟，也只能抓紧时间逃。

"老大，他又追来了！"贝贝突然灵魂传音。

林雷掉头一看，一道迷蒙的身影正疾速追来。

"他的速度太快了。"林雷也十分着急，"看来，只能再施展一次天赋神通龙吟，勉强拖住他一会儿。"

就在这时候，林雷发现前面出现了两道凌空而立的身影。在位面战场上，敢悬浮在空中的，在统领中是排名靠前的。

"此路不通。"一个淡淡的声音响起。

林雷、贝贝感知到眼前二人的危险，连忙停了下来。这二人的危险性不比本菲尔德低。

　　这二人很古怪，其中一人身高四米，全身呈古铜色，身躯壮硕，面色严肃。在他的肩膀上，坐着一名吃着紫色水果的光头少年，这少年的体形比贝贝还小一号，可是这名少年让林雷感到心悸。

　　"两位，帮忙拦住他们，算我本菲尔德欠二位一个人情。"本菲尔德的声音传来。

　　人情债最难还。

　　本菲尔德这一句话令林雷、贝贝心一沉。

　　嗖！林雷、贝贝打算从另一侧逃窜。

　　嗖！一道身影突然出现在林雷、贝贝的身前，正是那名吃着水果的光头少年。

　　"好快！"林雷一惊。

　　"急着逃干吗？"光头少年咧嘴一笑，咔嚓两口就吃完了紫色水果，随手将果核朝旁边一扔。

　　"大哥。"在后面一直追赶的红袍碧发女人和黑色铠甲壮汉终于赶上来了。

　　"你们两个休想逃掉。"红袍碧发女人怒视着林雷、贝贝。

　　林雷、贝贝对视一眼，觉得情况不妙。

　　贝贝灵魂传音："老大，这里有三个，旁边还有两个，如果这五个围攻我们，我们想逃都逃不掉。"

　　林雷和贝贝暂时没逃了。一旦逃跑，恐怕那光头少年和高个大汉就会出手。

　　"谢谢两位。"本菲尔德笑道。

　　光头少年拦住林雷他们二人的举动，显然让本菲尔德觉得有面子，不过，他也有些疑惑："我从来没见过这光头少年和高个大汉，位面战场上什么时候冒出了这两名强者？"刚才光头少年的移动速度就足以令他惊骇了。

"嘿，本菲尔德，你脑袋有毛病吧。"光头少年咧嘴笑了起来。

本菲尔德脸色一变。

"我拦住林雷他们，就一定是帮助你们？"光头少年笑道。

"林雷？"本菲尔德三人不禁看向林雷二人，他们到此刻还不知道林雷二人的身份。

"你认识我？"林雷惊愕地看向光头少年。

光头少年哈哈大笑起来："唉，这才分别多少年啊，你竟然不认识老师我了。"光头少年感叹一声。

"老师？"林雷愣住了，贝贝则一脸茫然。

只见光头少年体表弥散出紫色光晕，一个直径千米的紫色光罩出现了，直接笼罩住了本菲尔德、林雷等人。

这强大而熟悉的引力，林雷十分惊讶："难道你是……"他的脑海中浮现出一只紫色幼兽，一只指挥着亿万紫晶怪兽的紫色幼兽。当然，也是在那只紫色幼兽的折磨下，他才领悟出了黑石牢狱这一招。

"是你，"本菲尔德眉头一皱，"雷斯晶！"

"哈哈，对啊，就是我。"雷斯晶咧嘴大笑起来，"怎么改变了模样，你们就都不认识我了？也对，我对灵魂的掌控能力太强，能完全收敛灵魂气息，让你们都感知不到我的气息。你们认不出我，可以理解，可以理解啊。"

雷斯晶挥挥手说道："本菲尔德，你赶紧离开吧，否则，我不介意和你玩玩。"

本菲尔德看了看林雷二人，又看了看雷斯晶，一咬牙："走。"他只能强忍不甘，带着自己的两个伙伴飞离开去。

林雷、贝贝松了一口气。

雷斯晶摸了摸自己的光头，瞥了林雷一眼，摇头说道："真是没用，学了我的绝招还被人逼成这样，真是丢老师我的脸面啊！"

老师？林雷哭笑不得。

"你们还真是笨，在位面战场上实力弱就要联合嘛！你们没看到那些由两三人或是三四人组成的小队吗？"雷斯晶随意地说道，"嗯……这样，你们两个加入我的小队。我们一起联手在位面战场闯荡，怎么样？"

"加入你的小队？"林雷不禁看向雷斯晶和他身后的大个子。

"加入我们，军功我们四个平分。男子汉，干脆点。"雷斯晶说着一挺胸膛，似乎在显示男子汉的风范。

林雷不禁笑了，和贝贝对视一眼，微微点头。

"我们加入！"林雷开口说道。

于是，雷斯晶的小队从两人扩充到四人，实力大涨。

第674章
分工合作

在位面战场的这六十年里，林雷已经深切感受到了其中的危险，要想单单靠自己的实力获得军功，还要保住性命，难度太大。

现在加入雷斯晶的小队，林雷松了一口气。

"这才够干脆。走，我们先找一个地方休息。"雷斯晶笑着说道，他身旁的高个大汉则一声不吭。

"雷斯晶很久以前就是炼狱统领了，现在又能逼退本菲尔德……"林雷在心底思考着，"根据贝鲁特的那些资料，雷斯晶在统领中是排名前五的超绝人物。"

雷斯晶，名声大得很，自身实力强，母亲是紫荆主神。

"老大，以后我们就轻松些喽，估计能比较容易获得军功。"贝贝笑了起来，一翻手取出一个红色水果，狠狠咬了一口。

旁边的雷斯晶用鼻子嗅了嗅，转头看向贝贝，立即笑了起来："贝贝，对吧？这果子似乎挺好吃的，给我一个吧。"

"拿去。"贝贝翻手又取出一个水果，抛给雷斯晶。

雷斯晶眼睛一亮，接过后立即吃了起来，还点头赞道："又脆，味道又好，吃起来真舒服。谢了，兄弟。"说着，雷斯晶一伸手，手中出现一个紫色水果，"这是我最喜欢吃的水果，生命神界才有的，你尝尝。"

贝贝和雷斯晶这两个孩童心性的人很快就熟悉起来了。

林雷淡笑着一同出发，高个大汉沉默着跟随。

"嘿，雷斯晶，我不是吹牛，我这天赋神通，哼哼！"贝贝倒是和雷斯晶吹嘘起来了。

"你厉害，我也不弱。"雷斯晶自信地说道，"不过贝贝，我得提醒你，你可千万别对我施展你的天赋神通。我母亲说过，你们噬神鼠的天赋神通非常逆天，除非有灵魂防御主神器或者达到了大圆满境界，否则无法抵挡。"

"放心。"贝贝嬉笑道，"我们一个队的嘛。"

林雷却心中一动，雷斯晶似乎有些畏惧贝贝的天赋神通。

雷斯晶咬了一口水果，无奈地说道："我雷斯晶最擅长灵魂防御，即使是达到大圆满境界的上位神的灵魂攻击，我也不惧。不过，我没办法抵抗你的噬神，你的这一招绝对是上位神中最强的灵魂攻击。"

林雷笑了，雷斯晶这句话很有道理。贝贝那一招噬神，吞噬神格，直接灭掉灵魂，的确是最强的灵魂攻击。

"按照我母亲说的，神兽的天赋神通论逆天的，贝贝，你们噬神鼠算一个！当年的青龙、朱雀等四大神兽，他们的天赋神通十分逆天，生命神界的那棵生命古树也很逆天，还有冥界的幽冥果树……不过，这些逆天的神兽大多数成主神了。"雷斯晶感慨道。

神兽也分三六九等，如噬神鼠，便是顶尖的那一类，幽冥果树也算。这些神兽的天赋神通都很逆天。

"嘿，那些神兽有多厉害，说来听听。"贝贝兴奋起来，林雷也饶有兴味。

他们四人行走在位面战场上，放松得很。不过，林雷和高个大汉还是注意着四周情况。

"论攻击，四神兽中白虎的天赋神通比你的噬神更强。"雷斯晶感叹道，"我母亲说四神兽联手，四种天赋神通结合起来，在主神中也是极强的存在，可惜他们早就陨落了。"

林雷震惊。四神兽白虎的天赋神通比噬神还强？只可惜他不可能再看到了，毕竟四神兽的后代中没有一个是真正的神兽，他们的后代只蕴含了部分血脉，而且，他们的天赋神通是通过宗祠洗礼开发出来的，威力和老祖宗的比，差得远。

"比我噬神鼠还厉害吗？"贝贝嘀咕，显得不甘心。

雷斯晶嬉笑起来："主神有七十七位，其中一部分就是神兽。这些神兽几乎都是独一无二的，你通常看不到他们出手。他们即使出手，也根本不需要动用天赋神通。你当然不会知道他们的天赋神通有多厉害。不过，四神兽的四大天赋神通结合起来是最强的神通，这点毫无疑问。"

不一会儿，一座低矮的小山出现在他们四人的面前。

"阿洪，弄个洞穴出来。"雷斯晶说道。

"是。"高个大汉终于开口了。

林雷不禁看向高个大汉。只见这名沉默的高个大汉走到那座低矮的小山面前，把蒲扇般大小的右手放在山壁上。顿时，那面山壁竟然如同水流一样流动起来，山壁内的山石朝外缓缓流动。一转眼，一个方正的洞穴出现在他们的眼前，洞穴内的墙壁上甚至还有花纹。

"这是什么招？"林雷、贝贝十分震惊。

"别吃惊。"雷斯晶得意一笑，随即大步朝洞穴走去。高个大汉紧跟其后，也进入了洞穴。

"这个高个大汉也很神秘强大啊。"林雷在心底赞叹。在贝鲁特的那些资料中，林雷没有看到与高个大汉相关的内容。

轰——

林雷他们进入洞穴后不久，洞穴口竟然出现了一块石板，直接将洞穴密封了起来。

洞穴内竟然分了大型客厅以及几个独立的房间。

"怎么样，被阿洪这一招震慑住了？"雷斯晶笑着在客厅的石桌旁坐下，"我正式向你们介绍一下，阿洪，他名叫雷洪·烈岩，是我最好的兄弟，也是我母亲最信任的使者。别看他不说话，可他心里什么都懂。"

那高个大汉的脸上露出一丝笑容。

雷洪·烈岩？

林雷看了他一眼，笑着说道："林雷·巴鲁克。"

"你好，林雷。"雷鸣般的声音从雷洪的喉咙中传出，那声音还在胸膛内产生了回响。

"哈哈，从今天起，我们小队的实力大增啊。"雷斯晶兴奋得一拍桌子，"贝贝，你的天赋神通噬神绝对是我们小队最厉害的攻击！林雷，你的天赋神通龙吟威力怎么样？有神兽青龙天赋神通的几分威力？"

林雷淡笑道："几分威力我不知道，但我能让对方的时间流速变慢。"

"好，哈哈，真是太好了！"雷斯晶兴奋地站了起来，双目发出紫光。

"厉害。"雷洪低沉地说道。

"林雷，有你这一招，我们小队就更强大了。"雷斯晶兴奋得很。

随即，雷斯晶又愤愤不平地说道："这么多年来，我和阿洪在这位面战场上遇到了好些统领，他们敌不过我们就会立即逃窜，即使我施展紫晶空间，若对方一心要逃，我也拦不住，真是让人火大！如果关键时候，你对他施展天赋神通龙吟，然后雷洪攻击，那绝对能解决对方。"

林雷不禁笑了。论天赋神通，他和贝贝都够厉害的，就是本身的实力还弱了些，攻击、防御还不够。现在加入了雷斯晶的小队，他们的缺点就没有那么明显了。

"哈哈，有了你们两个，我们小队在位面战场上就可以横着走了！谁敢靠近我们，他们就完了。"雷斯晶很开心。

其实，他原先看重的是贝贝的天赋神通，但是因为之前和林雷有一些关系，便干脆邀请了林雷他们二人加入。不过，他现在发现林雷的天赋神通在位面战场上属于极佳的辅助绝招。

这一场位面战争会持续千年，林雷他们不着急，在洞穴内休息了三天才出去。

这三天，林雷从雷斯晶那里知道了位面战场上统领们的一些事情。

"在位面战场上，有几个敢横冲直撞的？敢那么做的，都有足够强的实力，否则就是脑袋坏了。而实力偏弱的统领一个个狡猾得要命，或是藏起来不敢现身，或是靠死神傀儡在外面探察情况。他们遇到弱的就出来战斗，遇到强的就不出来。

"当然，最常见的情况是组成一支小队。一支小队要么两个人，要么三个人，要么四五个人。小队最重要的一点——相互信任，否则，小队成员相互战斗，那可就糟了。

"林雷、贝贝，我们在位面战场上的目标就是其他小队。至于独行者，嘿嘿，强的，我们解决不了；弱的，对方不敢现身，很难碰到一个。还是和其他小队战斗比较好，这样也容易得到徽章。"

通过和雷斯晶的交谈，林雷和贝贝知道了许多信息。林雷还明白了，像他们之前那样蹲守潜藏是一种不太好的方法，那样更容易遇到危险。因为敢独自行动的统领，几乎都是实力极强的。之前的一次战斗，幸亏贝贝的天赋神通解决了狼斯洛，不然，林雷他们不仅得不到一枚身份徽章，连命都可能会没了。

位面战场上若没有发生战斗，就会很安静。高空中，依旧是泛着五颜六色光芒的空间乱流。冷风呼啸，林雷、贝贝、雷斯晶以及沉默的雷洪就这么前进着。他们既没有躲藏起来，也没有用死神傀儡，就这么并肩行走着。

"哈哈，我们四人的模样，认识的人极少，这样容易吸引到大鱼。"雷斯晶嬉笑道，"林雷，当敌人与我们有一定距离时，你的任务只有一个，施展天赋神通，让他一时间逃不掉，之后的事情交给我们。"

"知道。"林雷淡然一笑。他知道自己的灵魂攻击在统领中只能算一般，他和贝贝一般也是这样配合的。

"很难遇到人啊。"贝贝环顾周围，嘀咕道。

林雷突然眉头一皱。

"雷斯晶，我看我们还是分开，隔一段距离，否则四个人在一起，恐怕其他统领不敢靠近，会直接躲开。"林雷说道。

"分开？那怎么统一行动？"雷斯晶反问道。

林雷笑了："这样，我们四人分成两队。我和贝贝分开，我们二人灵魂相连，可以感知到彼此，即使看不到对方，也能知道对方在哪里。"

"这样好。"雷斯晶点头赞同。

"那……嗯，林雷，你跟着我，雷洪，你和贝贝一起，我们就相隔两三里吧。这点距离，一旦开始战斗，很快就能赶到。"雷斯晶直接安排，林雷和贝贝没有异议，当即分开。

因为林雷和贝贝能感知到对方的位置，所以朝哪边走，由他们二人拿主意。

他们分开后不足半天——

"老大，我们发现了目标。"贝贝惊喜的声音在林雷的脑海中响起。

第675章
小队首战

林雷顿时眼睛一亮。

"雷斯晶，他们那边出现目标了。"林雷神识传音，同时，整个人化作一道光芒直接朝贝贝飞去。

"目标！"雷斯晶惊喜万分，速度飙升，比林雷还要快，不足三里的距离，一眨眼的工夫就到了。

当林雷和雷斯晶到的时候，却发现贝贝、雷洪正站在那里。

"贝贝，怎么了？目标呢？"林雷问道。

"那人太狡猾了！我才看到他，他竟然不战斗，直接掉头就跑。"贝贝苦着脸无奈地说道。

旁边的雷洪低沉地说道："这人，我和少爷在不久前曾经碰到过，那人看到我就吓得走了。"

"碰到过？"雷斯晶摇了摇头，"算了，算他走运。"

"雷洪，你最好略微改变一下身形，你的模样实在太好辨认了。"林雷笑着说道。

雷洪微微点头，应了一声，而后整个身体开始缩小，从身高四米的巨人变成了身高两米的普通人。

雷斯晶眨着眼笑道："阿洪，你变成这样，我都不能坐在你的肩膀上了。"

林雷立即想到了之前见到雷斯晶的那一幕，当时雷斯晶就是坐在雷洪的肩膀上。

"雷斯晶，我们继续出发吧。"林雷笑着说道。

"嗯。"雷斯晶点头，一咬牙，说道，"哼，我和阿洪来到位面战场这么多年了，也只得到一枚金色徽章。这次，一定要多得到几枚。"

雷斯晶和雷洪是从地狱过来的，属于黑暗系神位面一方，他们也同样是越过星河抵达这一边的。

"你们也只有一枚金色徽章？"贝贝不禁笑了起来。

"哼！如果我有你那天赋神通，早就解决好几个统领了。"雷斯晶说道，"好了，出发。林雷，我们两个走那边。"于是，四人再次分开。

位面战场上各处地形不太相同，杂草丛、土丘到处都有，因此林雷他们相隔两三里，一般看不到对方。

呼呼——

冷风呼啸，两道身影正一前一后前进着。

为首之人一袭白袍，有着一头垂至腰部的碧绿色长发。他有着让人惊叹的俊美面容，皮肤晶莹剔透，眉心部位有着弯月形状的印记。

他淡漠地走着，随意地看看四周，似乎这位面战场是他家的后花园。

在他的身后，跟随着一名穿着铠甲的棕发女战士。

"大人，我们要不要找个地方休息？现在，那些统领看到大人你，早就吓得躲起来了，一个个隐藏得那么深。"那名棕发女战士笑着说道。

白袍俊美青年漫步前进，说道："好吧，就在前面找一个地方休息。嗯？我们不必休息了，来猎物了。"

白袍俊美青年嘴角微微上翘，眉心部位月亮印记亮起，一道绿光一闪而逝。

林雷他们四人已经行进整整半个月了，途中也曾遇到过目标，可仔细一看才发现原来是死神傀儡。他们光是遇到死神傀儡就有五次了，却没有碰到过一个统领。不过，他们没有泄气。

　　位面战场上，统领数量就那么多，一部分在兵营，一部分在隐藏，敢在外面走的不算多。

　　"那些绝世强者，一个个几乎没破绽。"林雷一边走，一边和雷斯晶聊天。

　　通过聊天，林雷知道雷斯晶也有一件主神器，是攻击主神器。

　　雷斯晶本人的身体、灵魂都很强。论身体，他可能不如贝贝强悍，但是他的灵魂比贝贝强很多。

　　雷斯晶常年生活在紫晶山脉，那里有无数紫晶，紫晶中蕴含着灵魂能量，可以让灵魂变得越来越强大。

　　雷斯晶的本体——紫色幼兽，背上有一百零八根尖刺，紫晶山脉有一百零八个洞穴，这应该是有某种联系的。

　　林雷猜想："紫荆主神肯定和紫晶山脉有特殊的关系，雷斯晶又是紫荆主神的儿子，肯定也和紫晶山脉有特殊的关系。"

　　紫晶山脉有大量的紫晶怪兽，它们的身体可以说就是由紫晶构成的，极其坚硬。作为同样是在这里出生，又可以直接命令这群紫晶怪兽的雷斯晶，他身体的坚硬度不言而喻。

　　总而言之，雷斯晶不管是在灵魂方面还是在物质方面都很平衡。他即使不靠主神器也够强，配上主神器，足以纵横位面战场。

　　"那些主神使者想得到主神器，是想用来弥补自己的弱点。"林雷明白这个道理。

　　突然，林雷盯着前方，只见前方出现了一前一后两道身影。

　　那二人也发现了林雷他们，竟然毫不畏惧，直接停下来看着林雷他们。

　　"嗯，是他们。"雷斯晶笑了。

"生命神界的奥卡罗威尔？"林雷一惊。

奥卡罗威尔是月神精灵族的天才，也是生命神界有名的超级强者，修炼的是生命规则，最擅长灵魂攻击。他应该算是林雷的克星。

"贝贝，遇到了目标，赶快过来。"林雷连忙灵魂传音。

位面战场一片荒凉的大地上。

仅仅片刻，双方都毫不犹豫地出手了。

"林雷，用天赋神通对付那个女人！"雷斯晶神识传音，同时，他立即化为一道紫色光芒飞向对方。

"知道。"林雷立即跟上，也朝对方疾速飞去。

"哼，找死。"奥卡罗威尔见二人冲来，冷漠一笑，站在原地等待对方。原本他想冲过去，因为担心对方逃走；现在对方冲了过来，他自然愿意在原地等待。等对方冲过来，他再动手，岂不更好？

冲过来的二人，雷斯晶在前，林雷在后。

当距离敌人还有一百五十米时，林雷双眸泛起暗金色光芒，同时，一道巨大的青龙幻象出现在林雷的身后。青龙龙首悬浮在林雷的上方，盯着目标——棕发女战士。

"嗯？"奥卡罗威尔一惊，"青龙一族的？"他发现林雷施展这一招对付他的仆人。

不过，他仍然站在原地："青龙一族的天赋神通最多改变时间流速罢了，只要短时间内他们二人无法靠近，就休想伤我的人。"奥卡罗威尔一晃，朝雷斯晶冲去。

雷斯晶咧嘴一笑："下去！"

轰！紫色光晕从雷斯晶体内弥散开，一个直径数百米的紫色光罩出现，笼罩住了奥卡罗威尔。

紫色光罩内，可怕的引力瞬间作用在奥卡罗威尔的身上，奥卡罗威尔感觉身体瞬间变得亿万斤重，不禁下坠。

雷斯晶一挥手，一道光芒袭向棕发女战士。

棕发女战士才从林雷那一招反应过来，面对这一击，根本来不及反抗。那道光芒没入了她的体内，她身体一颤，而后委顿倒地。

啪！一枚白色徽章从她的体内跌落出来。

"原来实力这么弱。"雷斯晶摇头，不屑地说道。

"雷斯晶！"奥卡罗威尔站在地上看着雷斯晶，眼眸中有怒火在燃烧，"杀我仆人，难道你有把握和我一战？"

"不，不，我没把握。"雷斯晶嬉笑着站在地上，对奥卡罗威尔说道。他知道奥卡罗威尔的实力，如果没有林雷和贝贝，他根本没把握解决奥卡罗威尔。到了他们这个境界，都拿对方没办法。

奥卡罗威尔看到雷斯晶施展出的招式，才确定了雷斯晶的身份，否则之前，奥卡罗威尔早就撤退了。

"虽然没把握，但是今天我很想要你的那枚金色徽章，所以，对不起了。"雷斯晶笑眯眯地说道。

奥卡罗威尔脸一沉，随即嗤笑起来："哦，想得到我的金色徽章，你靠谁？靠你后面那个青龙一族的小子？"

奥卡罗威尔仔细地看着林雷，似乎想看出林雷哪里强，毕竟青龙一族中暂时还没有谁能威胁到他。

"不，我没有那个实力。"林雷淡笑着开口说道。

林雷知道，这个奥卡罗威尔比当年让迪莉娅陷入昏迷差点殒命的精灵长老还要可怕得多，而且奥卡罗威尔还有一件防御主神器。

"老大，我们已经到了。"贝贝灵魂传音。

"看准机会下手。"林雷提醒道。

"雷斯晶，我没时间和你浪费，先走了。"奥卡罗威尔冷哼一声，转头要走。

嗖！嗖！

两道身影落在奥卡罗威的回头路上，一高一矮，正是雷洪和贝贝。

奥卡罗威尔微微眯起眼睛。在他看来，能解决他的人太少了，他不认为这四人能解决他。

他有些恼怒地说道："雷斯晶，我们的战斗根本没有意义，你的行为让我很生气。今天我们就斗一斗，看你我谁的灵魂攻击更强。"

林雷脸色一变。

奥卡罗威尔身后竟然伸展出一双透明的翅膀，同时，一道耀眼的绿色光芒从他的眉心部位射了出来，顿时化为十六个绿色弯月。

在位面战场这种昏暗的地方，泛着绿色光芒的弯月十分耀眼。

十六个绿色弯月在半空划过，全朝雷斯晶袭去。

显然，奥卡罗威尔只把雷斯晶当劲敌，根本不在乎其他三人。他不惧物质攻击，擅长灵魂攻击，无数年来还没跌过跟头，他怕什么？

"嘿，精灵小子，你瞧不起我？"贝贝大声说道。

奥卡罗威尔根本没将贝贝放在眼里，但他的眼角余光看到了一道幻象，不禁转头看过来。

这一看让原本自信十足的奥卡罗威尔的脸色瞬间变得苍白，他眼眸中满是惊恐："怎……怎么可能？这是——"

一道巨大的噬神鼠幻象出现在贝贝的背后。

天赋神通——噬神！

"嘿嘿，我都挡不住这一招，你还想挡？"雷斯晶见到这一幕笑了，他愈加觉得让林雷、贝贝加入自己的小队是明智的举动。

很快，奥卡罗威尔轰然倒下。

啪！一枚金色徽章从奥卡罗威尔体内跌落，一件漂亮的绿色铠甲也从他体内落了下来。

雷斯晶小队第一战，完胜！

第676章
变数

荒凉的大地上，奥卡罗威尔就这么躺着。

"没了。"林雷在心中暗叹，"奥卡罗威尔可是和雷斯晶同境界的强者，即使是达到大圆满境界的上位神也很难解决他。若主神不出手，要解决这种超级强者，一般只能用群攻的办法。不过，贝贝的天赋神通噬神……"

林雷不禁看向贝贝。

贝贝此刻走到奥卡罗威尔的尸体旁，哼了一声，说道："竟然无视我！"

"哈哈，贝贝，你就是那些擅长灵魂攻击，却又没达到大圆满境界的强者的克星啊！"雷斯晶笑着走过去，一把搂着贝贝，"我发现我们是绝配。你的灵魂攻击第一，我的物质攻击就算不是第一，也是靠前的。咱们联手，谁挡得住？"

雷斯晶瞥了一眼地上的奥卡罗威尔，嗤笑一声："嘿，强者啊强者，也就这样。当最强的身体没了，即使还有其他的神分身那又有什么用？"

就在这时——

"哼。"一声冷哼响起，雷斯晶突然身体一晃，化作一道紫色光芒瞬间划过长空。

"怎么回事？"林雷连忙转头看去，只见雷斯晶在追一道黑影，他不禁大吃一惊，"竟然有人在旁边？刚才把注意力都放在了奥卡罗威尔的身上，没注意到旁边有人。"

此时，雷斯晶体表弥散出紫色光晕，一个紫色光罩出现，笼罩住了逃跑的黑影，令黑影的速度降低。

嗖！一道紫色光芒从雷斯晶手中射出，宛如一颗流星，速度快到连那黑影也没办法躲闪。紫色光芒所过之处，空间竟然犹如水流般分开，还出现了空间裂缝。紫色光芒进入黑影体内，砰的一声，整个黑影爆裂开来。

原来，那道紫色光芒是一柄将近一米五长，通体呈暗紫色的骑士枪，既可以用来投掷，也可以用来近战。

"主神器。"林雷心底明白，这便是雷斯晶唯一的一件主神器，"雷斯晶这一枪投掷出去，威力竟然可怕到这个地步，令空间出现了裂缝。"这是林雷到了位面战场后，第一次见到位面战场上的空间被人弄出一道裂缝。

"雷斯晶修炼的是毁灭规则，里面蕴含的奥义威力很强。他的物质攻击的确如他所说，在统领中就算不是第一也是靠前的。"

林雷此刻完全认识到了雷斯晶的强大。

雷斯晶擅长灵魂攻击和物质攻击，不过贝贝的天赋神通噬神是他的克星，除非他能弄到一件灵魂防御主神器。即使他的母亲是主神，他也要靠军功换取主神器。

片刻后，雷斯晶骂骂咧咧地走了回来："竟然是个死神傀儡！"

"是死神傀儡，你生气也没用。"林雷开口说道，"那本尊还不知道躲在哪里。对方知道你这么厉害，估计早早就逃远了。"

"好不容易发现一个目标，解决后发现是死神傀儡，这种感觉最不爽了。"雷斯晶说着指向地面的金色徽章："统领徽章就这么一枚，我们有四个人，大家说说怎么分配？"

林雷、贝贝不禁相视一眼。

统领徽章啊！

对林雷而言，一枚统领徽章就代表他已变成亡灵的亲人兄弟中有一个有机会恢复生前记忆，因此他从心底渴望得到这枚统领徽章。不过他也明白，既然四人组成了一支小队，自然就有这支小队的规矩，他不可能让别人把自己的战利品给他。

"林雷，你们两个说说。"雷斯晶看向林雷、贝贝。

在雷斯晶的心里，雷洪跟他不需要分彼此，不算外人；林雷、贝贝加入小队不久，和他交情并不深，因此他不能随意决断。

"就按照当初说的，"林雷笑着开口说道，"我们四人平分。不过，这里只有一枚统领徽章。那这样吧，雷斯晶，你和雷洪的算一份，我和贝贝的算一份。我想，你们两位应该没意见吧。"

"当然没意见。"雷斯晶也笑了。

就好像雷斯晶和雷洪，他俩的军功不分彼此，林雷和贝贝的也同样不分彼此。

"现在只有这一枚统领徽章，我们两方哪方先得到都没有关系。若这次的统领徽章算你们的，那下次的统领徽章就算我们的。若这次算我们的，那下次就算你们的。"林雷淡笑道。

"好。"雷斯晶干脆地伸出手，将那枚统领徽章收入手里，然后抛向林雷，"你们刚加入我们小队，那这次我就谦让一下，把这枚统领徽章给你们。若下一次得到了统领徽章，那就归我们了。"

林雷接过统领徽章，笑着点头说道："行，下次归你们。"

林雷握着这枚金色徽章，心中忍不住一阵激动："又一枚！"这代表他的亲人兄弟中又有一个有机会恢复生前记忆了。

林雷希望自己的父亲、耶鲁老大、乔治以及迪克西能恢复生前记忆，他们原本都不应该殒命的。至于那些正常死亡的，林雷没想过让他们恢复生前记忆。像希尔曼叔叔等人，他们活了数百年，活得逍遥自在，儿孙满堂，已没什么遗憾，他又何必去打扰他们？

"林雷，不就一枚统领徽章，至于这个表情吗？"旁边的雷斯晶不禁笑道。

"啊。"林雷反应过来，不好意思地笑了笑，收起了金色徽章，"只是想到了一些事。"

旁边的贝贝感慨道："雷斯晶，你们来位面战场是为了获取足够多的徽章，然后换取主神器。我和老大来位面战场也是为了徽章，但是目的和你们不同。你们不明白徽章对老大的重要性。"

"哦？"雷斯晶感到惊讶，"什么重要性？"

贝贝在一旁和雷斯晶谈论起来，林雷只能摇头一笑。

"雷斯晶，这件主神器怎么处理？"林雷开口问道。

"怎么处理？就扔在这里。"雷斯晶应道。

林雷、贝贝一怔。

"扔在这里？"贝贝十分讶异。

雷斯晶踢了一下地上的主神器，哼了一声说道："当然是扔在这里，难道还带在身上？这主神器，主神反正到时候会收走，拿也白拿。奥卡罗威尔在外面肯定还有神分身，我们也用不了这主神器，拿着还是个累赘。"

林雷、贝贝一听，不禁对视一眼，必须得承认雷斯晶说得有道理。

"走吧，继续出发。"雷斯晶笑着说道，"以我们小队的实力，在这位面战场上还怕谁，哈哈！"

林雷也不禁笑了起来。

这支小队再次出发，分成两队，相隔两三里路前进着。

一座低矮的土丘边上。

一名穿着黑色长袍的金色短发男子脸上满是震惊："没想到，在统领中盛传的贝鲁特到了的消息是假的！施展天赋神通噬神的不是贝鲁特，而是另外一个人。除了贝鲁特，竟然还有第二个人会这一招！这下可糟糕了。看样子，那个戴着草帽的少年无所顾忌，一点不像贝鲁特那样重视自己的身份。"

之前，被雷斯晶毁掉的死神傀儡的操控者就是这名男子。

"这个消息必须告诉我的兄弟！"金色短发男子一咬牙，立即离开。

位面战场上同一个阵营的统领们，大多有一些交情，经常会分享一些重要的信息。

很快，施展天赋神通噬神的不是贝鲁特而是一个戴草帽的少年的消息以惊人的速度在统领们之间传递。

星河边上驻扎了一支军队，在兵营里有一栋由元素形成的府邸，一名身着蓝色长袍的男子正大步走向府邸。

"大人。"府邸门口的士兵们立即开启大门，他们知道来人是一名统领，是自家大人的好友。

"布雷，你怎么回来了？"府邸庭院内，一名红袍女人喝着酒水，笑吟吟地瞥了一眼走进来的蓝袍男子，"你不是要在外面多解决几个统领，多夺得几枚统领徽章吗？"

"不出去了，没想到现在又多了一个变数。"布雷哼了一声坐了下来，一把抓过酒瓶，仰头喝了一大口。

"变数？"红袍女人疑惑地说道。

布雷愤愤不平地说道："之前不是说贝鲁特来了吗？如果真是贝鲁特来了，我倒是不害怕。我和贝鲁特见过几次，彼此也算有点交情。他若遇到我，是不会对我出手的。贝鲁特十分自傲，只要不惹怒他，他一般不会降低身份对付普通统领。"

"我就是这么想的才敢在位面战场上闯荡。没承想，我刚刚从一位好友那里得到消息，在位面战场上施展天赋神通噬神的不是贝鲁特，而是一个戴着草帽的少年。"布雷摇头说道，"算了，我没有灵魂防御主神器，还是别在外面闯荡了。如果遇到那个少年，那就完了。"

红袍女人听到这里也明白了。

"神兽噬神鼠竟然还有第二只？"红袍女人明白了事情的严重性。

神兽噬神鼠的天赋神通噬神是针对神格的，而神格和灵魂是融合在一起的。神格没了，就意味着灵魂没了，也就意味着这个人从世间消失了。能阻挡这一招的，要么是达到大圆满境界的上位神，要么是拥有灵魂防御主神器的上位神。

不过，位面战场上达到大圆满境界的上位神很少。这样的人才十分稀少，一旦出现早就被主神请去当主神使者了，怎么会来位面战场？

至于灵魂防御主神器，很难炼制。主神很少会把灵魂防御主神器赐给他人，除非是靠军功换取，因此拥有灵魂防御主神器的上位神也很少。

在贝鲁特崛起之前，位面战场上的大多数上位神，特别是那些统领，对自己的灵魂防御很自信。像雷斯晶、奥卡罗威尔这类人，还敢抵抗达到大圆满境界上位神的灵魂攻击。那时的他们认为，靠军功换取一件灵魂防御主神器，还不如换取其他主神器。

在贝鲁特崛起之后，神级强者们才意识到原来最可怕的灵魂攻击不是达到大圆满境界上位神的攻击，而是贝鲁特的天赋神通噬神。但是他们也知道，贝鲁特十分高傲，不会自降身份去对付统领。他们原以为只有贝鲁特会这一招，因此即使听到贝鲁特来了位面战场的传闻，也还有部分统领敢在外面闯荡。

现在，这些统领都知道了，除了贝鲁特外，还有一个戴草帽的小子也会天赋神通噬神，这个小子可不会像贝鲁特那样放过他们。因此，他们不敢像以前那般在外面自信地闯了，要么躲起来，要么用死神傀儡探察。

"哈哈，这个少年一出现，"红袍女人笑了起来，"敢在位面战场上肆意闯荡的统领就更少了。还敢在位面战场上闯荡的，不是一些强大的队伍就是真正无敌的人物了。"

"算了，等决战……到决战时再多获取军功，大不了就在下一场位面战争中积累军功吧。这个少年不知道是从哪里来的，离开位面战场后可要好好查查。"布雷感叹道。

第677章
巅峰存在

荒野上，林雷和雷斯晶并肩前行。

"怎么回事？都看不到几个人。"雷斯晶忍不住骂道，一双充满怒气的眼眸环顾四周，"那些实力偏弱的统领藏起来就算了，那些厉害的呢？之前我和阿洪一起走的时候，还能碰到几个统领，现在一个都看不到了。"

一旁的林雷沉默着，他其实也有些急，不禁环顾四周，可四周空荡荡的。

"位面战场好像一下子荒凉了很多，都看不到什么人影了，我和贝贝当初还能用死神傀儡吸引人过来，现在却……"林雷无法理解。

林雷他们自从三年前解决了奥卡罗威尔，得到了那一枚金色徽章后，就再也没有得到过金色徽章了。不是他们不想要金色徽章，而是他们碰不到可以下手的目标。

这三年来，林雷他们也曾遇到过敌方，可对方要么是死神傀儡，要么就是真正的超绝强者。

有一次，林雷和雷斯晶碰到过一个团体，见对方只有两个人，准备下手。当林雷把贝贝和雷洪喊过来时，发现对方又赶来了三个帮手。那个团队竟然有五人，其中两个人的实力堪比雷斯晶。一旦大战，双方估计都会有损失，不值得。于是，双方就这么擦肩而过了。

"林雷，"雷斯晶忽然说道，"假如我们在这次的位面战争中得不到统领徽章，我和雷洪会很亏啊，毕竟已经把那枚统领徽章给你了。"

林雷一怔，只能尴尬地笑了笑。

"开玩笑的。"雷斯晶摸出一个紫色水果吃了起来，"我们怎么可能得不到统领徽章？哼，大不了等到这场位面战争的大决战时刻，我们四人联手再解决几个统领。以我们四人的实力在混战中联手，捞到一些便宜不难。"雷斯晶十分自信。

林雷也微微点头。他如今有两枚统领徽章了，但是和他的目标相比，还差了些。

"老大，有目标！"贝贝的声音陡然在林雷脑海中响起。

林雷眼睛一亮，顿时兴奋起来。

"雷斯晶，有目标。"林雷率先飞向贝贝那里。

"哦！"雷斯晶连忙跟上。

当林雷、雷斯晶赶到的时候，发现贝贝、雷洪正站在一名黑袍人的身前。黑袍人的肩膀已经断裂，断裂处露出金属材质。

贝贝见林雷二人过来了，无奈地说道："老大，是个死神傀儡。"

林雷、雷斯晶早就做好心理准备了，毕竟三年来，这种事情遇到过很多次了。

"这个死神傀儡竟然不逃。"林雷笑了起来。

"逃什么逃？逃不掉，不就损失一个死神傀儡吗？这玩意儿我有的是。不过，我对无数位面中的第二只噬神鼠很好奇呢。"死神傀儡口中发出声音，而后饶有兴味地看向贝贝，"请问，你和贝鲁特是什么关系？"

林雷一惊，操控这个死神傀儡的人怎么知道贝贝是噬神鼠？

"你怎么知道的？"贝贝惊讶地问道。

死神傀儡说道："当然知道。当你施展天赋神通噬神时，你身后那道巨大的噬神鼠幻象被很多人看到了。一开始，大家以为是贝鲁特，后来才知道是一名戴着草帽的少年。我看到你戴着草帽，自然就知道了。"

贝贝愣住了，竟然是他的草帽泄露了他的身份。

"难怪一个个都躲起来不敢现身了！"雷斯晶怒道。

"当然不敢现身。大家都知道贝鲁特的脾气，即使他来了，大家也不太担心。可是这个少年不同，他不仅会那一招，还会对大家出手，大家可不敢拿自己的生命开玩笑。"死神傀儡随意地说道。

一旦中招，即使这些人在外面有神分身，他们也不可能再次登上巅峰了。

"你快消失吧，不毁你这死神傀儡了！"雷斯晶不耐烦地说道，"真让人不爽。我想找人战斗都找不到，一个个竟然躲起来了，真是胆小！"

那些统领不是胆小，而是警惕，毕竟他们一个个花费了无数心血才有如今的成就。他们若是在这场位面战争中没得到军功，可以寄希望于下一场位面战争，毕竟总共有五场位面战争。对他们而言，性命第一，军功其次。

"我们现在该怎么办？"很少开口说话的雷洪也知道情况不妙。

"能怎么办？"雷斯晶咬着嘴唇，"难得我找到贝贝帮忙想对付那群人，可是他们一个个躲了起来……那好，我们就先找一个地方好好休息，等待最后的大决战。到时候，所有人都会现身，再给他们来个狠的。"

"也只能这样了。"贝贝无奈地说道。

对此，林雷感到无可奈何，也只能皱着眉头。对其他统领而言，这场位面战争若是没有军功，还可以通过下一场位面战争获得。林雷却浪费不起这时间，他希望在这场位面战争中获取足够多的军功。然而，那些统领都藏起来了，他又能怎么办？

"我看我们休息时，还是可以通过死神傀儡在外面吸引人。如果能吸引到一两个统领，那也是好事。"林雷开口说道。

"嗯，也对，还要八百多年这一场位面战争才会结束。这么长的时间，说不定还真的能吸引到一两个统领。"雷斯晶也点头赞同。

"好了，别在这里乱想了，走吧，找地方休息。"贝贝第一个大步向前走。

片刻后，林雷他们找到了一处高山，靠雷洪的绝招建造了一个洞府。他们四人就这样居住在里面，开始了宁静的生活。至于操控死神傀儡吸引外人的这件事，便交给了贝贝和雷洪，雷斯晶和林雷则全身心投入修炼中。

不久之后，位面战场上一时间十分安静，除了少数几支强大的小队，大部分人都潜藏起来了。大家都在等大决战，有的人是等着去参加大决战的，有的人是等着大决战结束准备离开的。虽然大决战危险，但是统领们只要小心警惕，活下来的机会就比普通士兵高得多。

很快，五百年过去了。

荒凉的高山，寂静的洞府内。

雷斯晶、贝贝、雷洪围坐在一起，一边喝酒、吃各种水果，一边随意地聊着。

"林雷修炼得太刻苦了吧。"雷斯晶不禁瞥了一眼远处盘膝修炼的林雷，"修炼是要努力，可总得要休息啊。"雷斯晶说着，咬了一大口水果。

"我老大修炼当然刻苦，修炼速度自然也快喽。"贝贝得意地说道。

原本沉默的雷洪也点头说道："这林雷，修炼速度很惊人。"

"是够惊人的。之前，林雷醒来过一次，他说他已经开始融合地系元素法则中的那四种奥义了。这小子才修炼多少年？两千多年而已啊！我修炼多少年了？我也只融合了五种奥义。"雷斯晶撇嘴说道。

贝贝却摸了摸鼻子，不再吭声。这支四人小队里，谈到奥义融合，他是最没有发言权的一个。雷斯晶、雷洪早就融合了五种奥义。当然，这跟他们修炼的时间长有关。林雷修炼才两千余年，也快融合四种奥义了。

贝贝呢？还从来没有融合过奥义。

"哼，我天赋神通强。"贝贝在心中安慰自己。

就在这时，一道强大的神识扫过这洞府，雷斯晶、雷洪、贝贝皆脸色一变，连在修炼中的林雷也睁开了眼睛，惊异地朝外看去。

嗖！雷斯晶三人朝外飞去。

"竟然有人用神识探察。"雷斯晶低声说道。

"不是灵魂变异的强者就是达到大圆满境界的上位神。"雷洪开口说道。

林雷心中也很震惊。要知道，这洞府是在高山山腹里面的，通向外界的通道足有百米长。那人能用神识覆盖整个洞府，代表对方实力不弱。

"嗯！"雷斯晶三人停了下来，朝通道尽头看去。

一个人走了进来。此人披着一件白色长袍，白发、白眉，白色眉毛倒竖，眼眸狭长，眼中似乎有寒光射出。

"是他。"林雷脸色难看了。

此人曾在地狱闯荡，号称风血恶魔。

"拜厄，你来干什么？"雷斯晶皱着眉说道，体表紫色光晕流转。

"哦，雷斯晶。"拜厄淡然一笑。

虽然拜厄在地狱闯荡过，但是众多强者认为拜厄来自风系神位面，是风系神位面的巅峰人物，因为他已经达到了大圆满境界。

"一个达到大圆满境界的上位神来这里干什么？"林雷心底有些忐忑。

达到大圆满境界的上位神真的很可怕。

"没想到，拜厄你也来位面战场了。"雷斯晶说道。

"我本来不打算来位面战场的，这位面战场对我根本没有意义。不过，我欠奥卡罗威尔一个人情。"拜厄淡淡地说道，"奥卡罗威尔的最强生命属性神分身被你的人灭了，他请求我帮他复仇。我不喜欢欠人情，所以我来位面战场了。"

林雷四人脸色大变。这拜厄竟然是受奥卡罗威尔的请求过来的。

"你竟然欠他一个人情？"雷斯晶眉头一皱。达到大圆满境界的上位神是巅峰存在,他们一旦欠人情了,一定会想办法还上。

"你们三人就算了,我只要解决一个人,"拜厄淡漠地伸出右手指向贝贝,"他。是他解决了奥卡罗威尔,我只要解决他。"

林雷顿时急了。

雷斯晶却冷笑道:"拜厄,你知道他和贝鲁特是什么关系吗?"

"贝鲁特?"拜厄淡淡地说道,"虽然他难缠,但是我解决了这小子,他贝鲁特又能奈我何?"

（本册完）

更多精彩尽在《盘龙 典藏版 16》!